说

飞越海峡的蝴蝶

梁金才 著

合肥工业大学出版社

图书在版编目(CIP)数据

飞越海峡的蝴蝶/梁金才著.一合肥:合肥工业大学出版社,2017.7
ISBN 978-7-5650-3490-9

Ⅰ.①飞… Ⅱ.①梁… Ⅲ.①长篇小说—中国—当代 Ⅳ.①I247.5

中国版本图书馆 CIP 数据核字(2017)第 188980 号

飞越海峡的蝴蝶

梁金才 著　　责任编辑 疏利民

出 版	合肥工业大学出版社	版 次	2017 年 7 月第 1 版
地 址	合肥市屯溪路 193 号	印 次	2017 年 11 月第 1 次印刷
邮 编	230009	开 本	710 毫米×1010 毫米 1/16
电 话	总 编 室:0551-62903038	印 张	16.75
	市场营销部:0551-62903198	字 数	181 千字
网 址	www.hfutpress.com.cn	印 刷	安徽昶颉包装印务有限责任公司
E-mail	hfutpress@163.com	发 行	全国新华书店

ISBN 978-7-5650-3490-9　　定价:36.00 元

序

石阶与佛像

汤传福

我和农民梁金才没有见过面，但我很佩服他。听说他不仅是种田的一把好手，而且还是码字行家，写出来的小说一本接一本，居然都公开出版了。想当年，我也是勤奋好学的学生，也常有创作小说的念头，但往往是写了万把字的开头就无疾而终、束之高阁了，此后再也没有动过写小说的念头，而是专注于历史和评论性质的文章。

当挚友疏利民先生拿出厚厚的一大本《飞越海峡的蝴蝶》清样稿对我说，这是梁金才先生的第三本小说，他是淮南的一个农民。我既惊叹又佩服，我干不了的事而别人手到擒来，不服不行。顺便说一句，疏利民老师是本书的责任编辑，他总是能发现藏匿在民间的高人。

农民写小说，在中国现代文学史上，赫赫有名的有赵树理、周立波、马烽等，名字可以列出一长串。这一代农民小说家都是在走上革命道路之后开始文学创作的，革命是他们创作的重要题材。改革开放以后，农民出身的作家更多，他们的创作大多围绕农民与土地，如路遥、莫言、陈忠实、贾平凹等，他们虽然早已远离稼穑，但在精神原色上依然是农民，贾平凹更是将一部小说命名为《我是农民》。

将这些进入文学史的作家列举出来，并不是说梁金才和他的小说也会进入文学史，也许不能不承认，梁金才和这些名家还有一定的差距，就文学品质而言还难以相提并论。但这本《飞越海峡的蝴蝶》无疑还有着自己的鲜明特色，在质地上有鲜明的民间故事色彩，采用的也是非常经典的单线索叙事。在很多小说家眼里单线索叙事显得很初级，殊不知这是好莱坞电影叙事的看家法宝。梁金才没有刻意地贩卖所谓的小说叙事技巧，而是保持了一个农民的朴实本色。在阅读中，我恍然有一种“我们坐在高高的谷堆旁边，听妈妈讲那过去的故事”的感觉。梁金才未必是一个好的小说家，但他确实是一个讲故事的高手。

热爱故事是人类的天性，从燃烧的篝火旁听故事，到通过文字读故事，到今天在电影院通过影像看故事。故事是生活的隐喻，也是生活的必需品。柏拉图曾说过，谁会讲故事，谁就会控制这个世界，谁就会拥有这个世界，他将故事与权力相提并论。亚里士多德说：“一个讲不好故事的时代，其结果是颓废与堕落。”他将故事看作衡量一个时代的尺度。那些职业编故事和讲故事的人实在是任重道远，所以莫言不无骄傲地说：“我是一个讲故事的人，因为讲故事我获得了诺贝尔文学奖。”会讲故事的人

真是不该小看。

《飞越海峡的蝴蝶》讲述了一个大时代背景下类似梁祝的爱情故事。它可能不是一本优秀的小说，却是值得一读的故事。文学的大花园里固然要有夺人眼球的名花异草，但“一枝独秀不是春，百花齐放春满园”，那些不知名的花卉对一座花园同样意义非凡。梁金才无疑是一个努力勤奋的作家，也许终其一生的写作都不能达到那些著名作家的高度，而只能作为他们的陪衬，但这样丝毫不会减弱他写作的意义。

最后，我想讲一个禅宗故事：

一座山上有一尊佛像，通往佛像的是一级级石阶。佛像和石阶都是来源于同一座山上的石头。每一天，人们踩着石阶登山拜佛。石阶终于郁闷了，问佛像：“我们来自同一座山上，凭什么我们要被人踩在脚下，而你却被人们顶礼膜拜？”佛像说：“我经受了多少斧凿和打磨，你们所受的痛苦和我一样多吗？”石阶沉默了。佛像接着说：“我虽然承受过那么多皮肉之苦，但没有你们，谁又来拜我呢？”石阶心理平衡了。

这个故事是一位老画家说给我听的，老画家说：“我画了一辈子画也许都成不了齐白石、张大千那样的大师，他们是山顶上的佛像，而我只能是石阶，但做一块石阶也是了不起的。”

老画家说完，酌了一杯酒，面色酡红，像一尊佛。

汤传福，安徽省作家协会会员，安徽省影视艺术家协会会员。自 2008 年起致力于中国新闻史研究，2013 年在广西师范大学出版社出版《纸上的火焰》。2014 年创作电影剧本《大山之恋》，同年在中央台电影频道播出，荣获第十三届安徽省精神文明建设“五个一工程”奖。2015 年出版散文随笔文集《带刀客说话》和《影视编导专业艺考最新辅导教程》。2016 年担任人文纪录片《徽菜传奇》总撰稿。2017 年担任中央电视台系列人物纪录片《女词人丁宁》编导。

目　录

第一章　神奇蝴蝶兆好运
出行路旁捡女婴

海风轻柔地拂过海面，撩起层层的波浪，不厌其烦地舔润着海岸。一朵朵白云像一块块棉花糖似的飘逸在蓝蓝的天空中，海鸥在海面上不停地扇动着翅膀。一叶破旧的渔船飘摇不定，不时遭到风浪的拍打，扣人心弦。

海滩上，只见一个乡村少女站在那里，柔弱的身躯透露着些许忧伤，仿佛只看她的背影就能知晓她那美丽的面容。她头戴方巾，左手挎着一只用高粱秸秆编制的小篮子。这篮子看起来已有些年头了，却依然十分精致。她那张枯黄的脸显得有些憔悴，那双布满血丝的眼睛目不转睛地盯着波涛翻滚的澎湖湾，她多么希望一步跨过这海峡，或心上人越过海峡回到自己身边。泪水划过脸颊溅落在沙滩上，口中还不断地传出撕心裂肺的呼唤：“梁山我想你！我相信你还活着，我会永远等着你。何年何月我们才能团聚啊?”

1920 年 7 月 7 日，焦岗湖岸边的一棵老柳树下坐着两个商人，他们也是共患难的好友。一个名叫梁垚，从他的眼神里就知道他是一个耿直厚道的好人；另一个名叫祝赑，他也非常温和善良。平时他们在生意场上配合得很默契，而今天他们在口头上互争，彼此之间开着玩笑。

突然，从湖面上飞来一只章鸡，“咯咯”地叫着。梁垚笑了笑问道：“祝赑，这鸡是先有公的还是先有母的?”

祝赑看着梁垚，笑了笑说：“你问的问题太好回答了，在我回答你的问题之前，你得先回答我的问题。”

梁垚注视着祝赑，抿了抿嘴说：“我的问题这么好回答，为何不回答?竟然让我先回答你的问题？那好，我让你先说!”

祝赑挠了挠头说：“你问我这鸡是先有公还是先有母，不如你回答我，是先有蛋还是先有鸡？人是先有男还是先有女?”

梁垚呵呵地笑了笑说：“我们俩的问题等于没提，这可能是大自然对生存空间的神秘，万物对大自然的奉献罢了。”

祝赑笑了笑说：“哎呀！你梁垚真会问，你与李白、杜甫不分上下，说不定他们与你相比也只是你的手下败将。”

草丛中又飞来一只蚊子，嗡嗡作响，祝赑急忙说：“梁垚，你懂得太多，不知你是否真的懂得奉献？你看这只蚊子饿的，不如你让它吸上两口血。”

梁垚笑嘻嘻地说：“祝赑，你真够逗的，哪有让蚊子吸自己血的？不过为了给你面子，我就来试试。”梁垚说完脱去上衣，但蚊子不见了。

突然飞来一只马蜂，这马蜂并没向梁垚飞去，反而想要趴在祝赑的脸上，祝赑被吓得急忙起身后退。

一只小鸟飞过来，把马蜂叼走了。

梁垚叫道："祝赑，你让我试试，为何你见了马蜂却要躲开？"

祝赑没有回答，只是笑了笑说："梁垚呀你看，这好心人遇到危险了，鸟都来帮忙。"

梁垚听后笑了笑说："你刚刚说我会问，你不也会'孔夫子门前卖孝经——假装斯文'吗？说不定等一会你还会把屎壳郎招惹来呢。"

祝赑四处看了看，两个人又回到原位置上。他们刚刚坐下，突然飞来一只蝴蝶，只见蝴蝶在梁垚面前绕了一圈，梁垚感到好奇，欲伸手去抓，蝴蝶宛转一闪，躲开了。祝赑见状，便伸出手来，像是故意让它降落，蝴蝶竟真的落在祝赑的手上了。梁垚见了一阵懊悔，心想自己不应该伸手去捉它，就在梁垚悔悟之时，又飞来一只蝴蝶，梁垚毫不犹豫地将手伸了出去，只见那蝴蝶在梁垚面前绕了一圈后，也落在祝赑的手上了。梁垚看了得意扬扬的祝赑一眼，不由得叹了一口气。这时，两只蝴蝶同时飞起，落在了梁垚的肩膀上，梁垚见状顿时高兴得不得了，虽是喜出望外，却没敢轻举妄动，只是小心翼翼地扭过头来，对蝴蝶充满爱意地笑着。

这时听见有人叫道："你们俩如此入神，在干吗呢？"

梁垚还没回过头，两只蝴蝶就翩翩起舞地飞走了。梁垚、祝赑看着远去的蝴蝶，心中不禁想起那段古老的传说。他们互相对视着，但都一字不提……

两位抬头看去，只见本村名叫马垚的站在他们面前，叫道："梁垚，你还不回去看看，你的老婆要生孩子啦！"

梁垚瞪了马垚一眼，说："我老婆生孩子关你什么事！"

马垚笑了笑说："当然关我的事喽，说不定你家的孩子就是我的孩子！"

祝赑听了感到吃惊："啊！这生孩子是喜事，怎么听你说起来那么别扭呢?”

梁垚立刻骂道:“马垚你这小子,我的老婆生孩子怎么就是你的孩子?你今天把话给我说清楚!”

马垚笑了笑说:“梁大哥!听说你老婆要生女儿,我老婆不是生下一个儿子嘛,我想着等你女儿一出生咱两家就定个娃娃亲,这样的话你女儿不就迟早是我的孩子嘛。我刚刚亲眼看见你家管家天良把接生婆请进家门了,你还不快回家看看!”

梁垚看了一眼祝勰,对马垚骂道:“就你这德行,我要是有女儿就是嫁给要饭的,也不会让她进你家门。”

祝勰见梁垚出言不妥,便上前劝说:“马垚说得对,生孩子是大事,应该回家看看,我的老婆也怀孕七个月了,等你家孩子出生后,再让接生婆给我家刘琳查一查,看看是男孩还是女孩。”

梁垚闷闷不乐地抬起头,说:“提起这茬事我就来气,我想要个儿子,可偏偏要生女儿。”

祝勰听后,笑了笑说:“梁垚、马垚你们真了不起,孩子没出生就知男女,你们真是神仙!”

梁垚回答:“我哪有那本领,一位看相的先生说我最近有喜。我问他我的喜从何来,那看相的又说我老婆有喜了,只可惜要生女孩。”

祝勰听后哈哈大笑,说:“怎么这么巧,我也让那看相的给我看了一下,他也说我最近有喜,要喜得贵子。这可真是风水轮流转啊,古有梁山伯、祝英台,现在我祝家要出个祝山伯,你梁家要出个梁英台喽!”

马垚急忙叫道:“你这个祝勰不要瞎搅和,什么事都有个先来后到。”

梁垚绷着脸说:“你们俩想得美,我的女儿才不与你们两家定亲呢。”

祝敟把嘴一撇，抢先说：“那可由不得你，梁山伯、祝英台的父母也没挡住他们爱情的力量，就这样定了。不管你怎样阻拦，我祝敟一定叫儿子死死地纠缠你的女儿，直到娶回家为止！”

祝敟的话刚刚落音，梁垚的管家李天良就慌慌张张地跑来，叫道：“老爷！老爷！咱家大喜啊！恭喜老爷您喜得贵子啦！”

梁垚不相信自己的耳朵，问天良：“你刚才说什么，生了？”接着满脸疑惑，小声地问了一句：“儿子？”

看到气喘吁吁的李天良连连点头，梁垚顿时兴奋得跳了起来，直拍手，顺着祝敟不断地转圈，念念叨叨地说：“哎呀呀！我原以为老婆要生女儿，怎么变个小子啊？你祝敟刚刚说的话还算吗？如果你的夫人生下一女，那咱们可就是亲家了！”

祝敟奇怪地说：“你不要着急，我的老婆不是还没生吗？如果生个小子，他们成为兄弟岂不是更好？”

梁垚哈哈地笑着说：“那你要生女儿，就一定给我做儿媳！”

没等祝敟说话，就听祝家管家陆运来报：“老爷！我们祝家添了个千金！”

祝敟听后顿时傻了眼，简直不敢相信自己的耳朵，不停地说：“这怎么回事？不是还没到预产期吗？怎么提前生了呢？这个看相的真会骗人！”

梁垚笑嘻嘻地说：“看相的没骗人，而是瞎蒙的！”

马垚站在一旁，说：“这也倒奇怪了，在古代梁山伯与祝英台的爱情故事里，都说马家是第三者，今天我姓马的可要离远点，不然又落笑柄。”

梁垚一边笑一边说：“你还别说，马文才已经把梁山伯和祝英台害惨了，希望你马垚说话算话，叫你家儿子离我们孩子们远点！”祝敟闷闷不乐地在一旁一声也不吭。梁垚来到祝敟面前说：“怎么啦，不高兴是吗？

你认为我在逼婚吗？我告诉你，我是与你开玩笑的，就是你答应，我也不同意啊！听见风声没有？现在有知识的人在闹革命，我们的社会要变了，以后孩子选择对象，虽然是大人做主，但也要依从孩子们的意见啊！"

祝赑听后回答："我不是这个意思，就凭我们兄弟的关系，为孩子定亲我是求之不得，可我就是想不通，看相的说，你得女儿，我得儿子，怎么这事反过来了呢？"

梁垚摇了摇头，说："以后日子多的是，你老婆会给你生一大串儿子。走吧！不要多想，回家看看，女人生过孩子还需要照顾……"

祝赑回到家里，见妻子刘琳躺在床上闷闷不乐，于是上前笑嘻嘻地说："好啊！没到产期，顺产就好！"

妻子擦去脸上的泪水，说："好什么？是棵草！"

祝赑笑着说："夫人，你可别这样说，是棵草怎么啦？有棵草那也是宝啊！这下好了，小草也能长成材呀！这回我当爹了，哈哈！"

刘琳见祝赑没有怪罪，这才露出一丝微笑，说："我以为生个女儿你不喜欢，没想到你见了还是那么高兴，就给孩子起个名字吧，一定要起个好听的！"

祝赑思索了片刻，说："刚才你说她是棵草，绿茵茵的草也好看啊，就叫茵茵吧！"祝赑说完便哈哈大笑。

刘琳听后急忙说："不行！不能用绿茵茵的茵，我想用英雄的英。你在外面做生意听不到吗？现在有人在闹革命，说不定小草真的能长成材，我们女人有一天也能干大事。"

祝赑大笑起来，说："女人也能干大事？女孩子家能干什么大事？以后不还是扫地、洗衣、看孩子?”

刘琳两眼直盯着祝勋，说：“瞧你这话说的，难道梁红玉、花木兰就不是女儿身？还有一代女皇武则天，也是男儿?”祝勋听后，用敬佩的目光看着妻子。

祝勋感叹地说：“我真没娶错你，你能这样想，我太高兴了，你就是我心目中的女中豪杰。你要是上战场，那肯定是一员女将……”

梁垚回到家时，未进门就哈哈大笑，并叫道：“张玉！哎呀我的好老婆，你可真有本事，竟然给我生了个带把的!”

梁垚一边叫，一边来到张玉面前。张玉见丈夫那个高兴劲，笑着说：“我给你生个儿子你就这样高兴？我告诉你，你的小棉袄、酒坛子没啦!”

梁垚笑了笑说：“什么小棉袄、酒坛子的，不要瞎说。这次开了个好头，以后再生个十个八个的，要男有男，要女有女，哈哈哈!”

张玉笑了笑说：“哎哟，你把我当成什么啦？我又不是你家产蛋的鸡，过来，给孩子取个名字吧!”

梁垚来到床前，抱起孩子看了看，笑着说：“是我梁垚的儿子就一定有出息，将来一定要做个顶天立地的男子汉，就像梁山好汉那样侠肝义胆，依我看就叫梁山。”

张玉躺在床上，将身子一扭说：“不行！不能叫梁山，梁山后面再加一个‘伯’字，岂不是叫‘梁山伯’？我可不想让孩子变成书呆子。”

梁垚笑了笑说：“张玉，‘梁山’比‘梁山伯’响亮得多，不改了!”

张玉笑了笑说：“你是一家之主，就依你了，不改就不改。”

梁垚又“唉”了一声说：“我差点把祝勋家的事给忘了，祝勋家也有喜事！”

张玉急忙问：“他家也有喜？是不是刘琳也生了？”

梁垚回答：“是啊！早产，生了个女儿。”

张玉一听感到吃惊，说：“怎么，我感觉我们两家要成亲家了，该不会梁山伯与祝英台又在我们两家重演吧？”

梁垚急忙说：“不会的，怎么可能？”

张玉听后摇了摇头说：“我不信，你这犟脾气我还不知道？再说你不想祝家的丫头，我还想呢，你瞧瞧人家刘琳长得多水灵，祝赑除了小心眼，人品也不坏，他们生的女儿肯定可爱，要是他们的女儿以后能与咱们梁山配成一对，那真是我们两家修来的福分。”

梁垚听后说：“那好！明天我就去找祝赑商量，给孩子们定下这门亲事。”

张玉摇了摇头说：“明天就晚了，马犇的老婆王怀女一直认为我要生女孩，昨天她还来打听，说如果我生个女儿，就想与我们家定亲。你想想，这个时候马犇能在家坐得住吗？”

梁垚一听，突然回过神来，猛拍了下脑袋说：“哎呀！马犇这人鬼精得很，说不定他已经前往祝家提亲了。不管怎样，我一定不能让他马家！”

说完，他转身就想走。妻子张玉急忙叫道：“平时看你做生意想得十分周全，现在两手空空就想去提亲，那怎么能成？”

梁垚想了想说：“夫人说得对，我是应该带点礼品。我该带些什么呢？”

张玉欠起身来，用手一挥说：“咱家柜子里还有一坛老酒，常言道，女孩子就是酒坛子，这个时候还不拿出来，更待何时？”

梁垚急忙说：“我真是高兴得忘记了此事，多亏老婆提醒。”

说罢，他急忙上前打开柜子，取出酒坛，又拿了一摞银圆，转身叫道："天良！奶妈哪里去了？"

没等天良回答，王婆即从厨房里走了出来，问："老爷有何吩咐？"

梁垚说："我去祝家一趟，你一定要细心照看夫人！"

王婆笑了笑说："我会把夫人照顾得好好的，老爷，您就放心地去吧！"梁垚点了点头，提起贴着红纸的酒坛前往祝家。

刚到祝家门前，就听祝淼家院内传出马垚的说话声。梁垚心想：这小子脚步真够快的，没想到让他抢先一步了，不管怎么样我都要进去看看，想到这便大步跨进祝家大门。

梁垚赶来，祝淼一阵恍惚，看了一眼站在身后的马垚，便急忙上前迎接。梁垚一边笑一边说："祝淼，恭喜你啊！咱俩有言在先，从现在起我们就是亲家了，一家人不说两家话，我是专程给亲家你送礼来了。"

马垚挠了挠头上前说："天下哪有这么不顾脸面的，一进门就说是亲家，还不知道人家同不同意呢？你也给人家一点余地，选个好人家。"

梁垚一听，很不高兴地说："怎么，一千多年前就是你马家在我们梁祝两家中间搅和，怎么今天又死皮赖脸地在这瞎掺和，还不到一边凉快去。"

马垚挠了挠头，说："天下之大，巧事太多。你先不要把话说得这么难听，我们都要讲道理，最起码我比你来得早。"

梁垚哼了一声说："要说早，早在焦岗湖边我和祝淼就为孩子们定了亲，这叫指腹为婚。平时见你马垚人还不错，没想到你如此油嘴滑舌，你休想坏我梁家与祝家的好事！"

祝赑见两人争执不下，于是笑了笑说：“刚才我与刘琳才说过，女孩是棵草，没想到变成宝了。我们几个就像亲兄弟一样，我相信我的女儿长大后，嫁到谁家都会幸福。”

马垚笑了笑说：“这么吧！就掷银圆来决断，按正反面分辨胜负，你们俩意下如何？”

梁垚绷着脸说：“天下哪有这样给孩子定亲的？好赌博的就是鬼点子多！”

马垚说：“事情到了这个地步，我们只有采取这种办法决断了。”

梁垚瞪了马垚一眼，气哼哼地说：“既然这样，我梁垚退出。”

马垚假心假意地拦住梁垚说：“唉！你也不能就认输啊！这样对你不公平。”

祝赑看了看两位，无奈地笑了笑说：“这事要是传出去，真的让人笑掉牙。”

梁垚嘴唇抖了一下，蔑视的目光盯在祝赑的脸上，没有回答，只是将手伸进自己口袋里，掏出一摞大洋，向桌子上一拍，义正词严地说：“这是给孩子的礼钱，我可不想与你们玩这种游戏，荒唐！”说完，提起那坛老酒离开了。

祝赑立马跟了上去，说：“大哥，这肉脸对肉脸，你说怎么办啊？”

梁垚回头说：“有什么不好办的，几十年来我们俩亲如兄弟，即使这事成不了，也不能用这种方式对待刚出生的孩子，从今以后你就给我滚一边去！”梁垚说完，离开了祝家。

马垚沾沾自喜，刚想说话，刘琳便叫道：“祝赑呀，你们在说什么呢？”

马垚死皮赖脸地说："梁垚想为他孩子提亲，好像生气走了，我可跟他不一样，我是带着诚心来的。"

祝勰听了马垚的话，没有说话。马垚感觉祝勰不睬自己，有些不好意思，红着脸来到祝勰面前，说："祝勰兄弟，如果你不满意我们两家的这门亲事，那就算了。"马垚说完起身也想离开。

祝勰这才说："嗨！梁大哥心眼不坏，他离开我都感觉对不起他，真的有损这几十年的交情。"

马垚笑了笑说："是啊！梁垚人确实好。前几天我还让夫人到他家提亲，可谁想到他家也得了一小子。"

祝勰说："梁垚的为人咱没话说的，可他的牛脾气谁也扳不过来。现在倒好，我们喝两杯？"

马垚回答："好……"

梁垚回到家后闷闷不乐，妻子见他不爽，便说："老爷怎么啦？是不是祝家没有答应定亲之事？一家有女百家求，错过这家，还有那家嘛！"

梁垚摇了摇头，说："夫人你有所不知，我梁家与祝家是世交，我们两家的交情都名声在外了，在这淮河岸边无人不知无人不晓。我们两家定亲是天经地义。这个马垚就像个痞脸苍蝇，前几天让他老婆来我们家提亲，今天他又到祝家纠缠。"

张玉叹了一口气，说："老爷，你与祝勰打交道多年，你还不知祝勰的为人吗？人家什么时候都不在你话下，他不拒绝马垚，也是对你有看不清的。"

梁垚有些生气地说："虽说我这牛脾气跟他说话刻薄了点，我那是为他好！我们俩出门做生意，我处处照顾他。这次南下贩麻，他祝赑想去我也不带他去了，就让他与马垚合伙在家开赌场吧！”

几天过去了，梁垚备好一车大米，准备南下贩麻。临行前，张玉说：“看你最近像霜打的样子，这样出门真让我放心不下，难道你还在为那定亲的事对祝赑耿耿于怀？”

梁垚说：“这次生意没有祝赑这个屠夫我也不能连毛吃猪！我把管家天良带上。我就是咽不下这口气，祝赑与我是铁打的兄弟，万万没想到为了孩子定亲的事，让我与马垚赌输赢，开玩笑！”

张玉叹了口气说：“就这样你们兄弟就断了情义？再说，选亲总有个缘分，你还怕我们家梁山娶不着老婆？”

梁垚听后大大咧咧地笑了笑……

张玉又说：“老爷，我告诉你，上次贩回的麻质量真的很好，纺织出来的渔网很结实耐用，渔民们都很喜欢。”

梁垚说：“我知道了。你还在月子里，我现在就出门做生意确实不大合适！”

张玉说：“家里有王婆伺候着，你就放心地去吧！”

梁垚听后，趴在梁山的小脸蛋上亲了一口，笑了笑便去收拾行囊。梁垚与管家天良一边赶车一边聊天，天良说：“老爷，我见你这几天脾气够大的，也不敢与你说话，一切事情都要看开些，比如说祝家、马家，他们之间走得越近，说不定老爷你的负担就越轻，这是好事呀！”

梁垚笑了笑说：“天良，你还没结婚生子，等你到那一天就知道了，人都是这个贱脾气，没有儿子想儿子，有了儿子又想女儿啊！”

天良笑了笑说：“老爷，我在你家已有几年，知道你心地善良，说不定哪一天老天就会赐给你一个女儿。”

梁垚哈哈大笑地，说：“托你的吉言啊！”

梁垚话音刚落，隐约听见路旁荒草地里传来婴儿的哭声，天良立刻将马车停了下来，与老爷对视了一下，好像都不相信自己的耳朵，仔细听听。随后又传来一阵婴儿哭声，梁垚立即跳下车向草丛中寻找，突然发现一只破筐，筐内有个小抱被子，抱被子里包着的竟是一个婴儿。梁垚没有多想就抱起孩子，说：“这是哪家父母？真是丧尽天良，居然抛弃孩子于荒郊野外！天良，将车调头回家！”

第二章 早产婴儿病难除
梁垚倾家为付出

马车回到家门口，张玉心想：怎么刚走就回来了？就在这时，梁垚喊道："老婆大喜呀！老天爷赐给我们一位千金！"

张玉感到莫名其妙，哪有这样的好事？只见梁垚已经抱着婴儿来到床前。张玉见了立即将自己的儿子向床里挪了挪，将女婴抱在怀里，毫不犹豫地将乳头塞进孩子的口中。张玉问道："这到底是怎么回事？"

梁垚回答："不知是哪家抛弃的，我在路旁草丛中捡到的，正好与梁山成为一对。"

梁垚笑了笑说："今天就不去南乡了，回头我与天良到湖里抓几条鱼给你补补身子，希望能多催些乳。"

到了晚上，妻子突然叫了一声："坏了！这丫头怎么有些反常？"

梁垚听后感到吃惊，立即起床仔细观察，只见孩子嘴一张一合的，呼吸困难。张玉说："当家的，这孩子肯定有问题人家才抛弃的，不然谁能舍得自己的亲生骨肉，你看这怎么办啊？"

梁垚有所触动，理直气壮地说："这孩子只要进了我梁家的门，就是我梁家的人，我就要对这孩子负责到底！"说完喊了几声天良。

天良一边穿衣，一边来到老爷的房间，问："老爷！这么晚了有何吩咐？"

梁垚回答："我们捡来的孩子像是得了病，现在我们必须前往寿州城去请郎中！"

天良明白了，连声说："好！好！我这就去备马！"

梁垚与天良趁着月色，驰马来到淮河岸边，但不见船家，天良说："老爷，这三更半夜哪来的船家？就是有船，人家也不摆渡！"

梁垚说："不必担心，谁说没有船就过不了河？"

梁垚将马缰绳向天良手中一交，说："牵好马，在这等着。"说完，毫不犹豫地纵身跳进淮河，向南岸游去。

淮河水在黑夜的映衬下，显得更加阴沉，梁垚很怕水下有一个大怪物将自己的腿拽住，为自己的莽撞行为而感到后悔，有心想游回去，但想到孩子急需就医，只好硬着头皮向前游……

梁垚终于游到河对岸，恨不得一下子飞出水面，当他爬上岸后，回头看了看阴沉的水面，不禁感叹道："我的妈呀！我真不知自己是怎么游过来的。"

梁垚脱下衣服拧去衣服上的水后又重新披上，然后直奔寿州城。到了城门前，天已经亮了，城门已经打开了。梁垚急匆匆地来到一家医药铺门前，大声叫门："郎中！天都亮了，怎么还不开门？"

不一会儿，里面有人回答："请稍等，就来就来。"

门开了，里面走出一位尖下巴、小眼睛的中年人，抬头看看梁垚，问道："是你叫门吗？进来吧！"

梁垚跟了进去。没等梁垚说话，郎中用手指了指墙上挂的旗子，说："看着没有，我的医术在这一带相当有名气。"

梁垚心想：这个郎中真有意思，不了解求医者情况，竟然先自夸起来。梁垚看着墙上的锦旗，说："我知道你是神医，能药到病除，妙手回春，是华佗再世，我今天要请的就是你！"

郎中听后，满意地点了点头，问道："是你有病还是家人不好？"

梁垚回答："我的孩子不知得了什么病，特地前来想请您出诊。"

郎中看了看梁垚，说："让我出诊可以，不过价钱很高，要知道我在家每天都能挣很多大洋。你想想，这要是钱少了我能去贵府吗？"

梁垚心想：这个郎中想宰人，没办法只能由他去，于是说："只要能医好孩子的病，钱无所谓。"

那郎中听后心想：今天遇到财神爷了。

梁垚备了轿子抬着郎中离开了寿州城。渡过淮河，发现天良在哭，梁垚问道："你这孩子，怎么哭啦？"

天良回答："你怎么才回来啊！我还以为老爷深更半夜在淮河里出事了呢！"

梁垚哈哈地笑了笑说："老爷福大命大！怎么会出事？"

说话间，几个人往回赶。郎中越发感到奇怪，奇怪的是这个地方前天好像来过。是不是让我再医治祝家的女婴？就在琢磨不定的当口儿，梁垚说："郎中，前面就快到了。"带着郎中向村子东头走去，郎中这才意识到自己搞错了。

郎中进了梁家大门后四处张望，心想：好一个大户人家。

梁垚大步走进妻子的房间，说："我把神医请过来了。"

妻子说："当家的，这孩子真奇怪！你离开家后孩子就好了，天亮时又患了病，现在又好了。"

梁垚说："现在我把郎中请来了，请他给孩子看看吧！"

那郎中故弄玄虚地看了看，说："你们家孩子与祝家的孩子患的病一样，很难治！不过只要你舍得花钱，就一定能根治，祝家不肯花钱，现在说不定祝家的孩子早已死了！"

梁垚听后感到震惊，急忙问道："祝家女儿生病了？"

郎中回答："是的，病得不轻！有个姓马的，让祝家放弃治疗。"

张玉躺在床上，吃惊地看了看郎中没有说话。梁垚忍不住地问道："这孩子能治好吗？"

郎中思索了片刻，说："能！只要舍得花钱，我包治！不过，至少需要三百个大洋。"

梁垚听后吃惊地说："啊！需要这么多？砸锅卖铁也不够哇！"

郎中若有所思地说："你要知道，治好疑难杂症没有好药是不行的。那可都是一些顶级的鹿茸、天山灵芝、千年老参、冬虫夏草等名贵药材，很难买到哇！"

郎中说完转身要走，梁垚上前拦住说："让我想想。"

郎中说："你们不能再耽搁了，救命如救火。要不你们想好再去找我好啦！"

梁垚一边思索，一边掏出大洋向郎中手里一交。郎中急忙后退，说："我没给孩子用药，怎么能收钱？我既然来了，就算我们交个朋友。"说完起身便离开。

梁垚有些感激，随口喊道："天良！送送郎中。"

郎中离开后，张玉说："当家的，这孩子肯定是祝家抛弃的，没想到他祝家人心够狠的，马垚也会挑事，我们该怎么办？"

王婆也上前帮腔，说："依我看，由哪来送回哪里去算了。"

梁垚在房间内来回走动，左右为难，最后来到床前，看到女婴口衔妻子的乳头，不停地吸着乳汁，叹了口气，说："也罢！不管是谁家的孩子，到了我家就是我的女儿！准备钱，给孩子治病！"梁垚的决定，让妻子也很欣慰。于是梁垚拿出所有积蓄，但只凑了两百八十个大洋，还差一点，梁垚决定，就到祝赑家去借。

妻子说："当家的！你与祝赑的关系几乎弄僵，你见了他怎么好意思开口？"

梁垚说："怎么不好开口？人到弯腰树，不能不低头，救孩子的命要紧。"

张玉说："不如我们与祝赑说明实情，我们两家共同想办法。再说你见了祝赑怎么说？"

梁垚说："你又不是不知道我的脾气，我要干的事，就不可能改变，见了祝赑我就说我们家梁山病了，需要及时救治。"

仆人听后立即说："老爷，我们家梁山才不会有病！"

梁垚说："我说有病就有病啦！我又不是瘟神，不这样说他祝赑根本就不会借给我们钱。我与他交往多年，太了解他了，他就是铁公鸡加铁算盘。如果他不借，他祝赑也得掂量掂量！"

天良回来后，见老爷愿倾家荡产也要挽救女孩，十分感动，同时也感到为难。于是他来到梁垚面前，说："老爷，我们不能盲目行事。问题有两点，一是这个郎中是不是骗子还很难说；二是这个郎中即使不是骗子，这个小女孩也未必能治好。”

梁垚听后笑了笑说：“天良，你跟随我多年还不知我的为人？我梁垚是刀架在脖子上都不怕的人。我心已决，谁也别想阻拦！”

其实，祝赑的女儿被发现病情后，也曾经到寿州城请过这个郎中，他当时开口要五十个大洋，祝赑在无奈之下只好放弃。但是，妻子刘琳死活舍不得亲骨肉。马垚得知后心想：万一孩子留下后遗症，我马家怎能要个傻媳妇，于是就苦口婆心地劝祝赑放弃治疗。

梁垚来到祝赑家门前轻轻敲了两下，听到祝家传出哭啼声，祝赑也不停地发牢骚。梁垚思索了片刻，再上前敲门，叫道：“祝赑！你这家伙，怎么不给我开门？你家女儿与马家定了亲就把我给忘了？”

祝赑听后，急忙上前开门，并且说：“哎哟喂！梁大哥，我家出事了，前天孩子夭折了！”

就在这时，马垚也慢慢走进来。梁垚一听眼珠一转，说：“哎呀！这真是怪事！我家孩子也病了，现在急需一笔钱，我这次前来，就是希望你能借我几十块大洋。”

祝赑听后半天也没有吭声，马垚摇了摇头说：“你梁垚也真是的，人家正陷在失去孩子的痛苦之中，难道像你这样的家庭给孩子治病的钱都没有，谁相信？”

梁垚把眼一瞪，叫道：“我梁家与祝家有多年的生意交往，我和祝赑情同兄弟，现在做大哥的有难，请兄弟帮忙有何不妥？”

祝赑见梁垚、马垚争执不休，上前说：“梁大哥，我不是不借，只是前些天拉了几车渔网没卖掉，家里现钱也所剩无几。”

梁垚说：“我不要多，就借二十块。”

祝赑说：“二十块肯定有，可是我还想卖车大米到南乡，再贩些麻回来卖。”

马垚一听急忙帮腔：“这事说也真巧，他有钱，你有大米，你们交换岂不是相得益彰。”

梁垚有口难言，没想到仅剩的一车大米也要卖掉。无奈之下只好答应。

梁垚接过钱，急忙奔向寿州城。他来到药铺，见郎中笑嘻嘻地迎了上来，并且很客气地将梁垚请进屋内，问道：“梁先生，你为孩子治病的钱凑够了没有?”

梁垚回答：“够了！为孩子治病，就是倾家荡产也值得!”

郎中问道：“你为孩子付出我十分感动，孩子现在的病情如何，还会出现呼吸困难的症状吗?”

梁垚回答：“还是老样子，这次前来，全指望神医开恩啦。”

郎中笑了笑说：“那当然，只要用了我的药，不出三天，百病消除!”

梁垚叹了口气，说：“但愿药到病除，多谢神医了!”

只见郎中不慌不忙地从柜子里掏出几个红纸包，说：“这可是名贵中药材，你拿黄金都买不来。”说完，装模作样小心翼翼地配制。

最后他说：“回去后，将这些药粉加少许蛋清，然后敷在孩子手心、脚心就行了。不过还有一味中药叫天山灵芝，这是第二次用药必备的，很重要，只要用上后，以后永不复发，可现在我没有快马，如果方便，就将马借我用一下，明日我将药材送去，顺便再看看孩子。”

梁垚答应了郎中的要求，付了钱，拿起药急急忙忙往回赶。梁垚边走边想：我梁垚在商场拼打多年，日子过得挺好，可这次说不定要替女儿还债了，几百个大洋听起来算不了什么，可是也掏空了我梁垚的家底了，但愿孩子能得救。

梁垚回到家中，遵照郎中的吩咐，将药取出，贴在孩子手心脚心。

几天过去，不见孩子好转，也不见郎中到来！夫妻俩都很着急，梁垚忍不住拉了一匹马，想再前往寿州城。天良上前说：“老爷，咱家就这一样值钱的东西了，你还想再把它送人?”

就在这时，妻子叫道：“当家的！这丫头怎么又患病了?”

梁垚听后有点生气，将马牵回拴好，一跺脚，自己独自前往寿州城。天良见老爷独自出门没有骑马，才意识到自己的言语过重，立即牵出马追了上去。天良与梁垚来到淮河边，梁垚说：“天良，你把马牵回去吧！隔河渡水马也不方便，再说家里没有人照应我也不放心。我自己前往寿州城，如果郎中不来，你就把我的马骑回。”

天良说：“老爷你说的也是，一人手牵两匹马行走也不方便，可我把马牵回去，你过了河怎么办?”

梁垚说：“没关系，过了河离城里就不远了。”

梁垚进了寿州城，来到药铺前，见药铺门开着，梁垚毫不犹豫地走了进去，不见郎中踪影，喊了几声也没有应答。梁垚有些着急，来到门外两边张望，只见不远处有家当铺，急忙上前打听。当铺老板笑了笑回答：“客官，江湖郎中你也相信，这个人虽然在这时间不长，可骗了不少人，前天急急忙忙开溜了。”

梁垚听后，如同晴天霹雳！他不相信当铺老板说的是真话，便立即转身又来到药铺仔细查看，只见那些像是十分珍贵的药材也丢在地上。梁垚这才意识到自己真的上当了，气得差一点晕过去。

就在这时，天良也赶到了，急忙上前扶住老爷。梁垚看了看天良，问道："天良，我不是让你回去了吗，你怎么也来了？"

天良回答："我回到家中，夫人说她感到不安，硬是让我到城里看看，怕出什么岔子。"梁垚不停地摇头叹气，欲哭无泪。

天良说："老爷，留得青山在，不怕没柴烧。"

梁垚说："天良啊！近几年我在生意场上打拼总算有些起色，可是这次我把家给毁了。"

天良叹了口气，说："老爷，话可不能这样说，天地良心，别说我们救的是大活人，还有很多人在放生呢？"

梁垚说："嗨！不一样啊！他们只是买条鱼买只乌龟放回河里，可是我怎么办？孩子没了指望，家也破了，如果孩子平安，变卖家产也值得，可如今……"

两人出了西门，老爷一直往前走。天良停住脚步，说："老爷！现在天还早，不如我们上四顶山帝母宫转转？"

梁垚抬头看看天，说："我知道你小子的心思，如果泰山奶奶显灵，孩子能康复，我愿舍身以报！你相不相信？"

天良听后拍了拍马嘴，理了理马鬃，说："老爷胡说！咱们不听他的，老爷，你吉人天相怎么会死呢？"

说话间，他牵着马往回赶。梁垚叫道："你小子，怎么说话不算数？刚才还让我上山，怎么现在又要回家？"

天良有些不爽地说："老爷竟然说出不吉利的话，谁还有心思上山？"

梁垚勉强笑了笑，说："好！老爷不说那些不吉利的话了，咱们上山去吧。"

两人便转身向四顶山走去……

快到中午时分，两人才下山。梁垚手里拿着两条红丝带，半信半疑地说："这两根红布条能管用吗？"

天良说："管用不管用咱们也是图个吉利罢了。"

梁垚边走边说："天良啊！我们没有本钱，再想振兴家业可就难了。以后要过苦日子了。"说吧，便将手中的两条红丝带打了一个结。

天良一看问："老爷，你这是干什么？"

梁垚说："我憋着一口气咽不下，你想想，他祝赑心真够狠的，孩子没死就把她抛弃，我们家梁山身体好得很，将若他们拴在一起，说不定能为英英这丫头带来好运。"

天良说："老爷，按理说祝赑两口子不是这样的人，莫不是马垚捣的鬼？他可能是怕祝家孩子有病会落下病根，以后将她娶回会让马家有失体面。前几天，我见马垚两口子经常出入祝家。"

梁垚叹了口气说："咱们不说了，越想越来气。"

不一会儿，他们来到淮河边，见岸边在等候过河的人很多，梁垚与天良也牵着马来到人群中间。突然间，马儿撒起尿来，人们纷纷避让。就在这时，一位叫春红的少女，嗅到马尿的气味呕吐不止，这下可急坏了其身边的娘，口中还不断埋怨拉马的人。梁垚、天良被责怪得不好意思，只好不停地赔礼。这时又来了几位过河人，春红的娘急忙喊道："哎呀！原来是朱郎中，你来得正巧，我家女儿呕吐不止，请你给诊断一下。"

船儿已经靠岸，人们争先恐后地抢着上船。还没等梁垚、天良、春红母女俩和朱郎中上船，就听船家叫道："几位请稍等，我这只小船，经不起这么多人，请等下一艘船吧！"

几位听后停住了脚步，朱郎中看了看那母女俩，说："现在河过不成，我就给你女儿看看。"说完，便坐在老柳树下。

梁垚、天良感到好奇，也围了过来，只见朱郎中将手搭在春红的手腕上。不一会儿，郎中笑着说："好事！你的女儿有喜了！"

话音刚落，一口唾沫吐在郎中的脸上。

朱郎中吃惊地叫道："你这人怎么蛮不讲理！你叫我给你女儿看病，你还羞辱我！"

郎中说完，脸还没擦。那妇人满脸不悦，心想：我女儿还没嫁人怎么能怀孕？正准备说些什么，春红急忙说："娘！你怎么怪人家郎中？我确实怀孕了，这是你的错！"

妇人一听急忙叫道："啊！娘怎么可能？除非是你后爸，回去我非找他算账不可！"

春红听后气得直跺脚说："娘！你就是一个蛮不讲理的人，我后爸才不是那样的人。我虽然不是他亲生的，可他像亲爸一样疼爱我。都怪你！我刚与张家定下婚约，可你为了得到一个红包，贪图一点小便宜，硬让我到他家去过年。"

妇人听后，叫道："莫非是张家那个死孩子，你怎么敢做这事，应该拒绝他，丢死人了！"

春红说："我怎么好拒绝？难道与他大吵大闹？闹得我没脸见人，女儿只有死路一条！还好，张家公子承诺让我终身幸福。"

天良笑了笑说："老人家，想开点，现在流行接未过门的媳妇去过年，这又有什么羞辱的呀！……回去准备办喜事吧！"

梁垚也感到太不可思议，来到郎中面前，说："朱郎中，船快到了，还不到河边洗洗脸？"

朱郎中洗过脸，气哼哼地上了船，看着远方的河水和倒退的山影。

春红说："娘，你也真是的！你吐了人家一脸，还不给人家看病钱？"

妇人半天才从口袋里掏出一块大洋，交到郎中手里，郎中接过钱看都没看就抛进河里。下船后，梁垚拦住郎中施礼道："朱郎中，梁垚这里有礼了，常言道，请先生不如遇先生，我家刚出生一女，现在生命垂危，您医术高明，还请移步前往寒舍救治。"

朱郎中说："对不起，我现在哪还有心情给你家女儿看病，我今天自认倒霉，自讨没趣！"下了船转身就走。

就在这时，天良上前扑通跪在郎中面前，说："朱先生，是先生就有几分善心，请求先生发发慈悲，你不能见死不救啊，求求你啦！"

天良又磕了几个头，没有起身。郎中停住了脚步，看了看，扶起天良，说："这位小哥，不要这样肯定，要知道黄金有价药无价，你若遇到黑心的郎中，不让你倾家荡产才怪呢！"

梁垚说："我已经被江湖郎中骗得倾家荡产了，真的求你啦！如果你能治好我家小女的病，我这匹马就随你拉去。"

朱郎中用敬佩的目光看看梁垚，说："我不能保证一定能治好你家女儿的病，看你为人诚恳，我会尽力而为，那就请在前面带路。"

梁垚带着郎中来到家里，习惯性地吩咐管家："看茶！"

天良嗫嚅着说："老爷，昨天家里就没有茶叶了，今天进城，我忘了买一点，现在只有白开水。”

朱郎中听后笑了笑，说：“豆腐泼了有架子，看你们虽是家徒四壁，但前途无量啊！不过这一路走来我确实有些口渴，白开水也好啊，只要能解渴就行。”

天良将白开水倒好，朱郎中说：“这水有些烫，先凉着吧，就让我先看看孩子。”

梁垚将朱郎中引进房间，朱郎中仔细地给孩子检查：看看虎口纹、看看脚、摸摸头，摸摸肚子后还轻叩了两下，最后扒开孩子的嘴，问道：“这孩子出世几天了？”

梁垚回答：“差不多十天了。”

郎中吸了口气，说：“小小生命，她已经很坚强了！她是因早产引起的先天不足，各个器官发育得都不正常。”

梁垚忍不住地说：“朱先生，实话告诉你，这孩子是我们捡来的，是被村西头祝家抛在荒郊野外。朱先生，这孩子有救吗？”

朱郎中说：“有救，有救！不过需要慢慢调养，你刚才说是祝家的孩子，是不是祝赑家？”

梁垚听后点了点头。朱郎中笑了笑说：“这就对了，祝赑这个人虽心肠不坏，但是他心眼太小。十多天前，他的妻子不小心摔了一跤，到我那检查过，我告诉他们，他们的孩子有可能要早产，让他们多加注意，没想到他们并不当回事，临走还欠我一些药费。”

张玉说：“原以为捡来一个女儿，没想到这孩子……”

朱郎中向张玉摆了摆手，说：“梁夫人不用着急，要想孩子康复还需要你这母爱，你将她放在怀里，保持体温，奶水要少吃多喂，我回去给孩子配些药，先把胃保养起来，嗓子治好，这样呼吸就会顺畅，我想不出一个月孩子病情就会好转。”

梁垚、张玉夫妻俩听后大喜！朱郎中缓步回到客厅，喝了水，转身欲走。梁垚来到马前，拍拍马说：“朱先生，这匹马归你了。”

朱郎中笑了笑说：“哈哈！虽说我是个郎中，治病收钱是天经地义，可我给别人看病分文不取也不是头一回了。我看这孩子虽不是你亲生，你却依然视如己出，真是让我感动啊；再说我看你家也不富裕，就当我行善积德。俗语说：‘穷汉吃药，富汉还钱’嘛。”

梁垚说：“朱先生，那怎么行，你不收下这匹马，我心里过意不去啊，你这不是为难我吗？”

朱郎中笑了笑，来到院中顺手捡起一块瓦，说：“你家穷，我家也不富，我家房子上的一块瓦烂了，我就拿你家一块瓦，也算是你付我的出诊费了。”

梁垚挠了挠头说：“要是这样，我明日把马卖了，给你拉一车瓦送去？”

朱郎中急忙摆了摆手说：“使不得，使不得！我家并不需要那么多瓦，一块就够了。”

梁垚感觉对不住郎中，上前挽留，让他吃过饭再走，但朱郎中坚持要离开。梁垚感激地说：“既然这样，我就让天良送送你！”

朱郎中想了想回答：“也好！回头我再配些药让天良带回来。”

天良护送朱先生回到药铺，朱郎中说：“你等着，我这就给你配药。”

他一边配药，一边交代：“回去后，告诉你家老爷，孩子一定要按时服药，一日三次，连服四天，千万不能再让孩子受凉，祝愿孩子能够早日康复!”

梁家度日如年，生意也停了下来，无奈之下，就连保姆王婆也被辞退了。

三个月后，英英身体日渐好转，梁垚看在眼里喜在心里。只是张玉的奶水远远不够两个孩子吃的，身体也一天天消瘦，梁垚很着急，于是每天都背着渔网前去焦岗湖，靠捕鱼给妻子补身子。

几个月过去了，祝赑忘记了失去孩子的悲伤，生意做得红红火火。一天他路过焦岗湖时，发现梁垚在捕鱼，便向梁垚走去。他来到梁垚的鱼篓前看了看，只见鱼篓内只有几条小鱼，问道：“梁大哥，捕鱼呢?最近没有见你做生意，是不是真的没有了本钱?”

梁垚听了并没回答，只是回头瞥了一眼祝赑。祝赑再问：“梁大哥，我知道你还在生我的气，我的女儿没有与你家孩子定亲，我也很后悔，可事到如今再为此事闹别扭还有什么意义?”

说完祝赑长长叹了一口气。梁垚扭过头来说：“你祝赑现在才想起这些，天下哪有后悔药?我告诉你，如果你家女儿进了我的家门，那准保平安!”

祝赑叹了口气说：“孩子已经死了，说那些管什么用?”

梁垚听后立刻骂了一声：“呸！闭上你的臭嘴！你跟我学做生意多年，我把心都掏给你吃了，没想到你认人不清，使我痛心疾首，你真是扶不起的猪大肠。”

祝赑无奈地说：“梁大哥你消消气，如果我妻子再生一女，就一定与你家梁山定亲。”

梁垚回过头来冷笑了一声，说："哼哼！晚了，谁还相信你？你以为我是三岁的孩子那么好哄啊。就当你说的是真的，到时候你家生下儿子，我家生下女儿，让我的女儿与你家儿子定亲？你这个不近人情的家伙，我怎么放心？我告诉你，咱哥俩这么多年的交情算是被你这一下撤干净了。"

祝勰听后摇了摇头，说："梁大哥，我错了还不行吗？我知道你为你家儿子治病已经倾家荡产，我当初就不该乘人之危买下你的大米，应该借给你一些本钱才是啊。"

梁垚听后说："你能这样想，证明你还有点良心。"

就在这时，就听身后有人喊道："亲家！你在看梁垚捕鱼呢。"

梁垚、祝勰同时回头看了看，梁垚骂道："马垚，天下哪有这么无耻的，人家女儿都没啦，还一口一个亲家地叫，成心揭人家伤疤不是？你这人真是缺心眼儿啊！"

马垚笑了笑回答："梁大哥你说得对，以后我就不那么称呼了。你放着生意不做，怎么捕起鱼来？"

梁垚回答："我梁垚本钱都没有，又不能跟你一样去坑蒙拐骗。你看看你的赌场，这天底下的好人，都能让你给害死。"

马垚说："我可没坑人，来赌场都是他们自愿的。"

梁垚严肃地说："懒得跟你说了，网里有鱼！"

不一会儿，梁垚捕了一条大鲤鱼。梁垚高兴地说："运气不错，这回好了，我的孩子有奶吃了！"

马垚一听笑了，说："哎哟！闹了半天，你梁垚捕鱼为的是给老婆下奶啊！"

梁垚一听立刻骂道："呸！狗嘴里吐不出象牙！说话没个正经的，赶紧给我滚一边去！"

马垚厚颜无耻地提起刚刚捕上来的鱼就跑。梁垚无奈地对祝焬叫道："你们俩都是什么玩意，你也给我滚！滚！"

第三章　精心巧做漂亮鞋
真情爱意心中结

祝灏回到家里闷闷不乐，妻子刘琳问道：“你怎么不高兴，发生了什么事?”

祝灏回答：“梁垚为了给孩子治病，确实花光了家里的积蓄，为了给孩子补充奶水，竟然到湖里去捕鱼。要是平时，他到集市上大鱼小鱼随便挑，这叫人穷志短吧。”

刘琳说：“前几年，不是人家梁垚教你做生意，我们家也没有今天，当初他来借钱，我们就不应该落井下石要他的米，你想想，我们还有一点人情味吗?”

祝灏看了一眼妻子，说：“这话在理，我刚才也与他提过，不过这只是场面话，如果我们借给他钱，不要他的大米，说不定他永远也还不上我们的钱了。”

刘琳听后奇怪地看着祝灏，说：“没想到，你做生意做得油嘴滑舌，嘴上说一套，心里却做鬼。”

祝爂说："我怎么啦，我一没偷二没抢，我从来没想占有别人的，别人也别想占我的！"

刘琳冷笑一声说："说得跟真的一样，那你为何不把朱郎中的药钱还上？"

祝爂回答："他朱郎中不是没把你的病看好吗？我凭什么给他钱？"

刘琳摇了摇头说："你还有理了，我看你是不可救药，不说了。对了，我想跟你说，眼下就把陆运这个管家辞退了。"

祝爂听后疑惑地问道："陆运这个人很能干，到我们家没少帮忙，现在你怎么想把他辞了？"

刘琳叹了口气说："不知怎么回事，反正我就想把他辞了。"

站在窗外的陆运听后感到吃惊，就听祝爂说："现在生意很忙，我需要这样的帮手，不能辞退！"

这时，祝爂走出房间。陆运见祝爂已经走远，他急忙来到刘琳面前双膝跪地，说道："对不起夫人！孩子早产我有不可推卸的责任，本来我也不想这样做，是你的美貌让我情不自禁，我见你躺在床上，四处无人，没想到你反抗得那么激烈，这才酿成大祸！"

刘琳用手指着陆运，骂道："你也不撒泡尿照照，癞蛤蟆也想吃天鹅肉，要不是怕毁了名声，我真想一刀劈死你！"

陆运听后哆嗦了几下，战战兢兢地说："夫人！陆运再也不敢了，陆运知错了，如果再犯，你就告诉老爷把我宰了！"

刘琳哼了一声，说："滚！我不想见你！"

几个月过去了，刘琳感到有些奇怪，认为自己应该怀孕了，但也不确定，于是与祝爂商量："是不是再找郎中看看？"祝爂说："你说得对，是

要请郎中看看，可是，哪还有好的郎中呢？”

刘琳用期待的眼神看着祝赑，说：“当家的，不要那么小心眼，我们把欠朱郎中的药钱给还上，然后再让他看看？”祝赑与刘琳一同来到朱郎中的药铺。

朱郎中一见哈哈大笑，说：“哎呀！什么风把你祝老爷吹来了？”

祝赑只是皮笑肉不笑地躲在妻子背后不敢作声，刘琳毫不犹豫地说出来意。朱郎中点了点头，说：“那好吧！我先给你看看。”

朱郎中仔细地给刘琳号脉。不一会儿，很难为情地说：“说实话，你再生的可能性确实很小了！你的病我清楚，但没有什么好办法。如果你们不相信，只能让时间去验证。”

祝赑在一旁忍不住地叫道：“朱郎中，我这回带的钱多，这次把上次的账也一起给结清了！”

朱郎中站起身来说：“祝老爷，我确实治不了你妻子的病。说实话，这不是钱的事，你们没听说过有的女人一辈子只能生一个孩子吗？人们经常讲的秤砣生，就是这个意思。”

祝赑两口子傻了眼，刘琳不停地哆嗦，朱郎中见此情景，吓得不知所措……

刘琳突然跪在朱郎中面前，说：“朱先生，我求求你！只要我能生，吃多少药花多少钱我都愿意！”

祝赑也定了定神，上前说：“只要我们能有个孩子，就是倾家荡产也心甘情愿！”

朱郎中听后思索了片刻，说：“你早干吗呢？如果你们不重男轻女，好好把握你家小英英，那该有多好啊！祝老爷，对于你夫人的病，这只是我的看法，或许别处有好办法医治，你还是另请高明吧。”

刘琳像是泰山压顶，抬起头来，说：“十里八乡哪还有好的先生，我们只相信你。”

朱郎中说：“梁家也有个老中医，医术高明，最好你们去请他再细查一下。”

祝赑听后，上前拉起刘琳想走，刘琳瞪了祝赑一眼。祝赑问道：“什么意思？”

刘琳说：“把上次欠的药费连同现在看病的费用都给付了。”

祝赑听后有些迟疑，刘琳上前将手插进祝赑的口袋，瞬间掏出十个大洋，向药柜上一放，说：“不管多少就这些！”祝赑脸上透露出舍不得的表情。

朱郎中见了，笑了笑说：“哪能要那么多，我又不是打劫的。”

朱先生从中拿了一块大洋，剩下的交到祝赑手里，说：“祝老爷，我知道你是个生意人，但是你要记住‘舍得’二字，只有付出才有收获。”

祝赑、刘琳两人来到梁氏中医馆，只见前来看病的人络绎不绝，梁先生仔细检查刘琳后，说：“你的病或许有治，但我实在是没有那个能力。”

刘琳听后，感到自己再生孩子的可能性很小，但祝赑仍然抱有一线希望，于是挤上前说：“梁先生，请放心，只要能治好我老婆的病，不管花多少钱我都不在乎。”

梁先生摇了摇头说：“这不是钱的事，你就是送我几匹马几头牛，我也治不好你妻子的病！”

就在这时，旁边的一位婆婆说：“有的人想生孩子，有的人生了孩子却将其抛弃，人真不一样，前些日子，听说一家姓祝的生了一女，不久生了病，做父母的不但不给孩子治疗，还把孩子丢在荒郊野外。”

祝赑、刘琳听见，感到吃惊！

刘琳急忙上前追问：“请教老人家，您知道孩子的下落？”

婆婆回答：“只听说被好心人捡回家，又请了郎中把孩子的病治好了。”

祝赑迫不及待地又问道：“老人家，可知孩子被谁家捡去了？”

婆婆摇了摇头说：“我是听过路人说的，具体情况不大了解。”

天气闷热，热得让人透不过气来，像暴雨即将来临。一只母鸡带着一群小鸡，母鸡不停地呼唤着小鸡，并张开翅膀，想让小鸡躲在自己的身下。

狂风袭来，暴雨拍打着大地，祝赑与刘琳被淋得像落汤鸡。回到家里，刘琳一把揪住祝赑的耳朵，用力地拧着，并且叫道：“虎毒还不食子，为了几块破钱，你竟然不给孩子治病！这还不算，你为何在我睡着时把小英英偷抱走？今天如果你不把小英英找回来，就别想进这个家门！”

刘琳说完，把祝赑向外一推，将门关上。一声响雷震天动地，顷刻间暴雨倾盆。这时梁垚身披蓑衣经过祝家门前，见祝赑被老婆推出门外，跌倒在地，感到好笑，于是上前问道：“哎哟！你祝赑是怎么回事啊？挨老婆打了，如果在床上没人看见也就罢了，现在竟然被老婆推出门外，这多难看。”

祝赑抬头看了看梁垚，没有回答，立刻站起身来继续叫门。梁垚见了，摇了摇头便回……

梁垚回到家中，张玉问：“这雨下这么大，你到哪里去了？”

梁垚回答："找天良去了，这段时间，我总感觉天良有点不对劲。"

张玉回答："你还别说，他最近确实对我们家贡献不小。柴米油盐也不知他从哪里弄来的，虽然家穷了，但有他这样忙里忙外的，生活还靠得住。"

梁垚挠了挠头说："我怎么老感觉不对劲呢，他好像有什么事瞒着我们，我必须弄清楚天良到底在干什么。"

第二天清晨，马垚竟押着天良来到梁垚的家门，并声称梁垚家的房产现已归他所有，梁垚听后十分震惊，于是，来到天良面前问道："天良，这到底是怎么回事？"

天良哆哆嗦嗦地回答："老爷，我想替你多赢点钱，没想到把你家房契都输掉了。"

没等天良说完，梁垚的一个耳光就打在天良的脸上，并且骂道："你这个不争气的东西，没想到你竟跑去赌钱，这下可好，本来还想着虽然家财散尽，但好歹还有个住的地方，日子倒也算可以将就，可现在……"

马垚笑嘻嘻地上前拦住梁垚说："梁家大老爷，你怎么对你家下人下手如此狠毒，我都看不下去啊！"

梁垚回头看看马垚，骂道："你不要狗拿耗子多管闲事，房契是天良偷的，而且没有我的签字画押，不能算数！"

马垚笑了笑说："我就知道你会来这一套。现在房契在我手上，你再怎么说这房子是你的也不管用，要怪就怪你家下人手气不好。"梁垚听后，气得头晕眼花，像一堆烂泥一样瘫在地上。

张玉得知这一情况在屋内哭啼不止。马垚来到梁垚身边，说："梁垚，我们是老朋友了，也有多年的交情，不想搬走也行，只要你拿三百个大洋来，我就把房契还给你。作为多年的老朋友，我这可算是仁至义尽了啊，尽管咱俩交情再好我也不能白给你对吧，不过咱可把丑话说在前面了，我就限你三天时间，三天之内把钱交齐了这房子还是你的，可要是三天以后这钱不能兑现，那可别怪我不讲情面了。”

马垚离开后，天良跪在院内，梁垚仰天大笑，并狂叫：“老天爷啊！我梁垚一点缺德事没做过，你为什么要如此逼我？”

天良见老爷如此伤心，念念叨叨地说：“老爷，我也想好啊！可是我不走运！我对不起你啊，老爷！”

梁垚骂道：“你这个没用的东西，你知不知道十赌九骗？你不是不走运，而是你上了马垚的当了，我现在恨不得一刀劈死你！”

张玉踉踉跄跄地走出房门，一只手扶着门框，一只手捧着肚子，呕吐不止，过了一会儿，才喘过气来，说：“一刀劈死他又有何用，他的本性也不坏，事情已经发生了，又能怎么办？”

梁垚见妻子走出门来，便上前搀扶。天良仍然跪在院内，他为自己犯的大错而感到懊悔。他抬头看看天，心想：我不能坐以待毙，要想想办法讨回老爷的房契，想到这，便起身向马垚的赌场走去。

天良来到赌场，马垚一见天良就向他身后看了看，本以为梁垚跟在后面，结果没有。于是他站起身向天良迎了过去，问道：“天良，这么快就送钱来了，还是你家老爷凑不够钱已经搬家了？”

天良回答：“马老板，两样都不是，我这次前来就是想与你达成协议，希望你能归还老爷的房契。”

马垚笑了笑说：“你异想天开，我与你订什么协议，你有什么资格跟我谈，赶快滚蛋！”

天良说："马老板，求求你！你也知道我的东家现在的处境，我想用我的一生换回梁家的房契。"

马垚根本没有答应天良的请求。

不一会儿，祝赑也来到赌场……

梁垚将妻子搀扶进屋，妻子看了看两个孩子说："没想到，捡来一个孩子，竟能让我们家发生这么大的变化，这叫我们以后怎么过日子？"

梁垚叹了口气说："张玉！你嫁到我家，没少为这个家操心劳累，现在家破了，让我怎么能对得起你？"

妻子听后，睁开眼望着梁垚，说："老爷，千万不要这样说！家是我们两个的，我们应当共同面对，不行你就与我回娘家去。"

梁垚半天才说出："这样我就成了上门女婿，人家会怎么谈论我，你也更没有面子！"

张玉说："现在最要紧的不是面子，而是要先找到安身之处填饱肚子。我唯一放心不下的就是这两个孩子。"

梁垚顺手抱起英英，只见小英英对自己笑了笑。梁垚眼角闪出泪花，说："你这个丫头片子，可把我们家害惨了，见你这么高兴，是不是知道要回到亲生父母身边了？"

张玉吃惊地问道："你莫不是想把孩子送还祝家？"

梁垚回答："没错！只能把英英送回她自己家了，除了这样，我们别无选择。昨天我路过祝家门口时，发现祝赑与刘琳为了孩子的事闹得天翻地覆，把这孩子送回去或许对我们两家都好！"

两人经过再三商议，最后还是决定将孩子送回祝家。于是两人抱起孩子向祝家走去。

他们来到祝家门前，梁垚上前敲门。刘琳听到敲门声，叫道："管家，去看看是不是祝赑这个死鬼回来了。"

管家透过门缝，发现梁垚与张玉站在门外，管家急忙返回刘琳身边，说："夫人，是梁垚与他老婆在外叫门，我还见张玉怀里像是抱着一个小孩，要不要请他们进来?"

刘琳一听心中大惊，立即骂道："你真不尽情义，客人到了家门口还不开门，你还啰唆什么?"

刘琳急忙避开陆运，急切地将大门打开，见梁垚和抱着孩子的张玉站在门外。

张玉见刘琳吃惊的样子，解释说："这是梁垚出门时，在焦岗湖岸边捡回的孩子，不知是否是你家的孩子？如果是，就还给你！"

刘琳听后万分感激，急忙说："我们家英英胸前有块红色胎记，很像一朵莲花，如果有那肯定是我的孩子！"

张玉听后，点了点头，回答："刘琳妹妹，你说得没错，这女孩确实有一胎记像莲花！"

刘琳听后激动地上前接过孩子，小心翼翼地亲吻着孩子，突然转身双膝跪地，千恩万谢！陆运也来到跟前，恳切地说："夫人，恩人已经来到门前，何不好好款待?"

刘琳抹去脸上激动的泪花，请二位进屋分别坐定。梁垚说："我们两家不是一天两天的交情，不必客气，既然孩子已经给你们送来了，我们就回去了。"

刘琳盛情挽留……

梁垚与妻子回到家里，备车前往岳父家。梁垚一边忙活，一边说：“天良这个王八蛋，要是把我们家的马车都给输了，看我们怎么走？”

张玉四处看了看，问：“唉！天良哪去了？错就错了吧，他也是个没有爹娘的孩子，不把他带着让他一人到哪流浪？”

梁垚回答：“管他去，死了才好呢！我先把你们娘俩送过去，然后再回来拉东西。没想到，我梁垚今天竟然混到这个地步！”

梁垚带着妻子儿子刚要上路，突然祝奡快步赶来，一边奔跑，一边呼喊：“梁大哥！请慢！”

梁垚回头看看，说：“祝奡这个王八羔子怎么来了？不管他，我们走。”

张玉说：“当家的，祝奡有话跟你说，你就停一下嘛。”

梁垚将马一勒，马车停了。祝奡来到马车前，双膝跪地，一边磕头，一边叫道：“梁大哥呀！你真是大恩人啊！你不仅救了我们的孩子，还挽救了我的家啊！该破家的不应该是你们，而应该是我！请你们留下，一切由我承担，我一定会让你们满意的！”

梁垚冷笑一声，说：“由你承担，你能承担得起吗？”

祝奡还想说些什么，就听远处一位女人大叫：“好一个害人的马垚，今天我非打死你不可！”

只见马垚一边跑一边像猪一样号叫着：“我不敢了！不要再打了！”

张玉抬头看了看，说：“唉！这不是人称‘大刀王怀女’的马垚的老婆吗？”

梁垚奇怪地问道：“胆子不小，老婆敢打男人？”

祝奡急忙说：“梁大哥，说起来还要感谢天良，天良在走投无路的时候，去找了王怀女。王怀女得知马垚开赌场害人的事后，立马拿起棍子，

砸了赌场，这不，还痛打马垚。”

第二天，祝勰将梁垚、张玉、马垚、王怀女请进了家，大摆宴席，说：“梁大哥、马兄弟，我们几家在这淮河岸边生活了多年，有过轰轰烈烈的家计，也有坎坎坷坷的艰辛；有互相帮助，也有互相争执。总之，我们今天终于又坐到一块了，这得多亏这些老娘们！”

马垚立刻接过来说：“老婆英雄，是老婆的棍子把我打醒了！”

王怀女见马垚插话，急忙瞪了马垚一眼，马垚立刻低下头。祝勰接着说：“从今日起，我们三家，齐心协力有福同享！”

梁垚立刻说：“有福同享？拉倒吧！我梁垚遭罪惯了，有福还是你们两家享吧！”

祝勰说：“路遥知马力，日久见人心。经过这次，我才深刻体会到，人不能只为自己而活，一定要想到别人，起码我们几个要有福同享，有难同当。”

马垚听后说：“经过这次，我也想开了，人啊不能今天与你交好，明天与他结仇，关键时刻就是要拧在一块，我们几个就是死也要死在一块！”

王怀女一听，感觉这话有些不逊，上前一把揪住马垚的耳朵，揪得马垚“哎哟”地叫。王怀女说：“你怎么不挑好听的说，尽说那些寒碜人的话……”

天良偷偷地趴在窗前，不停地流泪，然后慢步离开……

梁垚、祝赑、马垚三家吸取以往的教训，从此和睦相处。十多年后梁垚又添一子，取名梁川。

一天，马垚来到梁垚家，梁垚感到奇怪，于是问道："马垚，今天你又有什么坏点子？"

马垚说："梁大哥，祝赑跟随你多年，学会了做生意；我跟随你后面，学会了做人。现在家里什么都不缺，可是我的儿子马来，我怎么都管不住啊，说他不干事，他整天不在家；说他干事，可是他不务正业，真的难管啊！"

梁垚听后哈哈大笑说："好！你知道是为什么？这说明马来就是你的种，不随你才怪！"

马垚一听，感觉梁垚说话有些刺耳，便说："难道你们家梁山是别人的呀？"

梁垚一听笑了笑说："你说话不让人！你说吧，你想把你儿子怎么办？"

马垚回答："我想孩子们都已经长大，不如让他们去读书。"

梁垚想了想说："读书，读书能当饭吃吗？我给你想个办法，把祝赑家的丫头娶回家不就好了，男人有女人管就安定多了！"

马垚摇了摇头，说："梁大哥，你千万不要寒碜我，你不提这事我都觉得丢人。祝家的英英，要不是你，早就没命了。再说，是我动员祝赑放弃英英的，说来，我真的自愧不如。要说这英英，与你家梁山才是天生的一对。"

不一会儿，张玉走进门来，说："想让孩子上学，这是好事，我也有这个想法，也想让我们家梁山去读书。"

梁垚听后，哼了一声说：“说得轻巧，哪有这么好的事？你们以为我没替孩子们想过，只是在当地没有好的学校，听说西安有个青年学堂，教学质量很好，可是离家太远。”

就在这时，梁山扛着猎枪，手提几只野鸭子走了进来，叫了一声：“马叔叔来了，今天正好打了几只野鸭子，等会让娘红烧了，请马叔叔与爹多喝几杯。”

马垚笑了笑说：“那怎么好意思，我就不走了？”

梁垚说：“怎么不好意思，不就是家常便饭吗，梁山，去把你祝叔请来，让他也尝尝焦岗湖的野味。”

梁山回答：“好！我这就去！”

梁山刚一出门，梁川就跟在后面。梁山问道：“你这小屁孩想干什么？”

梁川回答：“请客啊！你是不是不想带我一块去看美女姐姐？”

梁山笑了笑说：“你小小年纪怎么会这样？”

梁川回答：“喜欢看美女是人之常情？英英姐姐长得像仙女，谁不想看？”

梁山说：“去！去！小孩子哪有这么多话，我才不带你呢！”

梁川听后做个鬼脸，返回院内。

刘琳在家教英英做鞋，英英心灵手巧，做了一双鞋很漂亮，刘琳拿在手里看了看，说：“确实不错，你的手艺已经超过娘了，好看当然好看，可你爹不一定能穿。”

祝英英当时脸就红了：“这不是……”

娘会心地笑了笑：“难道你给梁山做的？”

祝英英不好意思地说：“妈，不是的，第一次做鞋没有经验。”

就在这时，祝颢回来了，刘琳急忙拿起鞋，说：“快过来，这是女儿做的鞋，穿上看看。”

英英有些舍不得，祝颢接过鞋看了看，说：“好！漂亮！说不定我没有福分穿，我怎么看有些小。”

刘琳笑了笑说：“小！没穿怎么知道？快穿试试！”

祝颢笑着说：“我可不想占人家的新。”

就在这时，门外传来梁山的喊叫声：“祝叔在家吗？”

刘琳一听是梁山来了，急忙叫道：“英英，快去开门！”

英英将门打开，看了一眼梁山，心想：真的很巧！梁山真的来了，这鞋我是给你做的。梁山同时也看了一眼英英，笑了笑。刘琳笑着叫道：“梁山，快过来！”

梁山走了过去，说：“祝叔，我爹叫我来请你到我家去喝酒。”

祝颢笑了笑说：“好！好！我早就想与你爹聚聚。”

英英把鞋向娘手里推了推，刘琳拿起鞋，说：“梁山，你来得正好，这是英英做的鞋，你穿着试试。”

梁山接过鞋看了看，坐在凳子上，问道：“这是你做的？为我做的？这怎么好意思？”

刘琳笑着说：“你问这么多干吗？你穿上试试。”

梁山将鞋穿上站起身来，走了几步，对英英说：“祝英英，你怎么知道我脚的尺寸？这鞋我穿正好！”

刘琳见了，满意地看了看英英，笑了笑说：“好啊！真是天生的一对！”

梁山听后，抬头看看刘琳，说：“刘姨，我这双脚本来就是一对啊，少一只还没法走路呢！”

刘琳说："傻小子，回头我与你娘说。"

梁山心想：难道刘姨想为我提亲？不会吧？英英不是小时候就与马来……想到这，回头想看英英，但英英已经转过身回自己的房间了。梁山看了看脚上的鞋，想把鞋脱下来。刘琳笑了笑说："你穿合适，就不要脱了。"

梁山笑嘻嘻地说："这么好的一双鞋送给我，我可舍不得穿。"

说完，还是把鞋子脱下来包好，来到英英门前，说："谢谢你，英英妹妹！"

英英没敢打开房门，微微地、甜甜地笑了笑……

梁山回到家里，见父亲与两位叔叔在喝酒，他们边喝边高谈阔论。祝赑说："你们知不知道日本人都打过来了？现在东北到处都是战火，东北军是节节败退，中国的局势很不稳定！"

梁垚听傻了眼，吃惊地说："你没来以前，我与马垚商量过，想让几个孩子去读书，既然我们国家到了这个地步，不如让几个孩子去练枪法，这样才能保家卫国。"

马垚听后点点头，说："梁大哥说得对，日本人已经打过来了，国破家何在？有国才有家！我们热血男儿必须拿起枪杆子。"

祝赑叹了口气说："你们好像对自己的孩子都早有安排，可我怎么办？总不能让一个女孩子上战场打仗啊。听说大哥请我喝酒，我很高兴，我以为是为我家女儿英英的婚事而来，没想到，你们谈的都是国家大事。"

梁垚笑了笑说："祝赑你想错了，女孩子怎么啦？女孩子照样上战场！你看古人，梁红玉、花木兰，她们不仅能打仗，还留下美名相传。"

张玉又端上一盘菜，说：“祝飏，你怎么想到要嫁闺女，你家女儿长得貌若天仙，还怕嫁不出去？”

祝飏摇了摇头，说：“嫂子，你说得没错，不过现在与过去不一样，没听说过吗？现在很多人都在闹革命，说要打破封建制度，婚姻也是一样。我没说过我家女儿嫁不出去，我只想为女儿选个好人家！”

梁垚叹了口气，瞅了一眼马垚，说：“嗨！你还挑什么，十八年前你已经为孩子挑过了。现在革命还没来到我面前，如果当真今天革命已经来到，我一定会叫我的儿子去争取，哪怕去抢你的女儿！”

马垚一听，心中高兴！认为十八年前的婚约不会作废。但祝飏听了梁垚的一番话，又急又气，认为梁垚没听懂自己的话，其实他就想把女儿嫁到他梁家。祝飏想到这，将手中的酒杯一推，说：“不喝了，没劲！”

马垚也放下酒杯，问道：“那孩子们读书的事怎么办？”

祝飏有些生气地说：“怎么办！让孩子自己做主！”

祝飏说完，起身就走……

刘琳在家与女儿谈话，刘琳说：“英英，你也不小了，梁山这孩子真不错，人家父母救过你的命，比亲人还要亲，今后一定要懂得报恩！”

英英笑了笑，说：“娘！人家还小，不知你提了多少遍。”

刘琳微微地笑着，说：“娘不提了，现在说不定你爹正在为你提亲呢。”话音刚落，祝飏走进来，一声不吭，坐在一旁。

刘琳问道：“怎么回事？怎么喝酒喝出气来，醉了？”

祝飏气哼哼地回答：“这个梁垚，不知好歹，说话忽高忽低的。我明明想趁着这个场合，把英英的婚事给定了，可梁垚说了一套大道理，根本不买我的账。”

刘琳听后，思索了片刻说：“如果马垚在场，就不能把话说明。你们在一起喝酒，还说了些什么事？”

祝毅听后不停地点头，说：“马垚确实在场。我们一起喝酒是为了孩子们的未来。马垚提出，想让孩子们读书。我们家是女儿，怎么放心让她出门，这事我想不通！”

就在这时，女儿的房门开了，英英从里面走出，说：“爹！你有没有为我考虑考虑，你也知道，全国很多地方都在闹革命，一但革命成功，男生能干的事，女生也能干，没有知识是不行的呀。”

祝毅笑了笑说：“俺家英英有志气，爹真高兴！自古以来，女孩子没有几个能冲锋陷阵当家的。”

刘琳放下手中的活，说：“你这个当家的，话可不能这样说，我让你当家是给你面子。你看看马垚老婆王怀女，拿起大棍不也是把马垚扶上正道。不要认为女人就没有报国心，说不定女人比你们男人还强！”

祝毅站起身来，问：“你的意思想让英英去读书？”

刘琳拿起针线，回答：“你不是当家的吗？还是你做主！”

祝毅看了一眼女儿，笑了笑说：“现在女儿已经长大，不能老是关在家里，让她出去见见天。”

英英听后笑了笑说：“爹！你想通了？”

祝毅回答：“不想通也不行啊！现在是女大不由爹了，圈在家里还不成了傻丫头？”

祝毅又返回梁垚家，并说明来意。梁垚、马垚同时笑了笑，梁垚说：

“如果天良在就好了，他能带着几个孩子求学。十多年啦，没有音信，也不知道他在干什么。”

马垚说：“梁大哥，天良不在你怕什么？几个孩子已经长大成人，难道你怕他们不能自己照顾自己？”

梁垚看了一眼马垚，说：“是啊！他们可从来没有离开过父母。”

祝赑故意说：“梁大哥！我知道你是担心我家英英，这个没有必要。不过西安那个青年学校离家太远，听说合肥有个学堂不错，里面学生有男有女，教的都是新文化，教学质量也好，不如让孩子们到那去。”

马垚说：“好！就让孩子们上这所学校，我这几天没事，就让我带他们去吧。”

第二天清晨，马垚带着三个孩子上了路。马垚一边走，一边看英英，心想：这丫头长得实在太漂亮，如果时间长了，说不定迟早被梁山抢去。想到这，故意来到孩子们中间，说：“马来！出门在外，爹娘不在你身边，你可要学会照顾好自己，更要照顾好英英！要知道你和英英在十八年前就定下婚约了，你们将来是很好的一对呀！”

梁山听后，心里咯噔一下！便放慢了脚步。

英英听后，回头看看梁山，说：“叔叔，你怎么提起这些，说得人家都不好意思。”

马垚急忙说：“哟！哟！叔叔是过来人，只是担心你们，不说了。”

第四章　默默无闻见真诚
保家卫国挑重担

时间一天天过去，马垚的那句话老是在梁山的脑海里回荡。梁山无奈之下，只好避开祝英英，而马来处处体贴入微地照顾着祝英英。但是祝英英感到十分别扭，于是她来到梁山面前，问道："梁山哥！你是怎么回事？为何天天躲着我，还没精打采的？是不是在来校前的路上，马垚叔叔说的那些话让你心里不舒服了？"

梁山思索着，没有回答。祝英英再次问道："你怎么不说话，为何不回答我？"

梁山这才说："你让我怎么打起精神，现在国家生灵涂炭，到处都是日本人，要亡国了你知不知道？"

祝英英说："那你就不理我？希望有一天，我们可以一同奔赴抗日战场，去救国救民！可你现在不理我，你知道我心里有多难受吗？咱们好像隔着一堵墙，我们能不能冲破那些世俗观念，光明正大地说上一句心里话？如果有一天，我与马来结婚了，你后不后悔？"

梁山半天也没有说话，最后才说："我会祝福你们！"

祝英英叫道："呆瓜！你真是那个梁山伯！"

祝英英转身走进食堂，气得自己坐在桌前。马来端上两份饭，走了过来，一份留给自己，一份放在祝英英面前，就在这时，梁山也端着饭菜走进来了。马来喊道："梁山，过来坐。"

梁山回答："你们坐吧，这里有空位置。"

饭即将吃完，马来看看祝英英，问道："吃饱了没有，如果不够，我再给你添点？"

祝英英没有回答，急忙将碗里的饭吃完，顺手从自己口袋里掏出钱来，往桌子上一放，说："这是饭钱。"

马来急忙说："谁要你的钱，我没这么小气。"

话音刚落，就听校长说："同学们，吃过饭都在门外集合，学校有紧急情况要向大家宣布！"

学生们吃完饭，纷纷涌出门外。不一会儿，校长带着两位同志进入学生们的视线，校长说："同学们！日本鬼子即将进入合肥，为了同学们的安全着想，现在有请江南游击大队大队长殷光勋同志和政委李天良同志为我们发表训话。"

祝英英感到有些奇怪，认为这天下叫天良名字的人真多。

就在这时，殷光勋来到台前，恳切地说："亲爱的同学们！今天我很高兴能与你们在一起，但看见你们不禁让我热泪盈眶，因为我不想看到祖国的花朵受到摧残。现在日军大部队已经向合肥逼近，战争很快将会在这里打响，到时候这里将满目疮痍。你们是国家的未来，你们来到这里也是为了学到更多的知识，将来能为国家贡献自己的力量。可如今形势严峻，作为一支抗日的队伍来说，此时此刻我们不得不为你们的安全着想，经过考虑和商讨，我们决定从今天起开始停课，希望在战争到来之前你们都能到一个安全的地方学习！当然我们也迫切希望一些拥有一腔热血的年轻人能与我们并肩作战，共同抵抗外敌，保卫我们的家园！”

同学们听后，议论纷纷。祝英英发现梁山表情刚毅、拳头紧握，于是，向梁山身边靠近。梁山发现祝英英走来，心想：祝英英，我知道你的心事。我也真的很爱你！但你不知道我心里想些什么，我真的希望有一天能毫不犹豫地冲上前，紧紧抱着你对你说，我爱你！

祝英英即将来到梁山身边时，见梁山扭过脸来看着自己，还向自己点了点头。祝英英见此情景，内心像是盛开的花朵一样，舒服多了，当自己来到梁山身边时，只见梁山兴冲冲地冲向台上。

台上的殷光勋、李天良、校长等都感到惊奇！只见梁山来到台前大声喊道：“同学们！要知道农民离不开田间，工人离不开工厂，我们学生更不应该离开学校，现在是国难当头匹夫有责，我们不能离开，离开就是逃避。越是危难的时刻越是要刚强，让我们拿起枪和手中的笔，与小鬼子斗争到底！哪怕舍去自己的生命，也要捍卫我们中华大好河山！”

梁山话音刚落，台下掌声如雷。李天良来到梁山面前看了看，说：“有志气、有勇气、敢担当，是棵好苗子，不过，学生还是要以学习为主。”

这时，李天良转过身子对同学们说：“同学们，经研究决定，我们江南抗日游击大队将对人口密集的地区进行疏散，特别是学校！希望能够撤离的同学抓紧时间撤离……”

1938年日军司令三浦中佐率领大部队对安徽发动猛攻，先后侵占了合肥、淮南和淮北等地区。疯狂的日军，到处烧杀抢掠，使长江、淮河一带的老百姓处于水深火热之中！

日军司令三浦中佐带着部队来到合肥城外，像狼一样四处张望，并叫嚷："江南游击队，狡猾，狡猾的！现在我们不能进城，一定要开几炮杀杀游击队的威风！"

随后日军向城内进行了猛烈轰炸，一颗颗炮弹落入城中，落入学校，墙倒屋塌、死伤无数。学校院内火光冲天、一片混乱，梁山从火海里逃了出来，见马来躲在墙角，焦急地问道："祝英英呢？她现在在哪？"

马来咳了两声说："我也不知道，可能还在里面。"

梁山放下马来，直冲火海，转进校舍，在浓浓烟尘中四处寻找祝英英。由于烟雾太大透不过气，再加上体力不支，梁山昏倒在地……

混乱的人群中，传来呼喊声，原来是祝英英在寻找梁山、马来。

马来听到呼喊声，立刻叫道："英英！我在这呢！"

祝英英急忙来到马来身边，问道："马来，你在这里，梁山呢？"

马来回答："他以为你还在里面，转进校舍去救你去了！"

祝英英听后感到惊恐，立刻取一块湿布围在脸上，向火海冲去！她转进校舍四处寻找梁山。只见梁山被一根木头压着，她奋力搬开木头，背起梁山就迅速离开。他们刚刚离开火海，校舍顷刻间就坍塌下来了。

马来、刘海、朱勇等同学见祝英英背着梁山艰难地走了出来，立马上前搀扶，并上前给梁山实施抢救。不一会，梁山醒过来，问道："马来、刘海、朱勇，是你们救了我？"

马来摇了摇头说："不是我们，救你的是祝英英。"

梁山望了望祝英英，刘海说："你这个人真是的，想英雄救美也不问清楚，反而被美人救了。”

战火纷飞，鬼哭狼嚎。张玉、刘琳、王怀女她们彻夜未眠。梁垚、祝赑、马垚就像热锅里的蚂蚁。他们聚集在梁垚家，商量着孩子们的事，后悔在这兵荒马乱的时候还让孩子们去求学。

梁垚此时心烦意乱，在屋子里来回踱步，最后叹了口气说：“我们的担心是肯定的，不就想让孩子们安心上学吗？咱们把日本鬼子赶出中国，不就行啦！”

马垚说：“你梁垚说得轻巧，那日本人就这么好赶？人家可有的是飞机、大炮。”

梁垚斩钉截铁地说：“不好赶也要赶走这小鬼子！只要我们中国人心向一处想，劲向一处使，就一定能把日寇打回老家去。”

祝赑说：“梁大哥，你能不能说些有用的话？比如我们是不是去把几个孩子给接回来。你刚才说心往一处想，劲往一处使，好像你就是元帅，搞得好像要上战场似的。”

王怀女接过话茬说：“祝赑，这你说得就不对了。这小鬼子你不打他，他就会赖在这耀武扬威，上战场怎么啦？又不丢人，打不过人家才丢人呢！”

梁垚思索一会儿，说：“我告诉你们，几个孩子在外，谁也不能去找，这炮火连天的，到哪里去找？只要他们都好好的，他们迟早会回来的。张玉，看好我的小儿子梁川，今天我就动身，找部队打鬼子去！”

祝赑说：“梁大哥，说你胖你就喘，给你三分颜色你就开染房。怎么说干就干呐？”

王怀女拍了拍丈夫马垚，说：“你看看人家梁大哥，多爽快，说干就干，你要么跟着他一起找部队打鬼子去，要么在家等死！”

马垚听后，有些犹豫，王怀女上前推了一把马垚，说：“怎么，一个大老爷们听说上战场就害怕了？请你放心，如果你战死在战场上，我给你报仇，我给你披麻戴孝，我终身不再改嫁，我说话一定算数！”

张玉见王怀女还想说什么，急忙上前阻拦，说：“王妹子，你怎么尽顺嘴胡扯，说点吉利的不行吗？”

马垚听后，满意地点了点头，笑了笑说：“好！说得太好了！这话我爱听，我上战场，一定不给马家丢人！”

站在一旁的祝赑看了看妻子，吞吞吐吐地说：“你们去你们的，我还想留条老命享享福呢！你说这万一死了，不啥都没有了？”

张玉看了一眼祝赑的妻子，说：“怕死那你就不去，不要听他们的，他们瞎折腾。说得轻巧，找部队打鬼子？你们年纪这么大，谁还会要你们？”

梁垚听后，笑了笑说：“张玉，你是生在黄金堆里，看不见金光。凭你这句话，我就上战场打给你们看看！”

祝赑无奈地看了看各位，说：“说不怕死，那是假的！我总是担心我家英英的安危。”

马垚像是来了劲，说：“祝赑你要明白这个道理，要想孩子不被狼吃，必须首先赶走狼。我们拼命挣钱是为了孩子，我们打鬼子不也是为了孩子吗？”

祝赑想了想说：“好！我决定了，一定跟你们去！”

他们边走边说，祝赑问："梁大哥，我们几个像无头的苍蝇，这到底向哪个方向找部队？"

梁垚回答："你不是想见你的女儿吗？我们就向合肥进发。"

就在这时，突然由南向北奔来一匹战马，骑马人约二十多岁，像是一位书生。梁垚见了急忙说："我看那人像是从合肥方向过来的，我们问一下，说不定他能透露一些合肥那边的情况。"几位飞快地挡住那人的去路。

骑马人见有人挡道，立即勒马！梁垚急忙喊道："好汉！不必惊慌，我们并无恶意，只是想问问路。"

那人说："你们是干什么的？"

梁垚说："我们是前往合肥，去看几个读书的孩子的，现在到处都是战火，不知孩子们在校状况如何？"

那骑马人笑了笑说："你问我算是问对人了，我刚刚从合肥过来，当地的学生已经放假，大部分学生已经转移。"

马垚问道："那里有没有抗日的部队？"

那人回答："日本鬼子向城内开了炮，抢了些东西就向南逃走了。江南游击队在保护学生转移。"

祝赑问道："你知道得这么清楚，能不能给我们指条路子，让我们加入抗日队伍？"

那人回答："要想找打鬼子的部队，最好到皖北去，那里的部队正在打仗。"

梁垚回答："看你气宇不凡，肯定是干大事的，你叫什么名字？"

那人一边拍马一边回答："我的名字可不好听，咱们有缘再见吧！"

那人离开后，梁垚看了一眼祝赑，问道："你们想怎么办？"

祝赑说："这前往合肥的路程已经走了一半，话说不到黄河心不死，为了找孩子，我们不能半途而废。"

他们路上有说有笑的，轻松了许多，一路奔波来到合肥。

马垚把梁垚、祝赑带到学校，见学校是一片狼藉不见人影。梁垚看了看二位，说："好啦！我们已经到了，既然这里没人，兴许孩子们都已经转移到了安全的地方，这兵荒马乱的找人可不容易，我们可以回去了。"

马垚说："我们赶了这么远的路程，连饭也没有吃，歇歇脚再说吧。"

梁垚说："一户人家都没有，吃什么吃？怪不得小鬼子开几炮就走。"

祝赑问道："这是怎么回事？"

梁垚回答："你们不知道了，合肥人我了解，素质都很高，也很精明，这证明他们转移工作做得好，所以我们暂时不用太担心孩子们的安危，我们准备回去吧。"

马垚一屁股坐在地上，说："我走不动了，就在这休息一晚。"

梁垚叫道："起来！我们必须离开，到城外去，万一小鬼子又回来，儿女们躲过了劫难，我们几个倒死在这里！"

马垚一听，急忙起身骂道："臭嘴！破嘴！尽说些不吉利的话。"

三人离开了合肥，来到一片树林躺下，直到天亮。几声野鸟叫把他们吵醒，马垚说："饿得受不了！"

梁垚突然感受到从树上落下一坨热乎乎的东西敷在脸上。他急忙起身用手一抹，放在鼻子前一嗅，骂道："该死的鸟，胆敢在老子脸上拉屎！"

马垚笑了笑说："鸟都在你脸上拉屎，预兆你要倒霉！"

梁垚瞪了马垚一眼说："马垚，老子倒霉也是因为你，你看树上。"

马垚抬头一看，叫道："树上有果子，有吃的！"

祝Ⓐ说："人是铁饭是钢，吃点果子心里好过多了，也来劲了。"

走……

快到家乡，梁垚问道："我们是回家还是怎么办？"

马垚没有回答，祝Ⓐ后退几步，梁垚问："怎么啦？怎么都不说话？"

祝Ⓐ说："你这个问题我没法回答，我要说不进家，可已经来到家门口；我要讲进家，你又会笑我才离开家没多久就想老婆。"

马垚听后哈哈地笑了笑。梁垚说："到了关键时刻，都是我问你们，现在我自己回答自己的问题，就算我不想老婆也想我的小儿子了，回家看看再到皖北！"

三人愉快地回到家中……

到了晚上，梁垚爬上炕头，一把抱住张玉，说："是不是还像以前我出门做生意那样，几天不见有些想我？"

张玉刚想开口，只见梁川走进来叫道："我也很想你，爹，你怎么不抱抱我？"

梁垚十分尴尬地挪下炕，笑了笑说："唉呀！你也想我，爹很高兴，我就抱抱你……"

第二天清晨，梁垚起了个大早，可等到日出也不见马垚、祝Ⓐ二人。张玉说："他们俩哪像你这么急性子，总该让人家两口子说说话吧，再说，合肥往返也是好几百里地，也让人家歇歇脚啊。"

梁垚说："这个梁川耽误了我们昨晚的好事。我怕他们俩被老婆焐软了骨头，反悔！这两个王八羔子，还没睡够！"

话音刚落，小儿梁川叫道："我也要干好事！"

梁垚、张玉都看了看儿子笑了，问道："你干什么事?"

梁川回答："跟随爹爹打鬼子呀!"

就在这时，马垚进来说："瞧你家小儿子多有志气，出壳毛没晾干就想扛枪干事。"

梁垚瞪了马垚一眼骂道："你小子，怎么什么话到你嘴里就变味了?"

张玉转身进入厨房，祝赑没进梁垚家门，就在门外嚷嚷："梁大哥!等得不耐烦了吧?刘琳心真够细的，今天一早就起床，硬要给我做些干粮带着。"

马垚将嘴一撇说："搞得你老婆多心疼你似的，我这也有!"

梁垚吃惊地看着两位，说："嗨!我……"

张玉走出厨房，叫道："嗨什么嗨?我这花样比他们多，有蒸的、炸的、煎的、煮的，什么都有。"

梁垚见了吃惊地问道："你什么时候做的?"

张玉说："你们上战场打鬼子，我们做老婆的当然支持，就别问啦，快点上路吧……"

三人来到皖北，突然听到村庄里传出一阵歌声。祝赑激动地叫道："新四军，一定是新四军!"

三人激动地向村里跑去。只见很多新四军同志在不停地忙碌，有的为老百姓砍柴、担水、推磨，有的教老百姓练拼刺刀，还有的站在一排学唱歌。他们不停地往前走，发现老百姓排成一排站在桌前，他们见了十分高兴。原来这些人是报名参军的，他们三人也没多问，就站在中间排队。当梁垚来到桌前，年轻的战士问道："老人家，你是来参军的?"

梁垚回答："当然是来参军的，不来参军我们几个跑了这么远的路来干吗？"

年轻的战士笑了笑说："老人家，我们这里不收老人。"

梁垚吃惊地说："老人？我老了吗？我可告诉你，要是论体力你随便挑个年轻力壮的，我跟他比试比试。"

年轻的战士向后看了看问道："你们几个是不是一块来的？你们的岁数比我们司令还要大一倍，我们部队真的不能收你们！"

马垚一听，有些着急，于是问道："你们这个部队是不是打鬼子的？怎么当兵打鬼子还分年纪大小？娶老婆只要门当户对，大一点小一点都没关系，上战场打鬼子可不分男女老少，这么认真干吗？"

年轻的战士笑了笑回答："老人家，你不知道，这跟娶老婆不一样，前几天我们收了几位老人，还没打仗，只是行军就跟不上了。"

祝赑在后面说："你们当兵的是不是认为我们几个连炕头都爬不上去？放心吧，我们不会拖累你们的！"

这时，就听不远处，有人问道："怎么回事啊？"

年轻的战士起身回答："洪连长！这几位老人家硬是要参军！"

洪连长来到近前看了看，笑着说："几位老人家，当兵打鬼子，保家卫国，这是好事！不过你们年纪实在是大了点。如果你们进入我们部队，不要说打仗，就是自己照顾自己，恐怕都不行。"

梁垚听后有些不服，说："你这个连长也瞧不起我们几个，把我们看成累赘是吧？这样吧，你把我们几个暂时收下，咱们到战场上再好好比试比试怎么样？"

洪连长笑了笑说："老人家，你可别不相信，你们要是执意如此，那我们现在就可以比比看。”

梁垚、马垚、祝赑感到疑惑，梁垚问道：“怎么个比法？”

洪连长用手一挥说：“你看前面有盘碾，这边有一盘磨，它们相距约三十米，你们几个就跟随我后面跑几步，如果你们不掉队，那就过关。”

马垚笑了笑说：“不就是跑步吗？我还以为让我们几个学驴拉磨呢！”

说完，几位就开始。他们跑了不到十圈，梁垚、马垚、祝赑就远远地落在后面了。洪连长笑了笑说：“几位老人家，我说你们不行，这回相信了吧？我们不是不想让你们当兵，我们是不想让你们白白地去送命！”

就在这时，只见梁垚、马垚、祝赑好像个个脚都十分难受。梁垚瞪了一眼洪连长，骂道：“你要是我儿子，今天我一定会揍你一顿！要知道今天被你折腾成这样，还不如去投靠国民党的军队呢。”骂完，梁垚一屁股坐在地上。

梁垚、马垚、祝赑都将自己的鞋子脱下，仔细地看着自己的脚。祝赑叫道：“梁大哥、马垚，我们让这小子给算计了。我们昨天去合肥今天又来到皖北，都步行了几百里了，脚上早已经磨出了血泡，现在还让我们赛跑，我真的受不了啦！”

马垚说：“照这个情况，别说让我们几个上战场了，就是现在走路回家也够呛。”

洪连长见了他们的脚，感到吃惊，不好意思地说：“刚才太对不起几位老人家，我也不知道你们为了找部队是如此辛苦，我们这里有个临时卫生室，就请几位老人家到那去医治一下脚上的伤吧！”梁垚听后没有吭声。马垚听后，只是轻蔑地瞄了一下洪连长。

梁垚说：“我们穷苦老百姓，哪能麻烦你们？”说完，起身来到墙角，抠下一块土坯碾碎涂在伤口上，说："你们俩需不需要处理下伤口？如果不需要，咱们就动身走人！"

洪连长无奈地劝他们治疗伤口。马垚说："让我们治疗可以，但是我们几个必须留下，请你们放心，我们几个不是骗饭吃的！"

就在这时，几匹战马过来了，同志们纷纷说："彭司令来了。"

彭司令见有几个人坐在地上，翻身下马来到跟前，问道："几位老人家，怎么回事，为何坐在这里？"

洪连长上前说明情况，彭司令笑了笑说："既然来投奔抗日，我们就应该鼓励他们，现在是全民皆兵、共同抗战的时候，不管男女老幼都要拧成一股绳。"

洪连长回答："彭司令，我们都想壮大我们的队伍，上次招收了十几个年龄过大的，结果都因在战斗中行动迟缓而牺牲了。"

彭司令点点头说："说的是啊！生命可贵，我们不能犯同样的错误。但是，对于现有的人员我们可以合理分配，既然他们年纪大了可以将他们安排在后方。"

洪连长听后，向坐在地上的梁垚、马垚、祝赑说："老人家，这是我们彭司令，彭司令说了，你们可以加入抗日部队啦！"

几位一听十分高兴。梁垚起身问道："你是司令？"

彭司令笑了笑说："怎么，不像吗？"

梁垚回答："像！当然像！听你说话就不一样，当司令，出门在外指挥打仗不容易，老婆孩子撇在家里也够为难你的。"

洪连长急忙回答："老人家，你不知道，彭司令还没结婚！"

梁垚吃惊地说："哎哟！你看我多想了，回头大叔给你找个漂亮的。"

洪连长哈哈地笑了笑说："老人家！你又说错了，彭司令有对象，现在顾不上办事！"

彭司令上前拉着梁垚的手，说："老人家，你的一席话，就像父母关心儿子一样，勾起了我对家人的想念。可是如今这狼来了，不把狼赶走，哪有心思想那么多？老人家，你们不也是投奔抗战队伍，想早日把小鬼子赶出中国，好让大家过上幸福太平的日子吗？"

就在这时，身后有人叫道："报告司令！郭盖向你报告！"

梁垚一见问道："小伙子，还记得我们几个吗？"

郭盖一见，立即说："合肥路途中的问路人。你们怎么也到了？腿真够快的！"

马垚立刻说："快什么呀！都跑不过你们连长！"

洪连长的脸红了，只是微微地一笑，说："对不起，我真的不知你们为了寻找部队，吃这么多苦，既然彭司令决定让你们留下，那你们就到后勤部去吧！"

梁垚、马垚、祝赑几位被工作人员带走。彭司令与洪连长、郭盖一起来到作战指挥部。洪连长笑了笑说："彭司令，刚才梁老汉说得对，你与林姐也该结婚了。"

彭司令半天也没有说出话来，郭盖急了，问道："彭司令，你怎么不说话？难道你不喜欢她吗？"

彭司令这才脱去帽子，放在桌上，叹了一口气说："怎么会不喜欢呢？但是，在这兵荒马乱国难当头之时，谁又有心思提这些事。现在家中已有两位老人整日叫我牵肠挂肚、提心吊胆，如果娶她，我心中又多了一丝牵挂，我又怎能忍心？如果结婚，万一哪天我……说不定会留下遗憾！"

郭盖说："彭司令你想多了。"

彭司令说道："从现在起谁都不准提这事，等我们赶走日本鬼子，什么事都好办！郭盖，现在你把江淮之间的局势给我汇报一下。"

郭盖说："现在合肥一带局势基本稳定，日本鬼子在合肥一阵狂轰滥炸后向南方撤退了，这群豺狼有可能在试探江南游击队的实力，听说国军要进入皖南山区。"

彭司令听后点了点头，看了一眼洪连长说："国军要进入皖南，这也是好事。洪连长，现在淮北地区的战况怎么样？"

洪连长说："现在永城局势稳定，但是，日军大部队由徐州向我淮北市逼近，并且装备精良，我先头部队已经迎了上去，在双墩集待命。另日军有一支约三百人的部队从南京方向开来了，目前已经进入蚌埠。"

彭司令听后说："洪连长，这次日本鬼子是来硬抢我们矿产的！我们一定要不惜一切代价将他们消灭！"

就在这时，门外有人叫了一声"报告"！

彭司令说："进来！"

只见通讯员进来："报告司令，毛主席、朱总司令来电，说：'现在日军来势汹汹，不宜硬拼，一定要灵活应变，将部队主力调往蒙城、永城，采取游击战术，这样才能有效地消灭敌人。'"

彭司令听后笑了笑说："毛主席、朱总司令富有远见，他们叫主力撤退我想不妥。"

洪连长说："彭司令，把其他连撤下来，由我们连打头阵吧！保证能完成任务！"

彭司令听后，思索了一会儿，说："这样能行吗？用一个连的兵力恐怕有些力不从心。”

洪连长说：“不要小看我们连，我们连的战士个个都是能打能拼的，我们全连战士已经准备好了。”

彭司令一听感到吃惊，急忙说：“洪连长，毛主席、朱总司令可没有叫我们去拼命，你这样说我真的对你不放心。看样子我这个司令要跟在你后面了，不能瞎子放驴——随它去啊。”

洪连长感觉自己说漏了嘴，不好意思地要求：“哪有司令跟在连长屁股后面的，这样我这个连长岂不是妄自尊大？”

彭司令笑了笑说：“家长看守孩子天经地义，像你这样的个性，不牵着你的鼻子走，说不定一跟头会翻到天边喽。”

通讯员再次来报：“日军已经向淮北地区扑来，不足百里！”

彭司令立即命令：“战斗方案就这样定，我们立即行动……”

彭司令带着洪连长来到前沿阵地，仔细地观察，而郭盖十分着急，一心想让彭司令从前沿阵地撤回去。

洪连长用望远镜仔细地观察，瞬间叫道：“彭司令，鬼子扑过来了！”

彭司令接过望远镜看了看，说：“不但来了，来得还不少。传我命令，准备战斗！子弹要节省点，都给我瞄准了打。”

顿时，战壕里的气氛紧张起来。同志们紧握手中枪全神贯注地注视着敌人。

梁垚、马垚、祝赑感到纳闷，都上战场了，怎么就不让我们几个去？就在这时，郭盖骑着马赶了回来，他翻身下马叫道：“几位老人家，子弹搬运完了没有？”

祝赑回答：“不多了，还有几箱。”

郭盖用手指着其他战士，叫道："快！把这几箱子弹扛向前线。"

梁垚一听，向马垚、祝赑使个眼色，便立即扛起子弹箱奔向战场。郭盖突然喊道："没叫你们去，给我回来！"

几个人头也不回向前跑着，梁垚叫了一声："你不要担心我们老哥们，我们的脚伤好了。"

他们还未到战场，就听战场上枪声大作，炮声隆隆。当他们来到阵地前，洪连长吃惊地叫道："你们几个怎么来了？还不快撤回去！"

梁垚说："哼！撤下去？你命令谁呢？老子的年纪比你们司令都大，你敢命令我？鬼子上来了，还不快打！"

洪连长打了几枪突然停了，小声说："你们几个要是有本事将彭司令哄走，算你们有功，我就把你们留下。"

马垚笑了笑问道："洪连长！你要知道姜还是老的辣！你可要说话算话！这事好办！"

洪连长边打边问："我们苦口婆心劝说了半天，都不起作用，你说好办，我看你们有什么本事。"

马垚说："拿起枪，向彭司令身上干一枪！抬下去不就行了？"

洪连长吃惊地看了一眼马垚，说："这个点子你也能想得出来？"

梁垚说："你这个洪连长，不这样做行吗？万一彭司令出了事，谁来指挥千军万马？"

马垚说："洪连长，请你放心！"

洪连长吃惊地问："老人家，你搞什么鬼点子？"

马垚回答："洪连长请你放心，你以为我真的向彭司令身上开一枪，你瞧好吧！"

话刚刚说完，一颗榴弹炮飞了过来，就听一声巨响，同志们就被盖在尘土中了。彭司令从土堆里爬了出来，晃了晃脑袋，骂道："小鬼子的炮不长眼，上次没干倒我，这次也就把我的头皮擦了一下。"说完，把脸上的血擦了擦。

同志们见了纷纷问道："彭司令！怎么样？撤下去吧！"

郭盖见了，便上前拽着彭司令的手，硬是让他撤下去。彭司令叫道："一点小伤不碍事，不要管我，鬼子又上来了，还不快打！"

梁垚、马垚、祝骉捡起牺牲的同志们手中枪，靠近彭司令，与彭司令并肩作战。彭司令见几位老人家一枪打死一个鬼子的，并且还不断地叫着"我又打死一个"，"我打死五个了"！

梁垚叫道："马垚！祝骉！你们有没有感觉到，这小鬼子比焦岗湖里的野鸭子好打得多？"

马垚叫道："那当然，起码'它'不会飞。"

洪连长为他们的枪法而震惊，万万没想到，他们的枪法是百发百中！祝骉边打边说："赶走这些小鬼子，我的女儿就能安心地上学了。"

彭司令听后激动地拍了一下祝骉，叫道："原来你们来到抗日战场为的就是这个？"

梁垚边打边说："彭司令！这个道理你也明白，要想孩子不被狼吃了，首先必须打死狼！"

就在这时，就听祝骉叫道："我又打死一个！"

话音刚落，鬼子的一颗子弹飞来，正打在祝骉的胸膛。顿时，祝骉倒在血泊中！马垚见了，立即上前，抱起祝骉叫道："好兄弟！你不能死！等赶走日本鬼子，我们哥几个还到焦岗湖打野鸭子。"

梁垚也围了过来，祝赑勉强地说："马垚，我想改变一件事，你可别怪我。我们家英英不能嫁给你们家马来！她得嫁给梁家，她必须是梁家的人！"

马垚听后感到吃惊！梁垚说："祝赑！好兄弟！这个时候还说这些干什么呀？"

祝赑紧紧握住马垚的手，强烈地要求："答应我！"

马垚一咬牙，说："好！我一定答应你！"

祝赑满意地看着梁垚，笑了笑后就闭上眼睛。梁垚不顾一切地紧紧抱着祝赑大声呼喊……

就在这时，日本鬼子突然退了。洪连长对马垚叫道："老人家！小鬼子又要向我们阵地开炮啦！还不使用你的招术？"

彭司令拿起望远镜向前查看。就在这时，只见马垚、梁垚快速上前，将彭司令两个胳膊向后一拧，顿时，彭司令的两个胳膊错了位。彭司令忍着痛，说："二老，你们这是做什么？你们不能这样做！"

梁垚说："彭司令，你的官大，我的岁大，你是个年轻人。我们不这样做能行吗？要知道军不可一日无帅。请放心，我们没弄断你的骨头，只是脱臼了而已，到了后方随便一个医生都能将你的胳膊复位。"

洪连长笑了笑说："彭司令，你现在被弄成这样，可不是我的主意，要知道他们几个都是老百姓、老前辈，刚来不懂得军规啊！"

彭司令骂道："混蛋！要不是你的主意他们也没有这样大的胆。那好，他们不懂得军规，你懂得，现在就把同志们都给我撤走！"

梁垚见彭司令还在嚷嚷，拿起枪指了一下彭司令的腿，叫道："你还嚷嚷，大不了我在你的腿上再补一枪。"

彭司令摇了摇头说："好，今天你是爹。"

洪连长说："彭司令，我们连现在还不能撤。你想想，我们撤了淮北的老百姓怎么办？现在好啦，你回去立即组织人马，做好老百姓的转移工作，我们随后就撤。"

彭司令叹了口气说："我现在可算是被你们几个给活埋了，战斗结束后我再与你们算账……"

洪连长回过头来说："三位老人家，已经牺牲了一个，再也不能让你们二位在前沿阵地待着了，现在我命令你们俩把彭司令送下去!"

梁垚一听看了一眼马垚，说："洪连长，你是不是想让我们俩把你的胳膊也下了？你也不想想，刚才我们哥三个干掉多少鬼子？"

说完梁垚、马垚向洪连长逼近。洪连长后退几步，两眼直盯着梁垚叫道："郭盖！你负责把彭司令弄走。"

郭盖为了大局，强行把彭司令带走了。

马垚来到梁垚面前，一边擦枪一边说："大哥，这也怪了，没上战场之前有些犯怵，真打起仗来就什么都不怕了。"

梁垚说："这叫硬的怕狠的，狠的怕不要命的，日本鬼子在我们的国土上烧杀抢掠、横行霸道，我们不与他们拼命才怪呢。"

马垚听后点了点头，说："父母爱孩子是无私的，祝赑奔赴抗日战场，就是为了英英的平安。刚才祝赑的话你也听到了，其实像英英这样善良可爱的女孩子，谁家不想，要不是祝赑在牺牲前留了话，我马家还真的会把英英这丫头当成未来的儿媳。"

梁垚说："现在你还有心思说这些？你看这仗打得多激烈，说不定你我都回不去。我想孩子们之间的事，他们会处理好的。"

马垚挠了挠头说："如果我牺牲了，拜托你帮忙照顾我们家马来，要是能给孩子成个家，我马垚感激不尽。我家小女儿马平以后就与你家梁川定亲吧。"

梁垚回答："别说了，谁死谁活还不一定呢，如果你活着回去，孩子们的事情你得多费点心，要是出什么岔子，我做了鬼都不饶你……"

郭盖急匆匆地带了三个排的兵力，赶了过来。洪连长见了，问道："你怎么又回来了，彭司令呢？"

郭盖回答："这三个排是来接应你的。彭司令对你不放心，就把同志们派上来了。彭司令说过，最长不能超过一个时辰就撤。"

洪连长摇了摇头，用手向前一挥说："郭盖你看，我们一个时辰能撤得了吗？"

郭盖顺手看去，只见日本鬼子密如蚂蚁，正向这边扑来！郭盖没有吭声，只是向战壕里一趴，将枪搭好准备射击。洪连长看了看同志们，说："同志们！小鬼子的主力部队已经压上来了，现在情况非常危急，说点不好听的，大家伙还能不能活着回去都不一定，可越是到了紧要关头咱们越是要铆足了劲跟小鬼子干到底。咱大伙都是爷们，每个人身上都背负着一家老小的期望，咱要扛得起这份责任。作为一名战士，他小鬼子要是想在这里撒野，也得先问问我们手中的刀枪答不答应，弟兄们，跟他们拼了！"同志们听后都紧紧握了握手中的枪，进入了战备状态。

梁垚顺手捡起牺牲的同志留下的一把大刀，颠了颠。马垚见了，瞬间将梁垚手中的大刀抢了过去。梁垚问道："你小子想干什么？"

马垚笑了笑回答："大哥！这家伙你不行，你只能配杆长枪。"

梁垚笑了笑问说："呵呵！你跟着你老婆学的那几招，战场上好使吗?”

马垚笑了笑。回答:“大哥，如果没记错，今天应该就是七月七。这会儿还真有些想老婆!”

梁垚叹了口气，说:“马垚，你个没出息的东西，不过她们在家为我们提心吊胆的，日子也不好过啊！我们几个算是幸运的，都娶了好老婆，我们一定不能给她们丢脸。”

洪连长向前方看了看，说:“同志们！将距离拉开，看样子小鬼子想包抄我们!”

不久，日军发起冲锋。没等连长下命令，梁垚瞄准一个，叫道:“我先干掉一个再说!”说完一声枪响，一个日本鬼子仰面朝天。

洪连长一见，很生气地叫道:“你也等一等再开枪，现在好了，手榴弹够不着只能用枪。”

梁垚一听，也生气地说:“你什么狗屁连长，我这一枪是下马威！刚才小鬼子的脚步多快啊，你现在再看看，小鬼子已经放慢脚步了。如果不这样，小鬼子冲上来，我们真的不好对付。”

洪连长听后看了看，脸一红笑了笑说:“你还别说，前面的放慢了步子，后面的涌了上来，结成一团好打，果然姜还是老的辣啊!”

梁垚拿起一颗手榴弹，说:“现在可以用这个。”说完向鬼子抛去。当手榴弹落入鬼子群时，鬼子吓得趴倒一片，可手榴弹竟然没响。

梁垚骂道:“这什么破玩意，怎么不响?”

洪连长叫道:“你看我的!”顺手捡起一颗手榴弹，拉掉导火索向鬼子扔去。枪声、爆炸声响彻云天。他们打退了鬼子多次进攻，子弹已经打光了，洪连长数了数，全连已经不足二十人。洪连长说:“有想撤的就撤吧，放心吧，我不会把你们当逃兵。”说完，吐了一口鲜血。

郭盖叫道：“卫生员！卫生员到哪里去了？”

洪连长说：“不要喊了，卫生员已经牺牲了，你们走吧！如果不走就赶紧给我上刺刀！”

梁垚来到马垚面前，问道：“你后悔吗？如果后悔就回去，我们哥几个在外，总要留一个向家里送信的。”

马垚回答：“我不后悔，最好你回去送信。”

郭盖叫道：“鬼子又扑上来了！”

同志们又向鬼子冲去，因寡不敌众，一一倒在血泊中。洪连长牺牲了，郭盖战死了，马垚拼杀得像个血人，梁垚一人还在奋力拼杀，几乎累得喘不过气来。就在这时，一个鬼子手端刺刀准备向马垚后背刺去，好在梁垚眼疾手快，将手中的刺刀甩向鬼子，正扎在鬼子的后背，马垚这才得救了。而此时手无寸铁的梁垚已经被鬼子团团包围，马垚想回头营救梁垚，但自己拿刀的手已经被日军指挥刀砍下！只见几个日本鬼子刺穿了梁垚的胸膛后又举起军刀，向马垚逼近。

就听几声枪响，日军指挥官脑袋开花，屠刀落地。彭司令一声令下：“冲啊！”顿时杀敌声、冲锋号声，震天动地……

第五章　敌犯家园心忧虑 放弃求学去抗敌

梁山、马来、祝英英三人在沿江的临时学校继续读书。

祝英英每天一走出教室，男同学们都向她投去倾慕的目光，有时还会凑在一块，开起玩笑，有的说："这个祝英英长得真像传说中的祝英台，真让人一见倾心！"有的说："祝英英长得像杨贵妃，她让男人彻夜难眠！"有个学生说："听你们说的，就像吃肉一样。那好，我现在就过去与她谈谈，明天我们就把婚事办了。"

同学们听这位同学口无遮拦地说着，都忍不住笑了。另一位同学说："你不能这样说，祝英英对梁山可有好感了！说不定他们现在就好比那梁山伯与祝英台呢。"

另一位说："这也真巧啦，他们不是一个姓梁，一个姓祝吗？再有个姓马的在中间搅和，说不定我们校园会有一对花蝴蝶。"

坐在一旁的马来听到这些感到很不自在，便起身来到祝英英身旁坐下，问道："英英，你天天吃得饱吗？如果不习惯我们就回家吧！"

祝英英听后好奇地问："你什么意思，怎么突然提出这个问题？"

马来回答："我是在关心你，怕你受委屈。"

祝英英笑了笑说："谢谢你！你不用担心我，我自己会照顾自己。"

就在这时，梁山端着饭菜走了过来。祝英英见了，便起身让了一个位置，梁山犹豫片刻，向另外一个位置走去了。祝英英抬头看了一眼马来，说："怎么梁山最近有些闷闷不乐，也不理我，我过去看看。"

祝英英来到梁山面前坐下，看了看梁山的脚，问道："你怎么不穿我给你做的鞋？这么久了我都没看你穿过，是不是大小不合适，那天看你穿不挺好的吗？"

梁山回答："你做的鞋就像量过我的脚一样，正合适，不过我确实舍不得穿。"

祝英英听后抬起头来问："为什么？"

梁山回答："不为什么。"

祝英英笑了笑说："不要舍不得穿，穿坏了以后我再给你做。"

梁山勉强地笑了笑说："谢谢你！一双我就知足了。"

祝英英问："看你无精打采的样子，是不是病了？"

梁山回答："心病，这两天老惦记家里，现在兵荒马乱的，不知家乡情况怎么样了？"

祝英英说："你不必担心，我们的爹娘可都是精明人，他们应该知道怎么照顾自己。"

马来走了过来问："你们有说有笑的，在干些什么？"祝英英没有回答，起身去洗碗。

马来见祝英英离开，便依着梁山坐了下来，对梁山笑了笑。梁山问道："你怎么还没吃完？我也要去洗碗了。"

马来立马拦住梁山说："梁山，有件事这两天总让我揪心，我得跟你商量商量。"

梁山看了一眼马来说："你别绕弯子了，你尽管直说。"

马来看了看周围，说："梁山兄弟，你有没有听见，最近有好多男生在夸奖英英长得漂亮，有的还贼眉鼠眼的，你说咱俩是不是得采取点行动啊。"

梁山听后笑了笑说："夸她漂亮这是好事，总比谈论她丑强吧！他们只是说笑话，就是真的采取行动了，英英能答应吗？"

马来动了动脑筋沉思了片刻，说："梁山兄弟，事情不在你身上你不累。英英小时候就与我订有婚约，别人说她我肯定吃醋，这事我必须得管管。"

梁山听后心里一震，心想：这哪是说别人，分明针对的是我，英英与你有婚约？亏你说得出口！梁山想了半天最后说："你爱吃醋，你吃你的醋，我可管不着，不过你要知道英英自己是怎么想的。婚姻这个东西可不是凭一时脑热就能决定的事情，这样会毁了人家一辈子。"梁山说完，便起身离开。

梁山心不在焉地来到水池旁洗碗，祝英英见了，放下自己的碗，来到梁山面前，把梁山的碗筷抢了过来，一边洗一边说："还在想爹娘？放心吧，他们一定过得很好！"

马来待在一旁凝视着他们俩。没等梁山说话，就听身旁的刘海同学说："我也不会洗碗，请祝英英同学帮忙洗一下呗。"

祝英英听后笑了笑说："好啊！不就洗碗嘛，就是你们几个的衣服需要洗，我也包了。”

刘海听后突然脸色变了，祝英英问：“怎么啦？”

刘海回答：“你说这话让我突然想起了我姐，在家时我姐就经常帮我洗衣服。”

祝英英回过头来笑了笑。朱勇来到跟前说：“说的是，在家都是爹娘照顾习惯了，离开他们确实很想他们。”

就在这时又过来几个学生，其中的一位学生说道：“现在国难当头，我们不能在这读书了，我们应拿起枪去打鬼子！”

梁山听后问道：“你们想要去抗日战场？什么时候？去投奔游击队，还是国军？”

那位同学回答：“只要是抗日部队，管他是国军还是游击队。我们想今天就行动！”

梁山回到宿舍，翻来覆去睡不着，感觉自己对英英的那种感情，怎么都回避不了，同时感觉自己是多余的，心想如果走了或许也就不用想那么多了。于是他决定离开，去投身抗日。他又想到就算是离开也要把自己的想法告诉祝英英。

梁山来到门外，见马来在与祝英英说些什么，祝英英只是不断地摇头后退。梁山强忍着走上前，边笑边说：“你们俩在说什么？”

祝英英听到梁山的问话，立即向梁山走去，像是要躲在梁山的背后，双手紧紧拉着他的衣袖，也不作声。梁山笑了笑对马来说：“马来，你怎么把英英给吓成这样啊？”

梁山看着面前的两个人都不说话便接着说：“我有件事要跟英英说。”马来听后，有些生气，转身走了。

待马来走远，梁山关切地问道："你怎么这种表情，刚才马来跟你说什么了?"

祝英英的脸红了，没有回答。梁山见她不好意思，说："英英，其实马来这个人不错，不要辜负他一片心意。"

祝英英说："我知道马来现在在想什么，你在想什么，可是你们不知道我在想什么，坦白告诉你，在我心中重要的事情不仅仅有爱情还有亲情，甚至我认为亲情大于爱情。若没有亲情只有爱情，那么这样的爱情是孤独的也是残忍的，十八年前，要不是你梁家对我的付出，我今天就不会站在这里。小时候，我爹娘就把我们两家的事都告诉我了。"

梁山说："英英，你是不是把我爹娘救了你的事，一直挂在心上？过去的事情了，你别让它像一把枷锁一样缠着你!"

祝英英回答："不是的！我明白地告诉你，那天你去请我爹到你家吃饭时，我一眼看见你，就突然明白了我对你是什么样的感情，这并非是枷锁。在校的这一段时间里，我感觉你很有责任心，为了我，还差一点送了命。"

梁山听后，半天没有说出话来，最后说："我真的不想破坏你们之间的关系。如果是别人而不是马来，我一定把你抢过来！如果我们随心所欲，家里的几位老人家怎么办?"

祝英英听后稍微有些高兴地点点头，说："我以为你对我没有好感，听你这样一说，我心里踏实多了。"说完便上前紧紧拉住梁山的手不肯放松。梁山看着祝英英那深情的眼神，深深地叹了一口气……

第二天上课时，学生少了几十个，同学们都在议论纷纷，老师也很着急。祝英英也抬头寻找梁山，但不见梁山的影子。祝英英认为，梁山是在躲避自己。就在这时校长走进教室问老师："你们班少了这么多学生难道说你一点也不知道吗？"

老师回答："我天天不是备课就是上课，恨不得让他们马上就成为国家栋梁，我哪知道这些学生心里到底想干什么？"

就在这时，马来拿着一张纸站起身来，说："老师，这是同学们离开时的留言。"

校长接过来看了看，顿时泪如泉涌，哽咽地说："这不是普通的留言，而是同学们在临行前留下的誓言，我给同学们读几句。这位同学叫梁山，他写道：爹娘！孩儿已经长大，懂得国难当头自己应该怎么做。如果孩儿牺牲在抗日战场，请爹娘为我感到骄傲；如果孩儿能平安回来，孩儿一定陪伴爹娘再去焦岗湖看荷花……"

校长读了几个学生的留言后，实在哽咽得读不下去了。祝英英站起身，来到马来面前，狠狠地瞪了马来一眼，叫道："这么大的事为何不告诉我？你真是个小人，我恨你！"

祝英英骂完，起身便走出校门。老师叫道："祝英英，你到哪去？"

祝英英回答："我也去找部队，打鬼子去。"说完，匆匆离开。

马来见此情况，急忙追了上去。他赶到她前面，拦住祝英英的去路，劝说："你不要认为我这个人很自私，这也是梁山的意愿。昨天晚上我考虑了一夜，我很清楚爱情不是强求的事，不能一厢情愿。本来我也想前往抗日战场的，后来想到你一个女孩子在学校不安全，我想先把你送回家，然后再去找梁山，和他一起投奔抗日队伍。"

祝英英冷笑一声说："你把我送回家，再让你爹来我家纠缠我的爹娘，这样你不就得逞了。你马来不要太天真，不要把十八年前的那个婚约当回事，你就死了这份心吧！”

马来有些无奈地说：“英英，我承认对你有好感，我真的不是你想象的那样。我马来比你们年龄都大，按理说，我应该对你们俩负责。”

祝英英说：“我们都有胳膊有腿还有自尊心的，让你负什么责？如果你硬想这样做，最好先回家告诉我们的爹娘，让他们放心，我们在做自己应该做的事！”

马来思索一会儿，说：“那好，既然你这样说，我知道你想干什么，就让我把你送到梁山身边吧。”

就在这时，几个学生跑了过来。马来看了看祝英英说：“他们也是准备奔赴前线的，我们跟着他们走吧！”

祝英英一声不吭地跟在他们后面，来到长江岸边一个渡口，只见几艘船向岸边驶来。站在船头的是游击队队长殷光勋和政委李天良，他们走下船问道：“你们是来投奔游击队打鬼子的吧？”

同学们纷纷回答：“是的，不赶走日本鬼子读书也没意义。”

马来来到殷队长面前问道：“殷大队长，是不是南岸还有一批人，队里有没有一位叫梁山的？”

殷队长回答：“南岸还有人，不过都是地方武装，我们是吸收了不少新同志，你说的那个人我们没有。”

马来又问道：“殷队长，你们部队向哪开啊？”

殷队长回答：“因为日本鬼子又向合肥方向开去了，光凭国军消灭日军比较吃力，所以我们必须前往增援他们。”

祝英英说：“梁山肯定投奔国军去了，我们不能犹豫了，赶紧走吧！”

殷队长笑了笑说:“怎么啦，在我们部队不好吗？不都是一样打鬼子?”

祝英英回答:“殷队长，我们在寻找昨天晚上就离开学校的同学们。”

殷队长听后说：“他们有可能投奔了国军，姑娘，投身抗战，在哪都一样啊!”

祝英英笑了笑后退几步，马来挤上来说：“殷队长，我们要找的都是我们的老乡，希望能在一块并肩战斗!”

殷队长听后点了点头，说：“能在一块并肩战斗当然好，可是，国军的部队与我们相离很远，如果让你们去寻找他们，路上很不安全！别说日本鬼子了，就是汉奸、土匪也很多，况且你们身边还有一个漂亮丫头。”祝英英听后脸红了。

最后同学们决定与游击队的同志们一道前行。

第六章 善良子弹击手腕 为何不把敌命歼

他们行走了一百多里，突然发现前方炮声隆隆，战火连天。殷队长赶到李政委面前问道："李政委，前面像是国军在与日本鬼子交战，我们怎么办?"

李天良看了看眼前的几座山，用手一指回答："前面的几座山我们分别把它们定位为一号阵地、二号阵地和三号阵地，现在我们就向二号阵地快速前进!"

殷队长一声令下，同志们加快了速度。当他们来到二号阵地时，只见日本鬼子像狼一样正向国军所在的三号阵地进攻。李天良仔细地观察了地形，说："我们来得正好，三号阵地上是国军的九团，看样子日本鬼子想一口吃掉他们。现在小鬼子光顾前不顾后，我们立即冲上去，只有切断小鬼子的后路，才能减轻国军的压力。"

殷光勋接过望远镜看了看，让同志们准备战斗，然后来到同学们中间，说："同学们，你们不会打枪，等你们学会了本领，再让你们参战。

希望你们现在做好后勤工作。”

但同学们都不愿意，纷纷要求参战。祝英英来到殷队长面前说：“谁说我们不会打枪，给我一杆枪，等冲到战场上我打给你看看。”

殷队长听后感到吃惊，又笑了笑说：“我们不是不想让你们上战场，而是不想让你们有无辜的牺牲，再说我们游击队枪支太少。”

祝英英说：“其他同学会不会用枪我不知道，我可是学过打枪的，不要看我是女生，小时候就跟随爹爹在焦岗湖里打野鸭子。”

祝英英的一番话被李政委听到，李政委来到祝英英面前上下打量了一番。祝英英见李政委在看自己，感觉很不好意思，不由得低下头。

殷队长顺手拿起一杆枪，说：“姑娘，既然你会用枪，就给你配一支，希望你多打鬼子。时间就是生命，出发!”

同学们没有枪的就拿起棍子，跟在游击队后面。殷队长来到李政委身边说：“李政委，我想我们不能这样打，不然我们会吃亏。你想，国军在山顶，小鬼子在山腰，我们在山下，一旦打起来，小鬼子肯定要反扑，到时候我们撤都来不及。”

李政委笑了笑说：“来不及撤好啊！国军九团非同一般，他们很讲义气。即使他们不向山下打冲锋，我们也可顺着原路返回二号阵地。”

殷队长听后说：“听你这样一说，好像国军九团团长就是你。如果他们打冲锋，我请你吃王八。”

李政委笑了笑说：“如果他们不打冲锋，我请你吃王八。”

两人一阵哈哈大笑，冲向战场……

马米拿着一根棍子跑到祝英英身边，说：“英英，我们投奔错队伍了，游击队太穷了，枪都没有。”

祝英英："别想这么多，打一仗再说！"

马来恳求地说："你是个女生，把枪给我，你拿根棍子跟在后面多好。"说完想去夺祝英英手中的枪。

祝英英立即说："你想得美！哪有这么好的事，你离我远点，脸皮真够厚的。"

战斗已经打响，游击队同志们的密集火力直射鬼子后背，日军首尾不接，乱了阵式，狼狈地退向侧翼，躲过了两面夹击。

李政委见此战况，来到殷队长面前说："殷队长，我们抓紧时间打扫战场，此地不宜久留，得立刻撤回二号阵地，不然我们将面临日军的袭击！"

殷队长笑了笑回答："那好！等我们撤回二号阵地，我再与你算账！"

李天良只是笑了笑，没有回答，游击队的同志们有说有笑地撤回了阵地。殷队长来到李天良面前问道："李政委，君子一言驷马难追，什么时候请我吃王八？"

李天良挠了挠头说："山上有王八谁还下水？殷队长请你放心，你一进焦岗湖，我就请你吃王八。"

殷队长笑了笑说："你真会扯淡！我们什么时候才能打到焦岗湖？李政委，我差一点忘了，新来的几个学生中有位女生是你老乡。那丫头长得真水灵，简直就是仙女下凡！"

李政委笑笑说："那位女生，我在长江岸边的渡口就见过，长得确实很漂亮。"

殷队长叹了口气，说："李天良，你也三十多了，不小了，也该为自己着想，正好人家是你老乡，说不定你俩能凑合到一块。"

李政委摇了摇头说："殷队长，我的年龄与她的年龄差别太大，真的不合适。"

殷队长说："怎么不合适？你没听说过吗？马顾伦今年八十八，娶个老婆才十八！"

李政委哈哈地笑着说："那是戏，你没听说过吗？十八岁的公子，娶个八十岁的老婆，最后不还是与马顾伦换过来了。"

殷队长笑眯眯地想了想说："你不要与我斗嘴了，我去找她问问，如果愿意岂不是更好。"说完便起身去找祝英英。

李天良喊道："你这个劲头应该用在打仗上，我的事不用你操心，说不定让你问出个笑柄来，到时候你我都不好看！"

殷队长回头笑了笑，最后在半山坡找到了祝英英，只见她呆呆地望着三号高地。殷队长来到祝英英面前，笑了笑问道："姑娘，看什么呢？是不是想家了？你要是想家就回去吧！等你回来时，千万不要忘记给我带几个仙桃来。"

祝英英感到奇怪，急忙问道："带仙桃？我家哪有仙桃？"

殷队长笑了笑说："你长得这么漂亮，肯定是王母娘娘的女儿。"

祝英英笑了笑说："殷队长你真会说笑话，我可不是王母娘娘的女儿。我家住在焦岗湖，我爹叫祝赑，我娘叫刘琳，我叫祝英英。"

殷队长听后点了点头，又问："你的枪法是跟你爹学的？这次战斗你打死了几个鬼子？"

祝英英回答："是跟爹爹学的，可这次战斗我一个鬼子都没打死。"

殷队长听后，哈哈地笑了笑说："那你这也叫会用枪啊？原来一个都没打着。"

祝英英顿时严肃地说："你怎么说我一个都没打着？我打了很多，不然你们能捡回来这些枪吗？"

殷队长听后十分震惊，急忙问道："你怎么打的？"

祝英英回答："我是专打日本鬼子拿枪的手，如果他换手，我就再打他那一只手。"殷队长听后半天没有说出话来，只是用敬佩的目光看着祝英英，祝英英感到疑惑。

殷队长问道："你为什么不把日本鬼子打死，而只是打他拿枪的手？"

祝英英回答："我打伤他拿枪的手，他还有脚，还可以回家，如果我把他们都打死了，他们就永远回不了家啦，他们的爹娘谁来照顾呢？"

殷队长听后说："你确实是一位既可爱又善良的姑娘。"

马来匆忙赶了过来，说："英英你让我找得好苦，怎么在这？"

殷队长问道："这是你的对象？"马来没有回答，只是低着头。祝英英也一声不吭。

殷队长又看了看祝英英，说："姑娘，以后一定要记住，狼来了，就一定要把它打死，不然它迟早还会伤害你的。"

英英回答："好！我记住了。"

天渐渐地黑了，夜空中的星星不停地眨着眼，石头裂缝里的蛐蛐不断地传出唧唧吱的噪音。祝英英与几位女战士躺在一起，怎么也睡不着，于是坐起身来，虽然看不清三号高地，但其方向依然吸引着她的眼球。躺在一边比祝英英大几岁的女战士王情，起身问道："唉！你怎么不睡觉啊？你瞧瞧，这以天为盖、以地为庐的多舒服啊！"

祝英英回答："睡不着。"

王情问："你睡不着肯定有心事？"

祝英英一听，感到自己得脸热烘烘的，急忙说：“王姐，你说话太粗鲁，太难听了。”

王情笑了笑说：“姐说话就是这个样，习惯了。姐肚子里有话憋不住，我也睡不着，我在想一个男人，可是我不好意思向他开口。”

祝英英笑着说：“像姐姐这样开朗的人，不妨向他表明自己的心事。”

王情回答：“我很想很想向他表白，可是每次话到嘴边又咽下去了。现在大家都在轰轰烈烈地抗日，如果我老想着儿女私情是不是太自私了?”

祝英英说：“王姐，你说得有道理，不过闷在心里会更难受。这样吧，如果你的心上人就在我们游击队，我给你当通信兵?”

王情像是不好意思，反问：“你还没有回答我的问题，刚才是不是也在想心上人?”

祝英英笑了笑回答：“真的很想爹想娘，还有……”

王情听了祝英英的叙述后，说：“你爱梁山，梁山也爱你，是大好事，他们一家人品高尚，你到哪里还能找到这样的家庭，你应该主动追他，用爱情报答，一举两得，要是我，我会自动投怀送抱。”

天快亮了，殷队长来到李天良身边，推了推李天良，说：“李政委，我这个侦察兵向你汇报!”

李政委猛然爬起来，看了看山下，又坐回原地上，说：“夜防日本鬼子来偷袭很重要，你不来捣乱我还真睡着了。”说完又继续打瞌睡。殷光勋见李政委那个困劲，便蹲下身子说：“有好事，你听不听?”

李政委将身子一翻，回答：“不听!”

殷队长笑了笑说：“我们队里那个漂亮的女学生是焦岗湖人，还没有对象呢。”

李天良一听，便坐起来，问道："什么？她叫什么名字？"

殷队长说："你不是还瞌睡吗？怎么想知道人家的名字？"

李天良笑了笑回答："这个丫头我一见她就有几分亲切，如果她姓祝就对了。"

殷队长一听很吃惊，急忙说："李政委！你还别说，她真的姓祝，名叫英英。"李天良听后激动地跳起来。

李天良说："哎呀！原来真的是这个丫头片子，明天一早我们去见见她。"

殷队长感到纳闷，再问他时他却一声不吭了。

天刚亮，李政委急切地去见祝英英，殷队长紧随其后。李政委来到祝英英面前只是呵呵地笑。祝英英见此情景，红着脸感到不好意思。李政委刚想说什么，突然一颗炮弹飞来，李政委立即将祝英英按倒在身下。

炮弹落在李政委身边不远处，"轰"的一声巨响，顿时阵地上一阵慌乱！殷队长立即喊道："同志们，日本鬼子向我们进攻了，赶快就位准备战斗！"当即，就来到李政委身边，只见李天良还趴在祝英英身上，祝英英在下面不停地挣扎。殷队长见李政委头上流着血，急忙上前抱起他，喊道："李政委！你怎么受伤了？"

祝英英站起身来，羞羞答答地看着李天良。王情急忙来到李天良身边，取出纱布给他包扎。一边包扎一边说："殷队长，李政委伤得可不轻啊！"

不知所措的祝英英在一旁说："都是因为我，要不是李政委怎么会受伤。"

一会儿李政委醒了过来，问道："英英，你没事吧？"

祝英英见李政委醒过来，内心平静了许多。殷队长说："还不把李政委抬到安全地带?"

祝英英也想跟随过去，殷队长上前拦住她说："一阵炮火以后，小鬼子肯定要冲上来，英英姑娘，你的枪法好，准备战斗!"

果然不出殷队长所料，不一会日本鬼子便向二号高地发起了猛攻！殷队长叫道："同志们，一定要瞄准鬼子再打，不许放空枪。"

这时，他看了一眼祝英英说："这一仗，不要像昨天那样打，与侵略者不能讲仁慈，一定要将他们消灭!"

祝英英回答："刚才那一阵炮火已经让我明白了什么是灭绝人性！放心吧，这一仗我只打鬼子的脑袋。"

一会儿，李政委不顾自己的伤痛，不顾王情的劝说，来到了前沿阵地，对殷光勋说："殷队长，你有没有感觉到日本鬼子的炮打得不正常?"

殷队长听后思索了片刻，回答："你还别说，确实有些怪怪的。"

李政委说："知己知彼方能百战不殆，我们应该派人前往侦察，不然我们将面临危险!"

殷队长听后毫不犹豫地说："我现在就带人下山侦察。"

殷队长刚准备离开，李政委说："殷队长，我不是让你从前方下去，我担心的是我们后面，说不定日本鬼子想与我们玩花招，他们有可能从后面偷袭。"

殷队长听后，顿时出了一身冷汗，说："日本鬼子打了几发，原来是干扰我们的注意力，我现在就带人去侦察。如果你听到两声枪响，就证明日本鬼子从后面上来了。"

说完，殷队长带着几名同志向后山赶去。王情来到李政委面前，说：

“李政委，现在你的任务已经完成。下去休息吧!”

李政委笑了笑说：“昨天晚上我已经休息好了。现在要打仗了，我能待得住吗?”

祝英英来到李政委面前说：“感谢你的救命之恩，如果不是你，我就死定了!”

李政委笑了笑说：“英英，十八年前，要不是梁垚一家人救了你，恐怕你很难站在这里。”

祝英英听后，感到吃惊，急忙问道：“你真的是十八年前的天良叔叔?开始，在合肥学校听到李天良这个名字时我就感到怀疑，没想到真的是你。”

李政委回答：“我小时候爹妈死得早，是梁垚的父母把我抚养成人，后来的事我就不说了。”

祝英英回答：“后来的事我都听说过，你离家出走后，梁山一家人很担心，也多次打听你的下落，可惜没有你的音信。”

李天良问道：“多年来，为了革命没有回家，不知家里什么情况?”

没等祝英英回答，就听身后马来说：“家里一切都很好!”

李天良转过身子看了一眼马来，问道：“你是?”

马来回答：“我爹马垚，我娘王怀女。”

李天良又问：“你们两个都在，梁山没有与你们同行?”

祝英英回答：“因为日本鬼子炸毁了我们的学校，我们书也读不成了，所以我们来参加抗日。梁山比我们俩早走一天，说不定就在三号高地。”

李天良用望远镜看了看三号高地，说：“三号高地驻扎的是国军九团，投奔他们也没错。”

就在这时，王情向山下一指，叫道："李政委，你看！日本鬼子又上来了！"

王情话音刚落，就听山后两声枪响！李天良立即命令，将一半游击队的同志调往山后。随后李政委趴在战壕内，说："同志们，我们被鬼子包围了。我们的子弹不多，先用手榴弹，等鬼子靠近后再开枪。"

就在这时，后山响起激烈的枪声。李天良心想，这是一场恶仗。只见鬼子像凶残的饿狼一样，快速向山头扑来，一百米、五十米、二十米，李政委一声令下："打！"顿时一颗颗手榴弹抛向鬼子，在鬼子群中爆炸。日军指挥官恼羞成怒，不但没有后撤，反而举起指挥刀像狼一样地叫着："前进！"

祝英英见了，便瞄准他的脑袋，开了一枪，刹那间，一颗子弹从日军指挥官的脑袋穿过，只见那日军指挥官瞬间向后倒去，手中的指挥刀正刺在身后的一个鬼子身上。李政委见了惊奇地叫道："英英你真棒！人家一箭双雕，你一枪除二狼，真是神枪手！"

此时的三号高地上，国军九团的赵团长一直拿起望远镜关注着二号阵地的战况。参谋长吴丽来到团长面前说："赵团长，你不必为他们担心，江南游击队英勇善战不比我们差。"

赵团长回过头来，看了一眼吴参谋，说："吴参谋，你说的没错，他们的精神很让人敬佩，不过他们的装备太落后了，依我看，这次战斗他们会打得很吃力，实在不行，我们就上去帮他们一把！"

吴丽说："赵团长，我们不能轻易出兵，要知道日军的大部队还在后面呢，我们一定要保存实力！"

赵团长笑了一声，说："你是参谋长，可不能头发长见识短，实力不是保存下来的，而是磨炼才能壮大。昨天你没看见吗？他们为了我们可没有保存实力。"

吴丽听后脸红了，抿了抿嘴回答："赵团长，既然这样，我现在就派人去侦察日军的布局。"

就在这时，梁山扛着一箱子弹从她身边经过，吴丽一眼发现他，不由得心怦怦直跳。吴丽立马叫住了他，梁山感到疑惑，回头问："你是在叫我吗？"

吴丽点了点头，梁山来到吴丽面前，问道："长官，是不是有任务？"

吴丽一挥手说："你放下弹箱跟我来！"

梁山莫名其妙地跟随在后，不一会来到她的帐篷前，吴丽一掀门帘走进帐篷。梁山不知如何是好，只好站在门前。吴丽进入帐篷，不见梁山进来，又返回去挑开门帘，叫道："你怎么不进来？"

梁山走进帐篷，仍然站在一旁。吴丽用手一挥说："请坐。"

梁山才敢坐下，吴丽问道："你叫什么名字？以前是干什么的？你是什么时候进入我们部队的？"

梁山见吴参谋像是审犯人一样，不由得离开板凳，摆了个立正姿式，吴丽见梁山有些傻乎乎的，有几分可爱，顺手端了一杯水交到梁山手里，说："呵呵！你怕什么？"

梁山感到奇怪，心想：这个女长官说话怎么这样？于是，他接过茶水说："我叫梁山，前几天我还是学生，最近才与几位同学进入咱们抗日部队。"

吴丽问道："进入部队是自愿的还是有条件的？你会开枪吗？"

梁山回答："当然是自愿的！开始我和几位同学想寻找江南游击队，结果没有找到，后来遇见你们就加入了。我会用枪，可昨天仗打得那么激烈，你们也不让我们学生摸枪，只是叫我们搬运子弹。"

吴丽笑了笑说："你会用枪？我们九团是不是真的捡了便宜？那好，今天我就带你下山见识见识。"

赵团长走了进来，说："吴参谋，你安排全团将士休息，我带几个人下山看看。"

吴丽手一摆说："赵团长你开什么玩笑？让我一个小小的参谋，指挥你的部队，我才不干呢！下山侦察就由我带人去，我已经挑选好人员了。"

赵团长问："你已经挑选好人选了？有多少兵力？"

吴丽指了一下梁山，回答："就他一人就足够了。下山侦察人多反而不利。"

赵团长思考了片刻，说："有道理，你们俩前去，千万要小心。如果日军全力攻打江南游击队，我们九团不能袖手旁观。"

吴丽拿起一把手枪，交到梁山手里说："我的见识差一点被头发给耽误了，如果江南游击队有困难，我们不出兵，他们会骂我们是忘恩负义的缩头乌龟。放心吧，等我们打探到虚实后就行动！"

赵团长笑了笑说："这么快就想把头发给剪了？"赵团长看了一眼梁山后离开了。

吴丽拿了一件便衣交给梁山，自己也脱去了上衣准备换便装，梁山见了立即想走开。吴丽叫道："你给我站住！一个爷们家，我都不怕你，你还害羞呢，快把衣服换了。"

换上衣服后，两人就一同向山下走去，梁山总与吴丽保持一段距离。

吴丽向后看了看，问道："梁山，你为何离我这么远？靠近点!"

梁山迟疑片刻，回答："吴长官，这样好，有利于观察。"

吴丽笑了笑说："以后不要叫我长官，没有人的时候，就叫我吴丽。"

梁山回答："长官！我不敢!"

吴丽摇了摇头，继续向前。他们在三号阵地前，没有发现一个鬼子。于是来到二号阵地的山脚下，突然梁山快步上前，将吴丽按倒在地!

吴参谋被梁山的这一举动惊呆了，刚想回头说什么，就被梁山堵住了嘴，两人趴在草丛内一动不动，只能听到两颗心在咚咚地跳。吴参谋慢慢扭过脸，看着梁山，只见梁山凝视着前方，吴参谋顺眼看去，发现大批日军和伪军由东向西扑来，并在叫嚷："堵住游击队的退路，把游击队团团包围!"日军一阵风似的从他们身边经过。吴参谋看着远去的日军，说："差一点被发现，如果被发现，我们俩谁都回不去了。"

梁山红着脸说："本来想喊你，可是怕惊动日本鬼子，对不起，让你受惊了。"

吴丽起身说："说什么对不起，要不是你，我们俩都没命了，要说感谢话的应该是我。"

梁山一听，感到吃惊，急忙说："长官我可不敢!"

吴丽笑了笑说："你这张甜嘴，把我夸得浑身上下都舒服。游击队这边的情况已基本了解，我们快回，将此事向赵团长汇报。"

他们刚刚站起身，就听鬼子嚷道："八路的干活!"

梁山见几个鬼子正向这边扑来。梁山立马将吴丽推开，这时一颗子弹从他们中间穿过。拔枪便射，只见两个鬼子瞬间倒下。吴丽叫道："快撤!"

梁山、吴丽边撤边反击，鬼子的一颗颗子弹在他们身边飞过。他们撤到树林深处，而日本鬼子像鬣狗一样恶狠狠地扑来。梁山、吴丽在树林中与日本鬼子进行枪战，梁山时而躲在树后，时而趴在草丛，不一会儿，战斗结束。

梁山回头看了看，只见几个鬼子已经全部被打死。吴丽向梁山摆摆手，说："我们的子弹也不多了，再来几个小鬼子，就对付不了，赶紧撤吧。"

梁山转身后撤，吴丽紧跟在后，突然发现梁山的屁股在流血！吴丽急忙上前用手捂住梁山屁股上的伤口，叫道："你负伤了，你不知道？"

梁山这才回头看了一下，说："我只顾打鬼子，没感到疼痛。"

吴丽一边想扒下梁山的裤子，一边说："快脱下裤子，我来给你包扎。"

梁山死死地拽住裤子，说："不干！"

吴丽"嘿"了一声说："你是不是小看我，我可是学过医的。"

梁山说："你就是华佗再世也是个女华佗。"

吴丽"呵呵"地笑了笑说："读书人，还这样封建，就是到了团里，也是女卫生员给你包扎伤口，到时候还要扒掉你的裤子。"

梁山说："好啦！我们赶紧回去。"

吴丽将手一甩，笑了笑说："我弄了一手的血，多不好意思。"

第七章　九团团长去提亲 吓坏才女祝英英

吴参谋将侦察的情况向赵团长作了汇报。赵团长说："游击队的情况万分危急，我们必须得出手相助了。"

赵团长话音刚落，二号阵地上再次枪声大作。赵团长拿起望远镜向二号阵地上看去，立刻命令："全团将士，准备战斗！"

梁山从卫生室里走了出来，朱勇见了问道："你怎么这么快就好了？"

梁山回答："屁股上肉多，子弹只擦破一点皮，没事，还能打仗。"

梁山见战壕边放着赵团长的望远镜，顺手拿起向二号阵地看了看，大叫一声："英英！英英也在游击队！日本鬼子快攻到山顶了！"说完，丢下望远镜，拿起枪向二号阵地冲去。

吴参谋见了喊道："梁山！赵团长没下命令不能擅自行动。"

梁山回答："看样子游击队没有多少子弹了，不能再等了，再等英英他们就没命了。"梁山继续向二号阵地冲去。

赵团长说："我们要不惜一切打退日本鬼子，还游击队的一个人情，立即出发！”

二号阵地上的江南游击队一直在进行顽强的抵抗，但是，子弹已经打光了，同志们只好展开肉搏，英英拿着无子弹的枪，与鬼子拼打。日本鬼子向蚂蚁一样涌向山头，将江南游击队团团围住。

日军小队长发现了祝英英，高兴地叫道：“花姑娘的大大的好，打枪的不要，抓活的。”随后直扑过去，祝英英见他扑来，用枪托直击他的头部。鬼子小队长不但不躲，反而嬉皮笑脸的。只听“咔嚓”一声，祝英英手中的枪断成两截。鬼子队长瞪着小眼，说：“我的头是钢铁的，花姑娘的打不烂。”

那鬼子队长上前紧紧抱住祝英英不放，就听身后梁山喊道：“该死的小日本，看枪！”

梁山一枪正击中鬼子小队长的眉心，只见鬼子小队长慢慢松开祝英英，倒在地上，屁股朝天，头着地，双腿乱蹬。祝英英见是梁山，立即叫道：“梁山！你们怎么来了？”

说完，便向梁山身边跑去。就在这时，一个日本鬼子举起枪瞄准了祝英英，突然一声枪响，祝英英回头看了看，一个日本鬼子倒在了自己身边。只见吴丽站在一旁，梁山感激地叫道：“好险啊！谢谢吴参谋！”

梁山从地上捡起一杆枪，递给了祝英英，两人共同投入到战斗中。经过九团与江南游击队共同奋战，日本鬼子被打得向后逃窜。

战斗结束后，祝英英紧紧拉着梁山的手，不肯放开，说：“这次战斗要不是你，我就没命了！我这辈子欠你梁家的太多！也不知如何报答才好！”

没等梁山回答，吴丽来到跟前笑了笑，说：“梁山，这就是你的心上人吧?”

梁山没有回答，只是看了看祝英英憨憨地笑了笑。马来也来到不远处，仔细地在听他们交谈。吴参谋将手枪向腰间一插，说：“不知怎样报答？我告诉你，以身相许不就完事啦!”站在一旁的马来听到后，心中“咯噔”一下，本来想上前与梁山打招呼的，但听到他们这么说便悄悄地离开了。

殷光勋、李天良、赵团长也到了。李天良笑了笑说：“梁山，我早就认出你了，你还认识我吗?”

梁山回答：“李政委，我当然认识你。我们在合肥学校里就认识。”

李政委哈哈大笑，说：“梁山，你说得太近了，十八年前，你与英英躺在一张床上的时候，我们就天天打交道，没听说过?”

梁山惊奇地回答：“哎呀，当然听说过！原来你就是天良大叔！听爹娘说你在我们家没少吃苦头，没想到今天在这遇到你!”

李天良笑了笑说:“十八年来我没有回去过一次，我哪还有脸回去啊!”

祝英英急忙说：“十八年前都是因为救我，才使梁家破产，也害得你有家难归，这都是因为我。”

殷光勋也笑了笑说：“嗨！原来在你们身上还有这些动人的故事。”

就在这时，飞来一对蝴蝶，李天良用手一指叫道：“你们看，故事来了。梁山与祝英英是天生的一对!”

吴参谋趴在赵团长耳边说：“赵团长，听说祝英英枪法很好，如果梁山把她娶过来，我们团又添了一位神枪手，千万不要放过这个机会。”

赵团长听后心中暗暗惊喜，对吴参谋说：“祝英英要是嫁到我们团，恐怕殷光勋、李天良根本不放，我们要下功夫想个万全之策。现在天不早了，我们回去再做商议。”

第二天清晨，太阳带着笑脸从东方冉冉升起。九团团长与吴参谋忙个不停。他们准备一批枪支弹药和几坛盖了红布的酒，让士兵们抬着。梁山感到莫名其妙，吴参谋看着梁山笑了笑，说：“梁山，这一回你要好好谢谢赵团长，赵团长为你的婚事可下了血本了。”

梁山感动得不知如何是好，急忙来到赵团长身边，说道：“赵团长，真是太感谢你了，可是……”

赵团长理直气壮地说：“我们九团娶媳妇，我是团长，我不操办谁操办？祝英英可是这淮河岸边有名的才女，不下点本钱能行吗？就这样说不定游击队队长还不干呢。”

梁山说：“赵团长，你的好意我领了，要办也要等到赶走日本鬼子后再办，再说我们还没到谈婚论嫁的时候！”

赵团长“嘿嘿”地笑了笑，拍拍梁山的肩膀，说：“不要再说了，现在你们父母都不在场，我赵团长就是你梁山的老子。在我们老家云南，小伙子们十五岁就结婚，十六岁就得了儿子了。现在你都十八岁了，年龄不小了，再说人家殷队长还不一定同意呢。如果事情办成了，还不美死你！你要是害羞，今天你就不要去了，让你几位同学给你收拾一顶新帐篷。”

梁山问：“要一顶新帐篷干吗？”

赵团长回头面带笑容，说：“洞房啊！结婚没有洞房把你的新娘子娶到山涧沟里？”

刘海、朱勇来到赵团长面前，说：“赵团长，我们帮助他搭建洞房，团长你就放心地去吧。”

梁山还想上前说些什么。赵团长立即骂道："你小子，再啰唆我就下令把你绑起来……"

不一会儿，赵团长一声令下："出发！"

一支浩浩荡荡的迎亲队伍向二号高地前进，没有号角，他们吹起树叶；没有锣鼓，他们就地取材敲起脸盆、钢盔、炮弹壳。

江南游击队的同志们听到山下有怪怪的击打声感到纳闷，于是就下山查看，原来是九团的士兵。赵团长见游击队派人来查看，便说："游击队的同志们，请通报你们领导，就说国军九团团长送礼来了。"

游击队的同志不一会儿来到殷队长面前，将此事做了汇报。殷队长找到李政委商量："李政委，我们昨天才与国军见面，今天怎么又来了？还说有礼物相送？"

李天良思索了片刻说："这个赵团长，为什么要送我们礼物？我们帮了他，他们也帮了我们，这还有啥感谢的。"

王情在一旁笑了笑说："说不定我们游击队要嫁女了。"

殷队长吃惊地说："啊！不会吧，难道他九团想夺走我们的神枪手？"

李天良说："殷队长说的没错，这件事我们还真不能拒绝。"

殷队长一听，火了，叫道："不好拒绝也要拒绝，英英这丫头在我们游击队才几天就消灭了好多鬼子，现在让她嫁到九团去？我舍不得！"

王情说："殷队长，话可不能这样说，我王情不是胳膊肘向外拐，这男大当婚女大当嫁，天经地义。我们不能因为抗日而耽误他们婚事啊。打鬼子也要后继有人！"

殷队长冷笑说："听你说得很有道理，你怎么不嫁人？"

王情一愣，瞪着双眼，瞅了一眼殷队长，说：“那好！只要有同志爱我，我就嫁给他！”

殷队长哈哈大笑，说：“李政委，王情同志心眼不错，不亚于祝英英，性格也开朗，我要是没有老婆，我就娶她。李政委，你喜欢她吗？”

李政委不好意思地笑了笑，没等回话，殷队长立即说：“那好，既然你李政委笑了，就等于认了，要不然你们先把婚事给办了？”

赵团长在山下等得有些不耐烦，于是掏出手枪想向天上放几枪。吴参谋见了，立即上前阻止，说：“团长，你急什么？我们来得突然，他们不知所措，再等等吧。”

话音刚落，只见游击队的同志来到近前，说：“江南游击队大队长殷光勋，政委李天良，有请九团客人。”赵团长将手中的枪向腰间一插，向山上走去。

他们来到山上，只见游击队的同志们纷纷上前迎接。殷队长、李政委站在前面，将赵团长迎进草棚。赵团长说：“殷队长、李政委，今天我们前来是为梁山、祝英英提亲的。昨天他们说没有父母在场，做不了主，现在我把梁山当成亲生儿子，我为他们操办婚事，不知你们意下如何？”

李天良一听，果然不出所料。于是，看了一眼殷队长，殷队长站起身，说：“既然赵团长有这个心意，不如早把梁山送过来，也好为他们完婚啊！”

赵团长一听，呵呵地笑了笑说：“你家是女儿，我家是儿子，难道你是想让梁山倒插门？再说，我们的聘礼已经到了。你们看看，我这聘礼可都是上等的好家伙，哪一杆枪都比你们的好！”

李政委笑了笑说:“赵团长，话可不能这样说，在梁家可没少操心，要说谁可以代表梁山的父母，你还要向后站站。”

赵团长听后哈哈大笑，说：“李政委，不要与我摆谱。这不是他们两个人的家，这是部队，胜过他们的家。既然我来了就应该把祝英英娶过去，不能让两个孩子过牛郎织女的生活。”

殷队长一听，有些不高兴地说：“赵团长，论装备，你们比我们强；论素质，你们的队伍经过培训。你可真够聪明的，我们刚刚得到一名神枪手，你就想挖我们的墙脚?”

赵团长笑了笑说：“窈窕淑女，君子好逑。我可没有那个想法，纯粹是想成全他们俩。”

殷队长站起身来说:“不管你说得再好听，我也不同意把祝英英嫁过去!”

赵团长也站起身来说：“殷队长，有没有听过这样一句话：宁拆十座庙，不破一桩婚?”

李政委也站起身，说：“你就这样把祝英英娶走也不公平啊!”

赵团长思索片刻，说:“那好！话已经说到这个地步，我们只能这样了。”说完从衣服中掏出一枚袁大头，说：“殷队长、李政委，你们看，这是一枚袁大头，我向上抛，若是人头向上，我把祝英英带走，若是人头向下，我就把梁山给你们送过来。”

殷队长一听，感到赵团长这个人是诚心诚意的，于是说:“那好吧!”

赵团长立刻将银圆向上一抛，那袁大头乱转落在地上。

殷队长看后，后退几步不停地摇头。赵团长看后哈哈大笑，问道:“殷队长，你还有什么话说?”说完捡起银圆揣在口袋里。

王情见殷光勋、李天良垂头丧气的，于是上前说："赵团长，虽然你赢了，但是，我们还不知祝英英是什么想法。婚姻是大事，我们得征求她的意见。"

吴参谋上前说："你说的意思是我们还不能包办？那好，我们就亲自问她爱不爱梁山。只要她说出个'爱'字，我们就把她带走；如果她说出'不爱'，我们无话可说。"

王情走出帐篷，去找祝英英，发现祝英英站在山顶目不转睛地望着三号高地，坐在一旁的马来低着头。王情叫道："祝英英，过来，我有话告诉你，千万不能说错了！"

就听身后有人说道："没事的！我跟在你后面！说不错！"

王情听后感到吃惊，回头看去，只见九团的参谋吴丽站在身后。祝英英见了，立刻上前握住吴参谋的手，说："感谢你！昨天一战，要不是你们及时赶到，我祝英英就没命了。"

吴参谋回答："只要是中国人，见了日本鬼子都会打的，同仇敌忾嘛！"

她们一边说，一边向帐篷走去。马来感到莫名其妙，于是也跟随其后。祝英英被带进帐篷，见殷队长、李政委、赵团长都在，旁边还摆放着很多枪支。李政委说："祝英英，九团团长来提亲了。"

祝英英听后脸涨红了吃惊地说："我爹娘就想让我以后嫁到梁家，爹娘认为，梁家人人品好。"

赵团长听后只是盯着祝英英笑，笑得祝英英不知所措，以为这个赵团长是为他自己提亲来了，听说国军个别长官就喜欢这样做，如果不是，为何送来这些聘礼？

祝英英想到这，立即来到李天良身后，说："我声明，嫁到梁家不仅是我爹娘的意愿，也是我的心愿。”

站在门外的马来听后，一屁股坐在地上。赵团长将手一拍，吓得祝英英后退几步，赵团长叫道：“那好！今天我就是抢也要把英英姑娘抢走！殷队长、李政委你们还有什么话可说？”

李政委回答：“我李天良无话可说！”

殷队长一边摇头一边摆手，无可奈何地说：“好了，好了，你赵团长现在就把祝英英带走吧。”

祝英英听后更加吃惊，急忙躲在王情身后，说：“王情大姐、李政委！我不跟他走？李政委，梁家对你有恩，为何你坐视不管？我就是死也不嫁赵团长！”

祝英英话一说出口，大家都惊呆了。不一会儿，赵团长一声长笑，殷队长、李政委也是哭笑不得，吴参谋更是乐得前仰后合。王情说：“祝英英，你误会啦，赵团长就是为梁山提亲而来的。”

祝英英听后这才露出笑容，擦了擦额头上的汗，说：“啊！吓死我了。”

吴参谋笑着问：“嫁给赵团长你不干，嫁给梁山你没有意见了吧？”

祝英英听后，脸更红了，便跑出门去……

赵团长起身说：“请江南游击队的将士们放心，别人不把游击队当部队，我赵某把你们视为亲人。咱们都是穷苦老百姓出身，今天能站在一块，为的是一个共同的目标，那就是打败日本侵略者。今天我争取祝英英加入我们团，是因为我们团士兵射击技术差，他们与鬼子不足十米都打不准，在台儿庄一战中是死伤惨重啊。前几天我们团也吸收了几十名学生，包括梁山，我怕他们不会用枪会在战场上白白送死。你们放心，祝英英在哪都一样，都是为了多消灭鬼子。”

殷队长叹了口气，说："在这战争年代谁不想要枪法好的战士，既然我们输了，你就把祝英英同志带走……"

刘海一声高喊："新郎、新娘入洞房了！"九团战士喜笑颜开地把梁山、祝英英推进帐篷……

夜深人静了，绝大多数帐篷里的灯光已经熄灭，那顶作为新房帐篷里的灯光依然亮着，里面不断地传出悄悄话。祝英英说："梁山，我们就这样把婚事给办了，好像做梦似的！"

梁山笑了笑说："我也有这种感觉，我们俩婚事办得确实有些仓促，不知我们的爹娘会怎么想。"

祝英英看了一眼梁山，笑了笑问："怎么，后悔啦？"

梁山立刻回答："不！不后悔！我选择当兵，一是为打鬼子保家卫国。二是想摆脱那些杂念。"

祝英英笑着说："今天赵团长去提亲，我以为是为他自己呢，吓死我了！"

梁山呵呵地笑了笑，说："赵团长是个好人，也会带兵。他得知你的枪法好，就千方百计想把你弄过来。现在好了，我们终于在一块了。"说完上前拥抱着祝英英，祝英英甜甜地笑了笑。

突然听到："你这两个小骗子，在说我的坏话，还不快点安歇！"

梁山听后感到吃惊，立刻放开祝英英走出帐篷，只见赵团长站在门前。梁山笑了笑问："赵团长你还没休息呀？"

赵团长回答："是啊，我在查岗。你们休息前一定把灯灭了，日本鬼子不会死心的，若对着你们的帐篷开一炮，你说我赵团长是不是做了一件缺德事?”

祝英英走出帐篷笑了笑，说：“谢谢赵团长对我们的关心。”

赵团长一扬手说：“休息吧!”

赵团长离开，梁山、祝英英进入帐篷。突然从一棵大树后面走出一个身影，步步逼近梁山、祝英英的帐篷。

梁山、祝英英进入帐篷后，梁山上前抱住祝英英，互相拥吻。站在帐篷外面的人暗自叹气，只好站在外面搭话说：“梁山，你的伤还疼吗?为了防止发炎，我已经为你备好一盆清水、纱布、药棉，就放在帐篷的拐角，让祝英英给你换上。”

梁山、祝英英听后立即双双放开双手、走出帐篷。梁山笑了笑说：“感谢吴参谋对我的关心。”

吴参谋笑了笑说：“这么晚了，休息吧!”

吴参谋离开后，祝英英、梁山又回到帐篷。祝英英说：“梁山趴下，吴参谋交代的事，我要把它办好!”

梁山笑了笑说：“没事，今天下午已经让卫生员检查了，也换过药了。”

梁山刚想上前拥抱祝英英，祝英英用手一摆，小声说：“刚才已经来过两个关心我们的人了，说不定我们的同学会来听房。”

梁山再次走出帐篷，仔细地观察一遍，回到帐篷后说：“整个军营静悄悄的，估计这会儿没有人再来了。”

梁山说完，立刻上前又将祝英英紧紧抱住，放在床上，亲吻着祝英英的温唇。就在这时，一颗炮弹飞了过来，正落在梁山、祝英英的帐篷旁。伴随着一声巨响，梁山、祝英英的帐篷、床等都被掀翻了。

躲在一旁的刘海、朱勇见此情况立马冲了上去，刘海一边掀开帐篷，一边说："日本鬼子真够坏的，害得我们想听听洞房悄悄话也听不成了。"

梁山听到有说话声，立即叫道："刘海！你还在说风凉话，还不快把我们身上的东西移过去。"

朱勇笑了笑说："我们不敢，万一你们没穿衣服那多尴尬。"

祝英英急忙说道："你们不要开玩笑了，赶快过来帮忙，我快喘不过气了。"

刘海、朱勇听后立即抬起床铺，祝英英从梁山身上爬起，顺手拉起梁山。梁山叫道："英英！伤着没有？"

祝英英回答："没有，你呢？"

梁山回答："我也没事。"

军营里传出赵团长的声音："同志们我们赶快向那边撤！"

九团官兵迅速撤退到一号阵地，回头只见三号阵地火光冲天！

二号阵地的游击队同志们见此情况，十分吃惊！殷队长来到李政委面前说："李政委，你在这守着，我带一部分人前往三号阵地增援。"

李政委思索片刻，说："不行！前几天小鬼子吃了败仗，今天来报仇肯定是准备充分。赵团长这个人很聪明，我想他们已经撤了。不好！我们也要快撤！不然也要挨打！"

殷队长说："我怎么不相信？"

李政委十分着急地叫道："殷队长！你还磨蹭什么？快向一号阵地撤！"

游击队的同志们刚刚撤离二号阵地，二号阵地就响起轰隆隆的爆炸声……

赵团长看了一眼梁山和祝英英，说：“你们这两个崽子，叫你们关灯，你们不听，害得我们九团差一点全军覆没。”

吴参谋说：“赵团长，不要说他们了。幸亏炮弹没有打在他们的床上，想想真有些后怕，还好没有人受伤。”

赵团长说：“吴参谋，鬼子向我那开炮，我怪梁山、祝英英洞房的烛光太亮了。难道江南游击队那也有办喜事的?”

话音刚落就听山坡上殷队长说：“怎么？只准你家办喜事，不许我们政委娶新娘子?”

王情立刻说：“亏你说得出口，说是办喜事，你把李天良灌得不省人事，我们可什么事都没做。”

赵团长哈哈大笑：“不是一家人，不进一家门。没想到你们游击队也来一号阵地凑热闹。”

李政委笑了笑说：“我李天良睡得正香，硬是让小鬼子的炮弹把我震醒了，看我明天怎么收拾他们!”

九团与江南游击队一起商议明天怎么对付日本鬼子……

第八章　马垚伤残回到家
妻子奋起把枪拿

马垚在皖北的抗日战争中，失去了一只胳膊，有一条腿行走也不方便，落下严重残疾，无奈，只好申请还乡。

马垚一瘸一拐地往家走，站在村头望夫归来的王怀女，见到马垚回来，便跑上去抱着丈夫，却发现少了一只手臂。王怀女含泪问道："是小鬼子砍掉的吗，还疼吗?"

马垚伸出一只好手，擦去妻子脸上的泪水，说："当然很疼，现在好一点。"

王怀女拉着丈夫，想搀扶丈夫回家。马垚说："我自己能行。回来时，首长要派人护送我，被我拒绝了。我现在这个样子，在部队不但不能打仗，反而还拖累他们，所以我决定回来。"

王怀女点了点头，说："我们回家再说。"

马垚从前线回来的消息很快传开。刘琳、张玉也及时赶来看望马垚。马垚见她俩到来，伤心地哭了。刘琳见马垚是这般表情，顿时额头上冒出汗来。张玉身上像是泼了一盆冷水，不停地哆嗦。王怀女对马垚说：“天下只有女人好哭，男人哪有随便哭的?”

马垚说：“我怎么能忍住不哭？梁垚和祝赑都在战斗中牺牲了，我原本也想与小鬼子拼了的，可是我受伤的胳膊腿不听使唤。现在只有我一个人活着回来，我感觉对不起他们啊。”

刘琳听后顿感晴天霹雳，昏迷过去，张玉也瘫倒在地。经过大家耐心地劝说疏导，她俩的情绪才慢慢稳定。马垚将战斗经过叙述了一遍，张玉和刘琳听后，那美丽善良的脸上充满了仇恨，双手紧握。她们沉默无言，不再掉一滴泪水，慢慢地站起身来。王怀女感觉有些无奈，上前说：“欲哭无泪，痛断肝肠啊！我真不知道该说些什么，三人同去就回来他一人，这不公平啊!”

张玉说：“打仗哪有不死人的，这笔血债我们应该算在小鬼子头上。”

刘琳说：“马垚一人能回来就很不错了，日本鬼子不来侵占我们的国土，祝赑、梁垚也不会死!”

刘琳说完，恨得嘴角渗出血来。站在一旁的祝家管家陆运心中暗暗幸灾乐祸！心想：这真是风水轮流转，老爷死了，我就是祝家的老爷了。想到这，偷偷地瞟了刘琳一眼。

刘琳回到家里气恼难消，陆运在后跟随。刘琳见墙上挂着祝赑多年不用的猎枪，见物思人，于是搬来凳子，一脚踩上去，不料向后打了个趔趄。陆运见机，便从后面紧紧抱住刘琳的腰，两只不老实的手……口中还不断地喃喃自语……

刘琳狠狠地掐陆运的手，骂道：“陆运你这个不要脸的东西，乘人之危，欺人太甚!”

陆运立即松开手，后退几步，说道："你怎么不知冷暖啊？老爷死了，你家没有了男人，以后的日子不还得靠我啊。"

刘琳搬起凳子向陆运狠狠地砸去，吓得陆运掉头就跑……

张玉回到家里，将梁垚的土枪拿了出来，正在擦枪时梁川来到她身边，问道："娘！你把爹的猎枪拿出来干什么？"

张玉看了看儿子，说："狼来了，娘要去打狼！"

梁川不由得扑向张玉怀里。张玉见儿子吓得发抖，突然感到失言，便将儿子紧紧搂在怀里，轻轻抚摸着儿子的头，说："孩子，不怕，你爹都不怕，我们也不怕，希望我儿长大后更有出息！"

梁川站起身来走进里屋，拿着自己的红缨枪说："娘！你不要去了，让孩儿去打狼。"

张玉放下猎枪，又将梁川抱在怀里，问道："如果娘不在你身边，你能照顾自己吗？"

梁川摇了摇头，没有回答。张玉说："娘现在把你送到马叔叔家，娘不在家，一定要学会坚强，我儿长大了才能干大事。"

梁川说："孩儿知道了，孩儿以后一定要当英雄！"

张玉拉着儿子向马家走去，梁川感到奇怪，于是问道："娘！你把我送到马家干什么？"

张玉说："娘最近要出一趟远门，希望你在马垚叔叔家过几天。"

梁川说："娘，我跟你一起去。"

张玉回答："不行啊！娘要去的地方很远，没车没船的，小孩子走不动！"

梁川问："娘！您什么时候回来啊？"

张玉回答："你要是听话，娘很快就会回来。你要是在马垚叔叔家不听话，我就不回来了。"

梁川急忙说："娘我听话，你回来时给我买一支好的猎枪带回来，我要练习打鬼子！"

张玉问："你怎么知道要打鬼子？"

梁川回答："刚才你们在马叔叔家，从村口过去的那些人，他们都扛着枪，都说是去寿州城打鬼子的。"

张玉看了看梁川，加快了脚步，来到马垚家门口。娘俩还没进门，就听见院内传来霍霍的磨刀声。张玉拉着梁川刚跨进门槛，只见王怀女在用力地磨着大刀。张玉问："你这是干什么？"

王怀女抬起头，说："日本鬼子砍断了俺当家的手臂，我要让小鬼子尝尝我王大刀的厉害。你又回来干吗？"

张玉把孩子支走后说："我想上战场，我想把我的孩子托给你照看一下。"

王怀女急忙说："不行！不行！我也要上战场，为我男人报仇。"

就在这时王怀女的小女儿马萍走出门来，说："就让我照顾梁川哥哥吧。"张玉和王怀女听后哭笑不得。

王怀女说："我的小丫头，你还没有梁川大，怎么能照顾哥哥呢？"

马垚一瘸一拐地走了出来，说："你们这两个娘们也太冲动了，我们爷们在战场，那仗打得都十分艰难。如果你们两个上了战场，说不定是部队的累赘。"

王怀女将手中的大刀一晃，说："马垚，你给我闭嘴！少轻看我们娘们，男人好打就不许女人好斗，我们这都是为真理而斗争，你要是够种就在家把这两个孩子给我看好了。”

马垚听后摇了摇头，说：“你们能上战场，我求之不得。既然坚决要去，那家里的一切就请你们放心，两个孩子我会带好。”

不一会儿，刘琳也赶了过来，说：“我们不必去淮北，现在小鬼子已经从合肥扑来，听说寿州城马上也要沦陷。”

王怀女说：“那好，我们就进入寿州城等着。”

国军九团，在合肥打了几仗后进入了寿州城，准备开展保卫战。

王怀女举起大刀，向大刀上吐了一口唾沫，说：“走！”刘琳、张玉扛着猎枪跟在后面。

王怀女在前面带路，刘琳、张玉在后面追赶，但怎么也跟不上来。王怀女等了半天她们才跟上，王怀女看了看她们的小脚，笑了笑说：“我爹曾经说过，封建社会的习俗一定要推翻，瞧把你们害得，虽然你们有了三寸金莲，可你们一步只能挪四指。”张玉、刘琳互相看了看没有说话，只是不停地向前走。

她们刚来到寿州城，就听到了《大刀向鬼子们的头上砍去》的歌声。王怀女说：“前边好像是抗日部队，我们过去看看。”

他们来到近前，刚想进入，就被两位士兵挡住了去路，王怀女说：“两位小兄弟，我们是来参加抗日的，请你们放我们进去。”

两位士兵笑了笑，说：“看样子你们不像上战场的？”

赵团长走了过来，问道：“怎么回事啊？”士兵将情况说了一遍。

赵团长来到她们身边转了一圈，说：“几位大嫂，这里是抗日战场，不是纺纱织布的地方，更不是绣花的地方，你们快回去吧！”

张玉说："我们与小鬼子有不共戴天之仇，我们要找小鬼子报仇。"

赵团长笑了，说："呵！呵！你们跟小鬼子有多大的仇？"

这时军营里传出一个女人的叫声："娘！你们怎么来了？"话音刚落，只见祝英英向这边跑过来拉着刘琳的手。

赵团长见祝英英与刘琳是母女关系，笑了笑上前说道："祝英英，你叫她娘？有没有搞错？没想到你娘这么年轻，看着就像是你姐一样。"

张玉、刘琳和王怀女听后脸色严肃，一点笑容都没有。祝英英也感觉不对劲，于是问道："娘！你们带着刀枪，想干什么？爹爹、马叔叔、梁伯伯他们呢？家里发生了什么事吗？"

张玉含着泪水回答："你爹与梁山的爹，都死在日本鬼子的屠刀下了，马来的爹也被小鬼子砍掉了一只手臂，我们要为他们报仇！"祝英英听后，紧紧地抱着刘琳，痛苦万分。

站在一旁的赵团长上前劝说："都是军人的家属，屋里请！"

参谋长吴丽得知这一情况后急忙去叫梁山："梁山，你家里来人了，还不过去看看。"

梁山笑了笑说："我家来人了，是我爹来了吗？"

吴丽回答："是你娘来了，赵团长正与她老人家谈话呢。听说你爹与祝英英的爹都在抗日战场上牺牲了，她们硬要参加我们军队打鬼子。"梁山听到爹爹牺牲的消息，顿时脸上布满了汗珠，泪水也夺眶而出。

他放下手中的枪，向团部跑去。吴丽见梁山情绪不好，急忙跟随其后。

母子相见更加痛苦，经过大家的劝慰，情绪才稳定下来。经过商定，准备将张玉、刘琳和王怀女安排在后勤，但是她们仍然坚持要上战场。梁山问娘："娘，你来了，弟弟怎么办?"

张玉回答："你爹的仇我一定要报，我将你弟弟拜托给你马叔叔了。"

梁山说："娘，这不是长久之计。弟弟那么小，马叔叔行动还不方便，你让他带着两个孩子，那怎么行?"

没等张玉回答，王怀女说："马垚虽然手脚不利索，但照顾两个孩子没有问题。"

张玉说："梁山说得对。马垚坚持两天没问题，时间久了肯定不行。"

王怀女叹了口气说："马萍和梁川都还是孩子，这些我们不必担心。梁山、祝英英我想问你们，你们俩在九团，我儿子马来现在何处?"

祝英英看了一眼梁山回答："开始我们几个都在合肥读书，后来合肥沦陷，我们几个就都投身抗战了。刚开始是梁山先行到了国军九团，我与马来投奔了江南游击队，后来因为种种原因，我也进了九团。"

赵团长说："是我刚刚为他们举办了婚礼。现在马来还在江南游击队。"

王怀女听后转忧为喜说："好啊！你们才是天生的一对!"

张玉听后低着头说："这多不好意思，真的对不起你马家。"

王怀女急忙说："不要对不起，也没有什么不好意思的，英英的生命是你梁家给的。再说，马来根本就配不上你们家英英啊。"

刘琳红着脸说："对不起，是我祝家毁了婚约。"

王怀女急忙说："呀！马垚说话从来都不算数，都是在赌场养成的坏习惯，十多年前与你祝家订的婚约，早被风刮走了，现在两个有情的孩子能走在一块我们应该高兴。要不是日本鬼子来了，你们两家肯定得为孩子举办一场更体面的婚礼。"

参谋长吴丽来到赵团长面前，说："赵团长，现在日本鬼子已经进入淮南地界，随时都有可能进攻寿州城。"

赵团长听后看了看张玉、刘琳和王怀女，说："既然你们加入了九团，从今天开始，就要为我们团做好后勤工作。"

张玉、刘琳、王怀女答应后都向后勤部走去……

赵团长接到上级命令：由于日军来势凶猛，最好先放弃寿州城，向西南方向做好战备转移。赵团长接到撤退的命令根本想不通：寿州城还有那么多老百姓没有转移，我们就是撤也要等老百姓安全撤离后才能撤啊。

就在这时，东山方向不断传来枪炮声。通信员来报：日军已经向我寿州城方向扑来，淮上游击队与江南游击队已经在蔡家岗与日军交火。日军来势汹汹，还有两架轰炸机掩护，使我方军民伤亡惨重。

江南游击队队长殷光勋见此战况十分焦虑，但毅然坚持战斗。在这危急关头，赵团长带着九团赶了过来。李天良见赵团长带领援兵赶到，满心欢喜，上前握手。突然王情喊道："鬼子上来了，还不下令战斗？"

大家立即进入战壕，只见鬼子像饿狼一样不断扑来，殷队长向山下看了看，说："小鬼子来了这么多，这一回够我们受的。"

吴丽急忙来到赵团长身边，说："刚刚接到师部命令，让我们立即撤退。"

李天良喊道："撤个屁！小鬼子上来了，打！"

顿时，枪声四起，炮声隆隆。由于九团和游击队占据了居高临下的优越地理位置，打退了鬼子的多次进攻。日军见一时难以攻下，于是向九团和游击队所在的阵地猛烈开炮，抗日队伍伤亡惨重。突然一颗炮弹飞来落在赵团长、李天良身边，轰的一声巨响，李天良被炸飞，落在草地上，赵团长也身负重伤。无奈，殷队长、吴参谋只好命令部队撤退，但梁山、祝英英仍然在向鬼子开火。吴参谋立即上前喊道："保存实力！快撤！"

游击队的同志们抬着伤员向南撤退，九团也撤回寿州城。

在这次战斗中，赵团长多处负伤，但他仍然坚持来到城墙上，数了数战士们，一个团的兵力只剩下不足百人。吴丽来到赵团长面前说："赵团长，为了你和战士们的安危，我们还是撤出寿州城吧！"

赵团长忍着剧痛笑了笑说："我曾经说过，我要与寿州城共存亡！我现在命令你：将受伤的将士送往师部战地医院！"说完将手伸向口袋里，想掏出纸笔留下遗言。

就在这时，只见一块银圆落在地上，吴丽立刻将银圆捡起，正反面看了看，吃惊地发现，正反面竟然都是一样的。赵团长笑了笑说："这是在云南老家一家赌场门口捡的，这玩意真的能骗人，就连江南游击队的殷队长也被这块假银圆骗了，他到现在都不知道呢，后来想想感觉对不住他们啊！"说完接过银圆，将它丢在城墙下。

吴丽看了一眼赵团长说："不要再自责了。转移伤员还得由你负责，顺便也给自己治治伤。"

赵团长强忍着疼痛，说："吴参谋，转移伤员很重要，你让我去？如果我死在半路怎么办？我还能活多久自己心里很清楚！时间不多了，你带着伤员快走吧！"

吴参谋还想说些什么，赵团长用手一挥……

日军疯狂向寿州城发动猛攻，一颗颗炮弹在城墙内外爆炸，隆隆的爆炸声震天动地。赵团长见日军不停地轰炸，忍不住吐了一口鲜血，他手扶城墙踉踉跄跄地站起身来，说：“九团将士们，中华民族到了最危险的时候，我们坚决与小鬼子拼到底!”说完，抱起机枪向城下的日本鬼子奋力扫射……

王怀女听到城外响起枪炮声，顺手提起大刀，向门外冲去。张玉、刘琳也快速爬上城墙。祝英英见了喊道：“娘！这里很危险!”

刘琳喊道：“快给我一杆枪，鬼子上来了，打!”

祝英英顺手交给刘琳一杆枪，张玉也接过枪，举枪便射。就在这时，梁山发现城下一个小鬼子的枪口对准了刘琳，梁山奋不顾身地扑向她，将刘琳按倒在地，一颗子弹刹那间飞了过来，正打在梁山的左胳膊上，顿时鲜血直流。刘琳发现梁山负伤，便从自己身上撕下一块布，给梁山包扎，并说：“梁山，是你替我挡了一枪，我们祝家欠你们梁家的太多了，你是个好孩子，我家英英交给你我也就放心了。”

梁山微微地抿了抿嘴唇……

赵团长带领九团全力奋战，打退了日本鬼子的多次进攻，可惜子弹已经打光了，赵团长也倒在血泊中了，九团战士已所剩无几。这时日军像狼一样又向城墙上爬。王怀女见鬼子上来了，便提起大刀冲向鬼子群中。梁山拿起没有子弹的枪与鬼子展开肉搏战。王怀女举刀奋力拼杀，却被鬼子一阵机枪扫射，身中数弹，壮烈牺牲了。只见她仰面朝天，鲜血顺着鬓角流到城墙上，却依然紧握手中的大刀。鬼子丧心病狂地向梁山围拢过来，其中一个小鬼子将梁山死死地按住，后将他举起，扔下城墙。祝英英见梁山被扔到城下，愤怒地冲上前，扭住一个日本鬼子也向城墙下跳去。刘琳捡起地上唯一的一颗手榴弹，冲向鬼子喊道：“祝赑！我……给……你……报仇啦!”一阵呼喊后，拉响了手榴弹。顿时火光冲天，日军倒了一大片。张玉见刘琳与日本鬼子拼了命，自己也咬了咬牙，放下手中的枪，趁鬼子不注意，向鬼子扑去……

天黑了，寒风不停地呼啸，鬼哭狼嚎似的，天空中几颗星斗不停地眨着眼睛。不知是日本鬼子疲乏了还是怕受回击，狼狈地逃回了城内。祝英英慢慢醒过来，推开身下鬼子的尸体，急忙找梁山，不停地呼唤。梁山醒了，见祝英英在自己身旁，激动万分。祝英英问："娘呢？她们怎么样了？"

就在这时，突然又听到打斗声，梁山、祝英英急忙赶了过去。只见张玉与日本鬼子互相掐着脖子扭在一起，梁山急忙捡起一块石头，向鬼子的头砸去，鬼子当场毙命。祝英英想把张玉扶起，张玉说："哎呀！我的腿断了！"

梁山立即从地上捡起一杆枪递给祝英英，祝英英接过枪后，低声说："快把娘背走，快撤！"

天太黑了，他们不知到哪里找部队，趁着月色返回家中。祝英英、马垚和梁山得知刘琳与鬼子同归于尽了，王怀女也战死的消息后都沉浸在无尽的痛苦之中。

第九章　婆婆无奈寻短见
愿媳改嫁重见天

第二天，梁山把朱郎中请到家中，给张玉治疗腿伤。朱郎中仔细查看张玉的腿后，说："恕我直言，你从城墙上摔下时可能是双膝直接着地的，这导致膝关节严重受损，以后想站起来恐怕很难。现在我只能给你开几服药预防溃烂。"

梁川趴在张玉的身旁，小心翼翼地抚摸着娘那受伤的双腿，不一会儿，悄悄地离开了。

张玉用手拍了拍自己的腿，说："真不如摔死，这让我半死不活的怎么办?"

梁山看了看祝英英说："英英，我想拜托你照看我娘。"祝英英听后半天不语，两眼含着泪水。

张玉躺在床上，眼角也流出无奈的泪水，张玉说："孩子们，我知道你们的心情。日本鬼子不消灭，咱中国人就不得安生，一定要给爹娘报仇！我知道我给你们增添了麻烦，影响了你们打鬼子。"

就在这时，马垚一瘸一拐地来到梁山家，喊道：“不好了！”

梁山、祝英英听到喊叫声，急忙跑了出去，问：“怎么回事？”

马垚回答：“刚才梁川来到我家，说要去打鬼子，马萍听了，也要去打鬼子，说要给她娘报仇。开始我还不相信，现在他俩都不知去向。”

梁山、祝英英听后立即去找。马垚刚想离开，张玉喊道：“马垚！你过来。”

马垚走到张玉身边。张玉说：“马垚啊！我们几家在焦岗湖一带虽然不是赫赫有名，但也算是小有名气，是日本鬼子害得我们家破人亡。我现在是动弹不得了，以后我们家还请你多操心。”

马垚说：“嫂嫂，请你放心，我一定会的！我还有个心愿，想与嫂子说，不知你答应不答应？”

张玉说：“你不妨说出来听听，如果在理，我会答应的。”

马垚点了点头说：“你们不在时，梁川在我家与马萍玩得很开心。我看他们很有缘，如果马萍给你做儿媳，以后我们两家也互相有依靠，不知你意下如何？”

张玉听后点了点头说：“马垚，你能这样想我就谢谢你啦！不过孩大不由爹娘，做大人的就是有这个心愿，也得看孩子们是怎么想的。”

马垚说：“嫂嫂，这么说你答应了，不管以后孩子怎么想，我们做大人的，也要为孩子做主啊！”

张玉欠了欠身，说：“我半死不活的，孩子的事就依你了。”

马垚说：“嫂嫂，请你放心，你的孩子就是我的孩子。”马垚说完起身离开。

张玉躺在床上，心想：我这样活着肯定会拖累孩子们，不如早点了断，想到这，解下自己身上的裤腰带……

祝英英、梁山四处寻找，但就是不见两个孩子的踪影。最后他们来到淮河岸边，见梁川、马萍正站在水边想过河。梁山立刻上前，一把将两个孩子从水边拽了回来，问："你们俩想干什么？"

梁川回答："打鬼子！给爹娘报仇啊！"

马萍也说："梁川的娘已经回来了，我的娘还没有回来，我想去找娘。"

祝英英蹲下身子抱起马萍，理了理马萍的头发，说："你娘去了很远的地方，现在不能回来，等你长大了，你娘就回来了。现在我们只有等待。"

梁川根本不相信她说的话，看了祝英英一眼，说："你们骗人！我明明听你们说是日本人害死了她们，我要给她们报仇！"

马萍眼泪汪汪，说："日本鬼子害死了娘，我知道一个小孩根本打不过鬼子，我就想去狠狠地咬他们一口，给娘报仇！"

梁山、祝英英听后也是泪如泉涌。祝英英抱起马萍，梁山抱起梁川，慢步往回赶。

梁山身子哆嗦了一下，梁川见了，扭过身子看了看哥哥的胳膊，说："哥哥，你身上有伤，把我放下来，我自己能走……"

张玉解开裤腰带后，将裤腰带拴在床头上，打了一个结挂在自己的脖子上……

梁山、祝英英赶回家中时，只见张玉已经奄奄一息，大家都感到吃惊，梁山立即将张玉脖子上的裤腰带解下来，张玉慢慢醒过来，梁山含着泪说："娘，英英的爹娘和我爹已经战死了，现在只剩下你一个老人，你再走了，我们怎么办呀？再说你这又是何苦呢？”

张玉睁开眼说：“你们不该救我，我不想拖累你们。”

梁山说：“娘，儿见你平安心里才踏实，才能安心上战场，你这样做让我们怎么放心？我已经想好了，我与英英在部队已经拜堂成亲了，是一家人，我想让她在家照顾你和小弟。”

张玉叹了口气，没有说话。梁山又说：“娘你想想，你若不在，我与英英都上了战场，那梁川在家怎么办？老是让马家照顾也不算事啊！”

娘抬头看了看几个孩子，说：“孩子们，为难你们啦！就由你们做主了。”

祝英英听后点头出门，梁山也跟随在后。祝英英见梁山来到身边，很严肃地说：“你有计划怎么不与我商量，我也是梁家人了。我爹娘都牺牲了，不过家里还有房产土地，我想把它变卖，请个佣人来伺候婆婆和照看弟弟，我们再一同参加抗日。”

梁山说：“听起来很有道理，可是现在兵荒马乱的到哪里去找佣人？随便找到一个也不一定可靠。我知道，你在家比上战场还难，可还能怎么办呢？真的是为难你了。”祝英英面对当前的家境深深地叹了口气，没有多说。

两天过去了，家里基本安排就绪，梁山准备重返部队。他一步一回头地看着家乡，就在他恋恋不舍的时刻，祝英英急匆匆地跑了过来，梁山急忙丢下手中的包，扑向祝英英，紧紧地拥抱着她不肯放手……

祝英英含着热泪说：“你这一去，不知何年何月才能回来！你答应我，一定要回来，不管多长时间我都等你！”

梁山说：“英英，你放心。只要我活着，就一定回到你身边！你一定要等着我，我一定会回来!”

英英看了看路旁边的草丛，说：“听说小时候我就被扔在这个草丛里，是公公和天良，把我抱回了家。我们虽然结了婚，但你至今碰都没有碰过我，现在我就把我的一切都给你。”说完，牵着梁山的手向草丛走去。

就在这时，梁川跑过来喊道：“哥哥，我来送你。你们怎么去那草丛里?草丛里有蛇啊!”梁山、祝英英听后，停止了脚步，无奈返回到梁川身边。

梁山问：“小弟，你怎么来了?”

梁川回答：“哥哥，你忘记带一件东西了，娘说这件东西不能忘。”说完拿出一双鞋。

祝英英一看，原来是自己为梁山做的那双鞋。祝英英接过鞋看了看说：“梁山，你把它穿上吧。”说完，将鞋交到梁山手里。

梁山接过鞋，并没有看鞋，而是用湿润的眼睛直盯着祝英英。祝英英那晶莹的泪水，顺着下巴一直滴到草丛里。梁山将鞋重新包好说：“这鞋我不穿，等到我们能同床共枕的那一天再穿!”

祝英英点了点头说：“我等你！我会永远等你!”

梁山也坚定地说：“等赶走日本鬼子，我一定回来，哪怕是战死了，我变成一只蝴蝶也要飞到你的身边。”

梁川站在一旁看看哥哥、嫂嫂，说：“我也等，我也会等到哥哥穿上这双鞋的那一天。”

梁山蹲下身子说：“梁川，哥哥不在家，一定要听娘的话，帮助你嫂嫂干些家务。”

梁川回答：“好！我不但听娘的话、干家务，还要练好枪法，将来也上战场杀鬼子。”

梁山听后点了点头，看了祝英英一眼，毅然起身离去。

祝英英见梁山离去，身子不断地颤抖，大声喊道："梁山我等你，海枯石烂都等你！"

梁山向后招招手，大声叫道："英英！我爱你！"

梁山离开家乡，再次奔向战场。祝英英在家里，由于梁山不在身边，祝英英感觉身边少了什么似的。她叫来梁川，说："梁川，你在家看着娘，我回娘家看看。"

梁川看了一眼嫂嫂，说："我想跟你一起去。"

祝英英说："你不能去，一定要在家看着娘，我马上就回来。"

梁川眨了眨眼睛，点了点头。祝英英来到婆婆床边，说："婆婆我想回娘家看看。"

张玉叹了口气说："是应该回家看看，你想去就去吧。"

祝英英离开后，梁川来到娘身边，说："我想跟嫂嫂一起去，可嫂嫂让我在家看着你。"

张玉笑了笑，心想：英英死了爹娘，一个人回家肯定孤单。想到这说："你认识你嫂嫂的家吗？想去你就去吧，我在家不会有事的。"

梁川回答："娘，我认识路，这就去。"

梁川跑出门外，想追上嫂嫂，发现马萍手里提着一只野鸡向自己走来。马萍笑了笑说："我爹在湖边打了两只野鸡，让我送过来一只给你娘补补身子。"

梁川毫不客气地把野鸡接过来，送回到娘身边。张玉笑着对马萍说："代我谢谢你爹，今天你就别走了，等英英回来，让她炖好我们一起吃。"

马萍笑了笑说：“现在家里只有我和爹爹，我还要回去给爹洗衣服，我不能在这久留。”

马萍说完蹦蹦跳跳地跑出门去。张玉看着马萍的背影笑了笑。梁川见娘在笑，说：“娘，这些天都没见您笑了，是不是人家送你一只野鸡你就高兴?”

张玉说:“马家不是送一只野鸡，而是有心想送一个人，我当然高兴!”

梁川听后有些吃惊，问道:“送一个人，是不是把我爹送回来了?”

张玉顿时变得悲伤起来。梁川见了不知所措，急忙说：“大人说话小孩听不懂，我又惹您伤心了。我错了，我去找嫂子回来炖鸡。”

祝英英来到家里，没有了爹娘，院内显得冷冷清清，她不由得伤感起来。正当她痛苦万分时，一双大手从她背后紧紧地抱过来，她吃惊地回头看，只见陆运站在身后。祝英英立即回过头来，打了陆运一个耳光，喊道:“你想干什么?”

陆运放开手，揉揉脸，皮笑肉不笑地说:“大小姐，没有爹娘的孩子甚是可怜，我怕你伤心，是来劝你的。”

祝英英见他那小眼睛在看着自己，说：“看样你不想在这待了，你走吧!”

陆运恬不知耻地说：“大小姐，老爷夫人不在了，你就忘恩负义?你让我一个光棍到哪去?我在你祝家已经这么多年了，我没有功劳也有苦劳啊!”

善良的祝英英听后，认为他说得也有道理。就在这时，梁川赶来，说："娘让你回去炖鸡。"

祝英英听后点了点头，她四处看了看说："陆运，既然是这样，你就在我家继续看守，等梁山回来我们再做决定。"

陆运听后笑了笑说："工钱到时候我们一账算清！"

祝英英拉着梁川往回赶。陆运看着祝英英的背影，自言自语地说："英英这丫头细皮嫩肉的，太漂亮了，要不是这个屁孩子赶到，说不定就成好事了。"说完，带着埋怨向一根木桩踢去，恰好木桩上有一颗钉子，陆运的脚正踢在上面，疼得他嗷嗷大叫……

梁山离开家，一直在寻找部队，历经千辛万苦终于寻找到国民革命军828团。参谋长吴丽见梁山回来，万分激动，眼角露出深情的泪花，说："梁山，寿州城一战，我们九团战士已所剩无几，我一直担心你的安危。"

梁山说："谢谢你对我的牵挂！现在我们团还有多少人？"

吴丽回答："加上祝英英不足十人，现在都合并到828团了。"

梁山答应了一声："哦！"

吴丽见梁山无精打采的，问："你怎么自己回来，祝英英为何没有回来？你娘和那两位老人家现在情况如何？"

梁山叹了口气，说："你护送伤员离开后，我们的仗打得更加惨烈，最后子弹打光，赵团长战死……"

寒雪一年又一年地拂拭着大地，祝英英几年如一日地在家里照看着婆婆。一天，张玉的双腿疼痛难忍，不停地在床上翻滚，一不小心从床上掉了下来。祝英英见状立即上前搀扶，把婆婆扶上了床。张玉的汗水渗透了衣衫，祝英英问："婆婆你怎么回事？"

张玉触摸着祝英英的头，回答："孩子，放弃我吧！让我去死吧！我见你为这个家操碎了心，我太难受了，不仅仅是这些，我的腿也疼痛难忍啊！"

祝英英见婆婆十分难受的样子，问道："你的药按时吃了吗？我现在就去把朱郎中请来，为你仔细查查。"

婆婆摆了摆手说："孩子，没用了，我受够了，让我死掉比什么都好！"

祝英英见婆婆一心想求死，伤心地哭了，她一边哭，一边说："婆婆你千万不能这样说，现在只有你是我的亲人，你要是再离开我和梁川，这个家怎么办？不管怎么样，你都要坚强地活下去。"说完便起身去请郎中。她突然想起，如果自己离开，婆婆身边没有人照看，再自杀怎么办？于是快速赶到马家，叫来梁川、马萍看护着婆婆。

祝英英把朱郎中请到家，给张玉仔细地查了一遍。朱郎中把祝英英叫到一边，说："恕我直言，我实在治不好，因为你婆婆的腿是粉碎性骨折，我真的没有好的办法！不过你也不要灰心，我给你们指条路子，蚌埠有家骨科诊所，或许那里的医生办法，不过，想再站起来根本不可能了。"

朱郎中离开后，祝英英决心要把婆婆弄到蚌埠去医治。张玉说："到蚌埠不仅路途遥远，说不定还需要一笔不小的药费。"

祝英英理了理婆婆的头发，说："我家还有辆马车，钱我们家不是还有一点吗？"

这时马垚走了进来，问："你慌里慌张把梁川叫走，家里发生了什么事？"

张玉说："马垚你来了，英英想把我送往蚌埠治疗，我想不妥。这路途遥远暂且不说，如果遇上日本鬼子怎么办？"

马垚笑了笑说："你们还不知道呀？日本鬼子已经投降了。现在国民党撕毁了国共合作协定又与共产党打起来了，真是一波未平一波又起啊！"

张玉一听，腾一下坐了起来，说："难道说梁山拿枪在打自己人？要是这样，等他回来我绝不轻饶！"

祝英英急忙上前搀扶婆婆，说："你先别着急，事情我们还不清楚，先不要这么早下结论，治好您的腿要紧。"

祝英英回家去赶车。当她回到家时，马车不见了。祝英英找到陆运，问："陆运！让你看家，马车弄哪去了？"

陆运看了看祝英英，毫不含糊地说："卖了，是我卖的。"

祝英英听后十分生气地叫道："你为何卖掉我家的马车？"

陆运恬不知耻地说："你爹生前就欠我工钱，如今你也不给我一分，你让我吃什么喝什么？别说卖了马车，说不定我还要卖掉这几间破房子！"

祝英英气愤地说："我爹原先待你不薄，为何现在你却落井下石？你良心何在？"

陆运见祝英英动怒，便后退几步，转了转贼眼，心想：这丫头生气都那么好看，我这样拿话压她肯定不行，要换个方式，不然得不到她。想到这他装模作样地叹了口气说："我与梁家管家李天良没有两样，我也想挑起祝家的重担，按理说，现在老爷夫人都不在了，应该由我来照顾你才是啊。我学李天良想搞点钱留做家用，谁知赌场上输了钱，刚才说话不中听，大小姐你可别往心里去。"

祝英英听后，半信半疑地说："你好自为之，以后不要去赌了。"祝英英怕陆运色心不改，立即转身走了。陆运看着祝英英的背影，舔了舔嘴唇，回到祝英英原来的房间，躺在祝英英的床上……

祝英英回到家中，为了一辆马车而发愁。就在这时，她发现一个小货郎，拉着架车从面前经过。她感到奇怪，急忙叫住拉车人，问："你这辆车不错，在哪买的?"

拉车人看了一眼祝英英，笑了笑说："你一个姑娘家难道也想做些小买卖?"

祝英英笑了笑说："我也想买一辆这样的车，好拉婆婆去治病。"

拉车人笑了笑说："你是个孝顺的人，我告诉你，焦岗湖西岸就有制作架车的，你到那一问便知。"

祝英英听后，感激地笑了笑说："谢谢你，我马上就去买!"

祝英英有了架车，觉得婆婆有救了心里很高兴。她安顿好梁川，把婆婆扶上车，带上家里的仅有的几块银圆上了路，行走在高低不平的淮河岸边。虽然架车的轮子是木制的，有些笨拙，但是比背着婆婆去治病强多了。祝英英一边拉车一边问："婆婆坐在上面舒服吗?"

张玉笑着回答："舒服，累着你了孩子，我真的过意不去啊!"

祝英英回过头看了看张玉，说："舒服就好!"

婆媳俩一边说一边往前赶，此时天空乌云密布，眼看就要下雨。祝英英加快了脚步，想找个人家避避雨，但能看见的一两座村庄不是太远就是隔水相望，豆大的雨点打在她们身上，让婆媳俩猝不及防。慌乱中的祝英英加快了步伐，一不小心车翻了，张玉从车上摔了下来，滚到路旁的水沟里了。在这危急时刻，祝英英扑向张玉，将她从水里拉了上来，急忙问道：“婆婆怎么样，伤着没有？”

婆婆忍着剧痛回答：“没事，还好是夏季，不冷，要是冬天的话，我们俩肯定会冻死在这里！”

狂风暴雨无情地摧残着她们，祝英英将婆婆扶上车，由于道路泥泞，寸步难行，又是在荒郊野外，前不着村后不着店的，祝英英急得叫天不应叫地不灵，婆婆也是唉声叹气，抓耳挠腮的。就在这万般无奈的时刻，有人喊道：“祝英英！你怎么在这里？”

祝英英听到喊声，循声望去，只见朱勇向这边跑来。祝英英见了十分惊喜，急忙问：“你怎么在这里？”

朱勇回答：“这雨下得太大了，这里不是说话的地方，前面不远就是我的家，到家才说。”说完，朱勇拉起车，一路泥泞地回到家里。朱勇爹娘热情款待……

祝英英问道：“朱勇你回来了，梁山肯定也回来了。”

朱勇回答：“梁山在一次抗日战场上，身负重伤，战斗结束后，我们把他抬到战地医院救治，治好后，参谋长把他安排在后勤部。新中国成立后，有的国军战士已经被强制送往台湾，梁山也不例外。我也是在江边得知这一情况的，幸亏我当时已离开军营跟随渔船来到北岸了。”

张玉听后叹了口气问：“这么说梁山也去了台湾？”

朱勇回答：“肯定的，很多人都是被逼如此。”

祝英英在一旁听傻了眼，半天才问了一句：“那什么时候才能回来啊？”

张玉见祝英英魂不守舍，于是就宽慰道：“共产党和国民党在抗日战争时期就像兄弟一样，兄弟俩有点摩擦是正常的，舌头还与牙齿碰架呢，他们迟早会回来的!"

雨停了，张玉与祝英英在朱勇家吃过饭后，终于来到骨科诊所，请郎中看了看，郎中说："看你的伤情应该是受伤时间不短了，庆幸的是还没有坏死，否则就是神仙也救不了你。这样吧，我给你开几副药吃，它能起到活血化瘀、消肿止痛的作用，但是想痊愈再站起来是不可能了!"

祝英英见婆婆有些内疚，急忙说："只要能缓解疼痛就满足了。"

郎中看了看祝英英，笑了笑说："老人家，羡慕你啊！你有个好女儿!"

张玉笑了笑说："先生，你说对了，她是媳妇，胜过女儿，很难得!"

郎中听了惊奇地说："儿媳啊？真没看出来。焦岗湖相距此地百余里，你能将她送来医治，真让人敬佩！实乃女中典范，这医药费就不收了!"

祝英英立刻说："那怎么行，我这里带的有!"

郎中笑了笑说："姑娘，你的孝心让人感动，有些东西是金钱买不到的，这医药费我说不要就坚决不要!"

随后由朱勇护送她们俩返回家中……

朱勇离别时，祝英英将他送到村头。朱勇说："祝英英！我实话告诉你，你想梁山一年两年就能回来根本不可能，也许还会更长一段时间。你可要为自己做好长远打算呀!"

祝英英听后脸上呈现出不安和无奈，她沉思了片刻后，说："我相信台湾一定会回归的。不管什么时候，多长时间，我等，我一直等下去，直到他回来!"

朱勇听后摇了摇头，说：“不要犯傻了，长江哪有回头浪，青春没有几回合，你可要看长远点。”

祝英英没有回话，泪水如断了线的珍珠顺着美丽的脸颊流下来。朱勇只好说：“以后有什么困难与我说一声，就这样吧，以后我再来看你。”说完便转身离去。

第十章　长工陆运告黑状　试学游泳见梁山

祝英英独自待在村头那草丛旁，想起梁山在离别时说的话，“这鞋我现在不穿，我要等到我们真正同床共枕的那一天再穿！我会回来的！我一定会回来的……”

不知什么时候，就听身后有人说道：“英英我回来了。”

祝英英回头一看，原来是马来站在身后。马来说：“英英，我陪在你身边已经很久了，不要伤心了，我们回家吧！”祝英英这才回过神来跟在马来身后慢慢腾腾地走着。

马来说：“我这次回来是部队复员，上级领导派我来是负责发展村里民兵工作的，让我担任民兵营长。你的事我爹已经与我说了，现在你孤身一人够苦的。”

祝英英擦去眼角的泪水，说：“我不孤单也不苦，我与婆婆还有一个小弟弟一块生活。你在村组织民兵工作，这是好事。复员能有份工作就很好。”

马来见祝英英情绪有所好转，又说：“英英，我来村里后也考虑到你的情况，也想为你找份工作，可是现在不好办，因为我刚到村部时，陆运就来吵闹他说他在你家做长工多年，不但没获得工钱，还经常被打骂，最后硬是要你家的房子作为补偿，这叫我真的不知怎么办好。”

祝英英听后感到吃惊，急忙说：“马来，人家不知道你还能不知道吗？新中国成立前，我爹给他建了房，还帮他娶了老婆，可是他不珍惜，不但把老婆卖了，把房子也输了。我爹见他走投无路，就让他继续在我家帮忙，每个月都给他工钱的，他竟然恩将仇报。”

马来说：“这事我也知道，可他就是胡闹怎么办？”

祝英英听后感到气愤，说：“还有这样不讲理的，我去找他说理。”

梁川跑了过来，喊道：“嫂嫂，娘的中药已经熬开了！我也不知接下来怎么办，你快回家看看！”

祝英英与马来话别，拉起梁川急忙往回赶，到家后把药给娘服下，梁川见娘在喝汤药，上前拉着嫂嫂的手说：“嫂嫂，你在想什么，是不是在想哥哥？你快做饭吧，我饿了。”

祝英英回过神来，急忙说：“嫂嫂真是糊涂，也没留朱勇吃过饭再走。”于是急急忙忙做起饭来。

一家三口吃过饭后，婆婆说：“英英，给我倒一杯开水。”

祝英英听后，立即给婆婆倒了一杯开水放在桌子上，说：“梁川，你看着，等不烫时端给娘喝。”

梁川问：“嫂嫂，你到哪去？”

嫂嫂压低声音回答：“我去找陆运这个无赖。”

梁川也压低声音说：“嫂嫂，我听村子里人说，陆运是好色，你要防着点。”

祝英英回答：“我不怕。”

梁川说：“嫂嫂，我与你一起去，我能保护你。”

嫂嫂说：“你不能去，你瞧娘躺在床上，万一被开水烫着怎么办？”

梁川慢慢回到座位上，祝英英离开。

祝英英来到自家院内，四处看了看，只见陆运走出房间。陆运看见了祝英英，打个冷噤，笑了笑说：“我的大小姐！我就等你回来，你快过来！”

祝英英见他那恶心样，不但没有上前，反而后退了几步。陆运见了笑了笑说：“怎么，你是怕我把你给吃了？快过来，我会好好对你的。”

没等祝英英问话，陆运转身走进祝英英的房间。祝英英感到纳闷，心想：这个陆运又想出坏点子？

就在这时，陆运又走出房间，向祝英英摆了摆手说：“英英，你怎么还不来，来呀……”

梁川虽然年纪小，但很机智。他想到上次陆运就对嫂嫂不怀好意，于是把桌子向娘的床边拽了拽，问：“娘，这杯水你能够得着吗？”

娘看了看回答：“能够着，你们的谈话我都听见了，我知道你想干什么，你去吧，看着你嫂子，别吃亏！”

梁川一听笑了笑，转身就跑……

祝英英站在院内，陆运再次叫她：“你的房间被我打扮得漂漂亮亮的，你进来看看。”

祝英英听后感到莫名其妙，于是跟随进去，只听陆运说：“大小姐，你千万不要辜负我的一片好心啊！”

祝英英上下看了看，感觉确实不错。陆运说：“英英，我到村里去吵，说这房产归我所有，并无私心啊。你想想，我不这样做，这房产说不定就被充公了。”

祝英英被他说得糊里糊涂，感觉他并非恶意，于是来到自己的床前坐了下来。陆运嬉皮笑脸地问：“英英满意吗？”

祝英英说：“要是爹娘都在就好了。这房间被你打扮得真的很好。”

陆运见祝英英在夸奖自己，便向她身边靠近。他来到祝英英面前，突然把她按倒在床上，并且连声说：“英英，我真的很喜欢你，你让我长夜不眠，你让我神魂颠倒，我等这一天等得太久了！”

祝英英被陆运的举动吓得不知所措，见无法解脱，便立即喊叫。祝英英刚喊出声，陆运也同时大声吼叫：“啊！我的屁股！”

只见梁川手拿一支鱼叉正扎在陆运的屁股上。陆运叫喊：“好痛啊！不敢啦！梁川你快把鱼叉拔掉吧！”

梁川喊道：“看你还敢不敢再欺辱我嫂嫂！如果再敢，我就把鱼叉用火烧红了，再插在你的屁股上！”

梁川把鱼叉拔下，陆运顺着墙边往外溜，走到门口时，叫道：“你们俩给我听着，我现在就去告你们！”

梁川再次扬起鱼叉，陆运回头就跑，一头撞在门框上，顿时鼻血直流。陆运又是一阵大叫：“现在我就去村里告你们！”

陆运逃走后，梁川放下鱼叉，用自己的袖口擦去祝英英脸上的泪水，说：“嫂嫂，我哥要是在家，他也不敢欺负我们。”

祝英英站起身来，像是身上粘上污物一样，一边哭一边拍打着自己的衣服。梁川见祝英英像疯了一样，立即上前抱住祝英英的腰，想稳定一下祝英英的情绪，不料被祝英英甩倒在地。梁川坐在地上哇哇地大哭起来，祝英英这才定了定神，蹲下身子，抱着梁川放声痛哭……

陆运来到村部，见到村书记郭继新后大喊大叫："救命啊！我不能活了！祝爨老财主家的人要杀我！"

郭书记见陆运十分狼狈，也感到同情，急忙喊叫："马营长！快过去问问发生了什么事？"

只听见马营长办公室里传来一个女青年的声音："马营长不在，他跟随公安人员到东庄破案子去了。"

郭书记听后，看了看这女人，问："你是谁，干什么的？"

女青年回答："我姓张，叫早燕，也是刚来报到的民兵。"

郭书记看了一眼早燕，笑了笑说："你带几个民兵，把西庄的祝英英带来问话。"

张早燕一听给自己派任务了，高兴地给郭书记行了一个军礼，叫道："是！"

祝英英抱着梁川坐在床上，梁川不停地给嫂嫂擦去脸上的泪水，嫂嫂依然不停地呼喊着："梁山你什么时候才回来啊，你知不知道有人在欺辱我，你知不知道我度日如年啊！"

梁川再次擦去嫂嫂脸上的泪水，说："嫂嫂你不要哭了，那个坏蛋已经被我赶走，我想他以后不会再敢了。"

祝英英理了理自己的头发，对梁川说："梁川，今天多亏你救了我，今天发生的事不能告诉任何人，如果传出去嫂嫂就没脸活在这世上了。"

梁川回答："像这样的坏人，我们一定要揭穿他！"

祝英英说："我恨不得扒了他的皮，可小弟你不懂啊，不能揭穿他啊！"

梁川说："那好吧！以后出门我陪你。"

祝英英把门关好，刚要离开，张早燕带着几个民兵赶到。张早燕问道："你就是祝英英吗?"

祝英英回答："是的。"

张早燕严肃地说："那好，有个叫陆运的把你告了，你现在跟我们走一趟吧!"

祝英英有些胆怯，很怕事情声张出去，于是，低头不语。张早燕像押犯人一样把祝英英推进书记办公室。

就在这时，马来与两位公安干警赶到。马来一见是祝英英，急忙问道："你怎么在这里?"

祝英英看了马来一眼没有说话，陆运见两位公安人员进来了，像耗子见猫一样，向后退了几步。

郭书记见马来带着两位公安进来，起身说："今天很巧，两位公安同志也在。现在就把你们的事件解决了。陆运你先说!"

陆运说："各位大人你们听我说……"

郭书记急忙摆手说："唉唉！你怎么说的？搞得像是封建社会的衙门似的，不能称大人，称同志，你不要卖关子，直接说。"

陆运有些语无伦次地说："我在她祝家帮工已有多年，在他家我是吃不饱、穿不暖，家破人亡，流离失所，骨瘦如柴，到现在也没有老婆，是光棍一个啊!"

公安同志一听，立刻说："你怎么回事？前言不搭后语的，你流离失所怎么还在她家？你骨瘦如柴？我看你胖得都要流油了！再说了，难道没有老婆也怪人家？我警告你，你要说实话。"

陆运急忙说："什么是实话，难道我刚才说错了？"

几位听后是哭笑不得，一位公安摇了摇头对郭继新书记说："看样子，加强农村法制教育迫在眉睫！"

另一位公安说："陆运，我告诉你什么是实话，实话就是真话，而不是瞎编乱造的假话！"

陆运说："你早说真假不就完事了，我刚刚说的可都是实话，现在我天天吃鸡，怎能不胖？"

两位公安对视了一下，都点点头，其中的一位公安说："你继续说。"

陆运又说："我在她家帮工多年，到如今她祝家还欠我的工钱，我只好住在她家了，如今她要赶我走，我不走他们就拿鱼叉扎我的屁股，你们看看现在还流血呢。"

梁川听后忍不住喊道："他骗人！他欺辱我嫂嫂，对我嫂嫂耍流氓，他竟然在我嫂嫂面前把裤子脱了。多亏我及时赶到，用鱼叉扎了他的屁股。"

祝英英见梁川还想说什么，急忙上前用手捂住梁川的嘴，泪水滴在了梁川的脸上。梁川回过头去看了看嫂嫂，用袖口擦去嫂嫂脸上的泪水，说："嫂嫂，你不让说，可我听他胡说八道实在忍不住了，我没有听你的话，让你伤心了。"

一位公安起身来到陆运身后看了看，说："人家赶你走，你不走，人家就用鱼叉扎你的屁股，我看不像。如果按你所说，你的裤子应该有窟窿，可是你的裤子完好无损，难道人家要赶你走你就脱下裤子？你刚刚说你天天吃鸡，鸡从哪里来啊？公社养殖场是天天丢鸡，要知道我们两个就是来捉拿偷鸡贼的。现在好了，水落石出！"陆运无话可说。

公安同志回头看了郭书记，说："郭书记，陆运这个人，犯了偷盗罪和强奸未遂罪，应判拘留十五天。”

郭书记点了点头。陆运急忙叫道：“你们不能拘留我，我没犯大法啊！人们不都常说，偷鸡摸狗不是贼，搞人家老婆挨顿捶。况且，我的屁股上已经被扎了这么多窟窿……”

公安说：“不要废话，带走！”

陆运被带走。祝英英上前拉着梁川就想走，马来上前拦住说：“祝英英，到我的办公室坐一会吧！”

没等祝英英回话，梁川说：“嫂嫂，我先回去照看娘。”

祝英英说：“也好，路上不要玩水，直接回家。”

梁川回答：“知道了！”

祝英英走进办公室，马来给祝英英倒了一杯开水，说：“你受委屈了，我知道你现在的处境很艰难啊！”

祝英英回答：“只要有奔头，难一点没关系。新中国成立已经有些日子了，却不知台湾什么时候回归？台湾不回归，梁山就不能回来。”

马来说：“我就想与你说这个事情，现在台海局势十分紧张，蒋介石天天叫嚷，要反攻大陆，依我看，十年八年局势都不能缓和。”祝英英听后，半天没有说话。

马来见她心不在焉，于是端起茶杯说：“你喝茶，我知道你心里不会忘记梁山。我希望你面对现实，不要浪费自己的青春，你不能无限期地等下去。”

祝英英说：“我相信他会回来，我等，我一定等！不管等多少年，我相信一定有台湾回归的那一天！”

马来摇了摇头说：“你不要这样犯傻，这对你不公平！如果真的有那一天，说不定你会见到梁山带着一大群儿孙回来。”

祝英英听后立刻说：“你胡说八道，我坚信，他不是那样的人。即使是像你说的那样，我也不后悔。”

马来听了，摇了摇头说：“人都要像你这样执着，天下真的要海枯石烂了。”

张早燕手里拿着一张中国地图走了进来，问：“马营长，公社发了一张中国地图，贴在哪？”

马来回答：“暂时放在那，等一会。”

祝英英听说是中国地图，感到好奇，急忙问道：“中国地图？上面有台湾吗？”

马来说：“当然有。”

祝英英急忙打开地图，仔细地看着台湾。张早燕也站在一旁看着，多嘴多舌地说：“台湾离大陆并不远，看样子游泳就能过去。”

马来笑了一声说：“张早燕，你太天真了！地图是按比例尺设计的，想游泳过去？没有这么简单！”

张早燕哼了一声：“功夫不负有心人，只要你横下心来，就能成功！”

马来摇了摇头说：“看你说的，好像万事都能成功。”

张早燕说道：“那当然！我要办的事就一定能成功，我还从来不掩饰自己，心里有什么说什么，比如，我爱你！”

马来莫名其妙地眨了几下眼，问道：“你爱谁？”

张早燕毫不含糊地说：“就爱你呀，我就爱你马来，你听清没有？”

马来吃惊地站了起来，叫道：“太突然了，让人受不了。祝英英，你不要听她胡说！”

张早燕很严肃地说："我没胡说，这是掏心窝的话。"

马来思索片刻说："那好！今天我也说出掏心窝的话，我爱祝英英！"

祝英英听了后退几步，用一种失望的眼神看着马来，含着泪说："马来，我根本就不爱你，我爱的是梁山，我的心永远不会改变。我真的想拿着这张地图去找他！哪怕是天涯海角也要找到他。"

张早燕听后，不停地擦着自己的泪水。马来听后，像是自己的手失去了知觉，"当"的一声，茶杯落在地上。郭书记听后，来到门前问道："你们房间这么吵，怎么回事？"

祝英英见郭书记走了过来，上前解释："对不起！都怪我想要这张地图。"

郭书记看了看，说："你马来也真是的，这么小气，不就是一张地图吗？她要地图也是爱国的表现，给她就是了，改天我再到公社领一份。"

祝英英拿着地图回到家中，指着台湾岛的方位给婆婆看。婆婆说："这张地图就是宝贝！起码我知道儿子在哪。"

一天祝英英拉着梁川来到淮河边，看了看附近没人，说："梁川，从今天起嫂子要在这学游泳。"

梁川问："学游泳干吗？"

祝英英回答："学会游泳，去找你哥哥。"

梁川说："我也要学游泳，也去找哥哥。"说完就想脱衣服。

祝英英说："你还小，不能学游泳。"

梁川答应了，祝英英这才脱去外衣。梁川看见嫂子的身材，说："嫂子，你脱去衣服真好看。"

祝英英听后笑了笑，之后感觉不妥，立即说道："小孩子不许这样！"

梁川回答："好！在家我听娘的，出门我听你的。"

祝英英在水里，梁川在岸上看着。祝英英突然发现远处来了一个人，感到有些害羞，急忙向深水潜去。梁川突然发现看不见嫂子了，又仔细看了看，只见嫂子的两只手露在水面乱抓。梁川急忙喊道："救命啊！救命啊！"

只见那人，快如闪电扑向淮河……

不一会儿，那人把祝英英救起，祝英英上了岸才发现救自己的是战友朱勇。祝英英穿上外衣，问："你怎么来了？要不是你我就没命了！"

朱勇说："上次我把你送回来后，对你一家老少很不放心，今天就过来看看。"

祝英英甩了甩头上的水，说："我们回家。"

回到家中，婆婆见朱勇与祝英英身上的衣服都是湿漉漉的，问道："英英，你们身上的衣服都湿了，是怎么回事？"

祝英英笑了笑说："婆婆，我不小心落水了，是朱勇救了我！"

张玉叹了口气说："以后要小心，这次要不是朱勇说不定你就没命了，去把梁山的衣服拿给他换上。"

朱勇换好衣服后，来到张玉床前坐下，问道："老人家，现在腿好些了吗？"

张玉回答："好是好些，还是不能动，是个累赘。梁山也不知道什么时候才能回来，这样下去恐怕要耽误英英青春，我怎么过意得去啊！这孩子怎么落水的？"

朱勇回答："我在前往你家的路上，听到梁川的呼救声，就急忙赶了过去，将她救上岸时才发现是祝英英。”

朱勇见老人家伤心不止，说：“老人家不要这样，我们大家都相信梁山一定能回来的，我们需要耐心等待。”

张玉躺在床上扭过头来，说：“这无期的等待，是慢性折磨，哪天才是个头哇！”

朱勇说：“老人家不要这样想，我这次来，想把你接到蚌埠再复查一下。”

张玉强忍着笑了笑说：“上次开的药还没吃完，就不必再去了，谢谢啦！”

简单吃过饭，朱勇说：“既然老人家不想去，我就告辞了。”

祝英英笑了笑说：“真不好意思，让你白跑一趟。”

朱勇也笑了笑说：“没关系，谁叫我们是战友。”

朱勇告别老人家，走出门去，祝英英起身相送。他们来到村头，朱勇说：“祝英英，自从上次我们见面，我对你颇有好感。你对婆婆付出的艰辛，让人敬佩，也感觉到你的处境很难！不知是怎么回事，就想拥抱你，给你幸福。我这次前来，就想告诉你，我爹娘托人给我介绍了一个对象，我一直没有答应，因为我对你一直放心不下。”

祝英英听后半天没有说话，只是低着头。朱勇又说：“祝英英，不要对梁山抱有希望，那只是幻想，现在两岸局势十分紧张！”

祝英英说：“不管两岸局势怎样发展，我的心永远不会改变！从我懂事的那一天起，我就决定长大以后，一定要报答梁家的救命之恩，如果非要说这是个枷锁的话也不是梁家上的，而是我自己给自己上的。更何况，我对梁山的爱意，是任何人不可替代的！我既然认定了他，就要等到他回来的那一天。”

朱勇听了，认识到自己的善意虽然被拒绝，但仍用一种敬佩的眼神看着祝英英，他沉思了片刻，说：“祝英英，我确实对你有好感，我知道目前你不可能从心理上接受我，但是我仍想向你表达我的心意，我真的很想娶你。”

祝英英立刻说道：“不可以，这对梁山不公平。”

朱勇觉得祝英英说得有道理，于是上前紧紧握住祝英英的手说：“我服了！我为梁山感到自豪。你不是祝英英，你是祝英台再世！海峡那边的梁山说不定就是梁山伯。”

这一举动被刚刚从拘留所回来的陆运看见……

第十一章　刘海海边遇佳丽
中文欠佳闹笑话

梁山在台湾也是度日如年。一天，吴丽见梁山独自坐在树林里，便来到梁山面前看了看，说："嗨！梁山！我们来到台湾已有多年，你怎么还是天天闷闷不乐的？这样下去可不好！"梁山听后像是没有听见一样。吴丽上前推了一把，说："哎！你怎么不说话？"

梁山看了一眼吴丽，站起身来喊道："现在这个样子我还能说些什么？我只想说，我想家！我要回家！……"说完失声痛哭，并失控地将头向树上撞！

吴丽急忙上前阻拦，并且说："瞧你，一个大男人还没有我这个女人坚强，今天你撞死了，明天能回去了，你后不后悔？"

刘海听到吴丽的训斥声后向这边走过来，说："一个大老爷们的，成天哭哭啼啼的成何体统？好像就你一人想家似的，人心都是肉长的，谁没有思乡之情。别说是想娘，家乡的一草一木都深深地印在我的脑海里。"

梁山停止了哭泣，靠在树旁，呆呆地发愣。

刘海又说："刚刚听说师部接到命令，上面说让我们做好战前准备。"

梁山听后将脚向树干上用力一踢，说："光复个屁！我们与共产党这一仗根本就不应该打！为什么老百姓心向着共产党？因为我们无能腐败，几百万人的部队只剩下六十万人。为什么？跑了！都加入共产党的队伍了！我梁山如果不受伤，肯定也跑。"

刘海听后急忙上前捂住梁山的嘴，说："你又喝酒了，竟说醉话，如果被别人听见你就完蛋了。"

梁山掰开刘海的手叫道："我们国军不早就完蛋吗？在打小日本的时候，我梁山把蒋介石当老子，可现在我有家不能回。要光复大陆？说得容易，那里可住着我的爹娘，我怎么忍心？"

刘海说："梁山，求求你不要再说了，不然真的要出事……"

一天，陆运发现祝英英站在村头，他快步来到跟前，冷嘲热讽地说："怪不得你这丫头不依我，原来你与那小白脸偷偷摸摸。"

祝英英立刻骂道："你胡说！你真无耻！"

陆运说："你骂我无耻，好啊！再把我骂进拘留所我才舒服呢，有人端吃端喝地伺候着，还省得一天做三顿饭了。"

祝英英骂道："无药可救的无赖！"

陆运反唇相讥地说："你骂我无赖我就是个无赖，我告诉你，明天我就把你与小白脸的事说出去，让你难看！"

祝英英说："你说什么我也不怕，我们是战友关系，家里人都知道，况且我身正不怕影子歪！"

陆运说："都知道好啊！我给你们添枝加叶，就说你们在这草丛里干了见不得人的事!”

祝英英愤然作色地吼道:“你敢!”

陆运皮笑肉不笑地说:“我当然敢!要想让我不敢也行。你就进入这草丛依了我?”

“呸!不要脸,猪狗不如的东西!”祝英英吐了一口唾沫。

陆运急忙说:“那好!我就拉你进去!”

祝英英见陆运走了过来,立即回头就跑。陆运看着祝英英的背影,骂道:“死丫头,吓死你!你以为我真的还敢非礼?拘留这些天我已经受够了,如果我真的头脑发热干出傻事,再被判几年就真的死定了。”说完,便向祝家大院走去。

祝英英见陆运如此无赖,又气又恨,她慌慌张张跑回家,进了梁山曾经住过的房间暗自哭泣。婆婆见她情绪反常,心里咯噔一下,心想:梁山真的从台湾回不来了,看样子英英对朱勇产生了好感。如果我就这样死身子活嘴延续下去,真的毁了她的一生。

祝英英擦去眼角的泪水调整一下情绪,随后来到婆婆床前,没等英英说话,婆婆说:“英英呀!这样长久地等待不能算事,天下没有你这样执着的姑娘,你不能这样下去,是不是因为我拖累你才不想嫁人啊?”

祝英英回答:“婆婆你千万不要多想,不是这样的。”

张玉说:“我整天躺在这里什么都想,我想台湾与大陆一年半载好不了。梁山一天不回来,你为他守一天,他一辈子不回来,你就为他守一辈子?你想为他守活寡,我还不忍心呢。”

祝英英叹了口气说:“婆婆不要再说了,不管梁山什么时候回来,即使永远不回来，只要他心里想着我，惦记着我，我就值。”

张玉的眼角突然渗出泪水，哽咽道：“英英，不要老是惦记着梁山，我知道你不喜欢马来，你看朱勇怎么样?”

祝英英摇了摇头，张玉叹了口气说：“我懂你的心思，你是为了报恩。这样太单纯了，人生道路是漫长的，不要这样毁掉自己的一生。”

张玉一边说一边想坐起来，祝英英急忙上前搀扶，说：“婆婆，不要认为我太任性不听你话。小时候我娘就对我说过梁家为了救我，都倾家荡产了，但报恩不是唯一的理由，最重要的是我对梁山的那份感情是谁也代替不了的。我与梁山青梅竹马，长大后，爹娘怕我在外不守规矩，就不让我出门，偶尔见到梁山就感到我和他就是一家人。有一次梁山路过我家门口时，留下脚印，我就用尺子把它记下来，很用心地为他做了一双布鞋，我对梁山真的有那份感情，我愿意无怨无悔地等下去!”

张玉听了，不停地摇头。这时马来走了进来，说：“祝英英，告诉你一个好消息，我们村里要办一个扫盲班，我已经向郭书记推荐了你，让你去当辅导老师，郭书记想用你家的房子做教室，不知你是否同意?”

祝英英回答：“当辅导老师就算了，用我家房子当教室当然可以。”

马来见祝英英推辞不想当教师，急忙说：“老师名额可不多，想干的人有好几个，我可为你费尽心机才得到郭书记的同意。希望你不要错过这个机会。郭书记说了，如果你同意就把你家房产每天定一个劳动日。”

祝英英说：“爹娘不在了，那房子一直闲着在，能给点工分也好，这样能解决一部分婆婆的医药费。”

张玉躺在床上，说：“英英啊，不要辜负马来的一片好心。你能当教师是好事，也很光荣。你不要顾虑我，你去当教师家里还有梁川照顾我呢。”

马来见祝英英还在犹豫，于是上前补充说：“如果不行，就叫马萍过来帮忙。”

祝英英说：“不行啊！我想你马来这份苦心是白费了。”

马来问：“为什么？”

祝英英回答：“不为什么，就是不想去，有人想干就让他们去干好了。”

马来扫兴地离开。张玉问：“英英，你这样做到底是为什么，这可是个大好机会！”

祝英英为难地说：“我不是不想干，能带着大家学习是一件至高无上的好事。你知道我为何不经常回家吗？爹娘在的时候，日子过得多幸福，可是现在那是个伤心的地方，让人见物思亲。如果没有你和梁川，我真的不知自己怎么活。”

张早燕急匆匆地赶了过来，笑吟吟地说：“祝英英，我这次可不是来抓你问罪的！而是来请你的！”

躺在床上的张玉听了感到吃惊，立即问道：“你是谁？怎么还抓过我家英英？她犯的是什么法？”

张早燕笑了笑想解释，祝英英立刻上前捂住她的嘴，张玉见了严肃地说：“英英不要挡她，让她把话说完。”

祝英英见婆婆硬是想知道结果，只好松开手，张早燕看了一眼祝英英，说：“你怕什么，你们家英英可受了委屈了，那陆运在祝家大院硬是想强奸你家英英，多亏梁川赶到，不然就出大事了！陆运他恶人先告状，硬说是祝英英欺负他，是我带着民兵前来抓她的，那是一场误会。”

张玉听了早燕一番解释，哼哼地哭了几声，战战兢兢地伸出手拉住英英，泪水像断线的珍珠。英英拉着婆婆的手，说："婆婆这不是真的！"

张早燕急忙说："是真的，我是革命同志，不会说假话！还有……"

祝英英还想制止，张玉说："既然话已说到这个份上，就让她把话说完。"

张早燕说："祝英英，这有什么不好说的。你是我学习的好榜样，你为了爱情，为达到目的，竟然背着人，带着梁川去学游泳，太不可思议了！难道你真的想游过台湾海峡？游泳也不是一件容易的事，要不是朱勇，你就没命了！"

张玉恍然大悟说："怪不得你和朱勇回来时全身上下都是湿漉漉的。"

张早燕出门看了看天，说："祝英英，天不早了。郭书记还在等着我们，我们走吧？"

祝英英擦去脸上的泪水，双膝跪在张玉的床前，说："婆婆，英英不孝，我给梁家丢人了。"

张玉的嘴唇颤抖着，断断续续地说："英英，你没有丢人。婆婆为你感到自豪啊！郭书记找你肯定有事，你就去吧！以后有什么事就告诉我，不要都窝在心里。"

祝英英点了点头，起身跟随张早燕离开。

祝英英快到村部时，远远地看见马来站在门口，马来见祝英英向这里走来，立即避开。祝英英被张早燕引进了郭书记的办公室，郭书记见祝英英到来，急忙给祝英英倒了一杯水，说："祝英英同志，刚才马来没请动你，可你不来扫盲班就办不成了。现在我们村除了马来和你就没有能认识字的。”

祝英英听后心想：马来这个人不说实话，是想讨好人……

郭书记见祝英英心不在焉，于是挠了挠头，祝英英立马反应过来，说：“郭书记，实在对不起，因为我家里还有婆婆需要照顾，几乎寸步难离，我确实不能担当此任。”

郭书记叹了口气，说：“我知道你的难处，可如果不办扫盲班，就解决不了农村文盲问题。祝英英同志，文盲班只办在晚上，一个小时左右，该不会影响你做家务……”

祝英英回答：“郭书记，你让我想想……”

在台湾，梁山手拿着望远镜站在窗前，两眼直直地望着大海。吴丽来到梁山跟前，说：“梁山，这天太热，我们到海边游泳去？”

梁山放下望远镜回答：“我没兴趣，你自己去吧！”

刘海走了进来，问道：“你们到哪去，能不能带上我？”

吴丽回答：“这天太热，我想到海边游泳，可梁山说他不想去。”

刘海听说去游泳，高兴地说：“我就想找梁山到海边上转转，既然去游泳太好了。梁山，我们该忘的就忘记吧。走！我们到海里去泡泡！”说完，上前拉起梁山就往外走。

他们来到海边，见海边游泳的人很多，还有外国人。他们换上泳衣，向大海跑去。刘海发现一对美国夫妇带着女儿向这边走来，刘海停住了脚步，说：“哇！这美国女孩太漂亮了！太性感了！我要一饱眼福！”

梁山见刘海走了神，上前叫道：“你看什么看？你把美国佬看毛了，非揍你不可！”

刘海笑了笑说："看美女是一种享受，揍扁也值得！"

吴丽笑了笑说："刘海，你真够逗的，快走吧，不然你会鼻青脸肿的！"

随后他们扑向大海，刘海、吴丽在海里如鱼得水，尽情地游玩。不一会，刘海向那美国女孩靠近，美国女孩见了，便向他打招呼："你好！"

刘海见这位女孩会说中文，问道："你好！你真美！太好看了！比茉莉花还好看！你叫什么名字？"

美国女孩听刘海在不停地夸奖自己，十分自信地在水里转了一圈，说："我叫佳丽，你叫什么名字？"

刘海回答："我叫刘海。"

佳丽笑了笑问："刘海，是不是要留在海外的意思？"

刘海回答："爹娘起的名字，管他去。"

佳丽又问："你是干什么的？"

刘海回答："当兵的！"

佳丽再问："当兵的？是中国大陆来的吧，看样子很糟糕！"

刘海听了急忙问："很糟糕！为什么？"

佳丽回答："小小的台湾，一下来了60万男人，交配，不对，交偶成了问题。"

刘海听后哈哈大笑，说："看样子你对中文还不太了解，那是配偶。不过我已经有了目标。"

佳丽笑了笑说："有了就好。"

刘海也笑了笑说："就是你！"

佳丽听了立刻向刘海拍打起水花。佳丽的父亲见了立刻游了过来，一边向刘海泼水，一边叫道："滚开！你这个中国臭小子！"

刘海还不想离开，就在这时，吴丽惊恐地喊道："刘海！你见到梁山没有？梁山怎么不见了！"

刘海也感到吃惊，立即寻找。佳丽的母亲用手一指，叫道："你们看，有个人向大海游去了，这样是很危险的！"

巡视的救生船得知后，迅速开了过去，将梁山劝上岸。梁山、吴丽、刘海坐在凉棚下的椅子上。吴丽说："吓死我了，没想到你梁山能做出这样的傻事来。"

刘海笑了笑说："你这个梁山，冲散了我的好事！"

吴丽说："好事？你别做梦了，我见你差一点挨揍！"

刘海笑着说："挨揍也舒服。"

佳丽的父亲游到佳丽母女俩身边说："你们在这继续玩，我上去休息一会。"说完便上了岸。

第十二章　夜里扫盲往家赶
双膝跪拜思相牵

祝英英为了本村的扫盲工作，只好答应了郭书记。在开办的第一天晚上，参加学习的人很多，但有一半人都是来看热闹的，还有一些小孩在吵闹，她连叫几声：“安静！安静！”

叫了半天，也没人理睬。对于没有当过一天教师的祝英英来说，对这种状况感到束手无策。就在这时，梁川满头大汗地跑了过来，叫道：“嫂嫂！他们这些人根本就不听你讲课，你还讲什么？”

祝英英见梁川来到身边，急忙问道：“不是让你在家照看娘吗？怎么你也来了？”

梁川回答：“刚才娘要喝水，她也没告诉我一声，就自己拿，结果从床上又摔了下来。”

大家顿时静了下来。祝英英急忙放下手里的书，问道：“婆婆怎么样了？”边说边想向外走。

梁川拦住她说：“嫂嫂，现在没事了，我与马萍已经把娘搀扶上床了。

娘怕你走黑路害怕，让我来接你。”

祝英英定了定神，回头看了看大家，又回到讲台上，说道：“大叔、大婶、姐妹们，闲话少说，现在我们开始学习认字。”

说完，在黑板上写了两个字“男”“女”，随后说道：“这两个字叫‘男’‘女’，以后我们出门上厕所，只要看见这两个字，就不会进错门。”

说完又写了几个字，说：“这几个字是‘大’‘小’‘多’‘少’。这个‘大’字下面如果多加一点，就叫‘太’字。”

这时张早燕站起身来，笑了笑问：“祝英英，有没有搞错？这‘大’字‘太’字不如叫‘男’字‘女’字，它们只有一点之差，这样也好认。”

张早燕的话引得大家一阵哄堂大笑，笑得张早燕脸也红了。祝英英说：“大家不要笑，张早燕说得不是没有道理。这多一点的‘太’字也就是‘老太太’的‘太’，确实有人的意思，也是‘太多’的‘太’，‘太阳’的‘太’。我们中国汉字堪称世界经典，以后只要你们认真学，就会感觉到学习识字的乐趣……”

一个小时很快过去，祝英英与梁川结伴回家。突然一个身影在树林里晃动！祝英英顿时感到毛骨悚然，梁川喊道：“谁！是不是陆运？你想干什么？”

半天那人才走出树林，笑了笑说：“是我，马来。”

祝英英感到无聊，问道：“你怎么在这？还鬼鬼祟祟怪吓人的！”

马来回答：“今天，我带着民兵训练了一天，也够累的，后来想到今天是你带着大家扫盲的第一天，回家还有一段黑路，就过来等你，想送你回家。”

祝英英说：“那你也不至于躲在树林里，跟鬼有什么两样？”

马来说：“你有梁川陪伴，我就放心了。”

祝英英说：“马来谢谢你，希望你以后不要这样做，把心放在你爹身上。”说完带着梁川往家赶。

马来见祝英英渐渐消失在视线中，骂道：“这个跟屁虫，害得我没有机会与祝英英接近。”

祝英英一有机会就与梁川一起学游泳，终于学会了，还能游得很远。梁川也想下水，祝英英笑了笑说：“梁川你也不小了，以后嫂子学会的都教你，还教你读书认字，教你做人要有尊严，更要守信！嫂子要把你培养成真正的男子汉！”

梁川回答：“好！如果我哥不能回来，等我长大后，我娶你。等你老了，我要像你对我娘一样照顾你。”

祝英英听后，感动的泪水涌出眼眶，说：“梁川你还小，你不懂嫂子的心，等你长大后才会知道，什么是永恒的真爱！”

祝英英抬头看了看天，说：“天不早了，我们回家吧，说不定娘在家已经等不及了。”

梁川一到家里，就来到娘身边嚷道：“娘，告诉你一个好消息，嫂子已经学会了游泳！”

张玉笑了笑说：“功夫不负有心人，只要你坚持努力，就一定能成功。英英，你学游泳就罢了，千万不能凭自己的想象去游什么台湾海峡，那是很荒唐的事！”

祝英英蹲在床前，说道：“婆婆，我知道我游不过台湾海峡，但是我的心已经游过去了。”

婆婆勉强地笑了笑……

在台湾，梁山到了晚上一点也睡不着觉，他来到刘海的门前，发现刘海站在窗前，望着茫茫的夜海，不停地流泪。梁山心想：平时性格开朗的刘海今天怎么啦？想到这，上前敲门。刘海听到敲门声，停止了哭泣，他心想：这么晚了，谁还会来？急忙擦去脸上的泪水去开门。刘海见梁山站在门前，问："你怎么来了。"

梁山回答："心里很烦睡不着，我来到你的门前没有进来，心想你这样开朗的人，怎么也有伤心事？"

刘海猛然擦了一下眼角，说："我的隐私今天被你发现了。我实话告诉你，我们远离大陆来到台湾，隔海相望的，谁不想家？平时我在你们面前装模作样，也就是想减少自己对家乡的想念，同时也想缓解大家的思乡情绪。我们这些军人，可以说每一个都想家，就是老蒋也逃避不了这份思乡之情吧！"

梁山问道："你天天都是这样？"

刘海回答："你没来之前，我做了一个梦，梦见我娘为我抱养的童养媳，想我想得都疯了，本来我们打算等抗日战争结束就结婚的。"说着说着刘海忍不住又流下了眼泪，接着说："我娘的眼也哭瞎了，我爹、我哥、我姐、我妹妹，他们都在呼唤着我，仿佛在雾里，又仿佛在眼前，时隐时现的，那呼喊声把我惊醒了。"

梁山说："是啊！我们都想让两岸能好好谈谈；我们不想待在这里，让我们回家吧！"

梁山话音刚落，就听院内传来哭叫声："娘，你怎么死了？是想孩儿想的吧，孩儿不孝啊！不能为你送终哇！"顿时，每一个房间都亮起灯来。大家纷纷来到那位战士面前，只见他光着膀子，身穿裤头，瘫坐在地上，不停地哭盼着娘。老连长来到跟前，叹了口气说："他是想娘想得梦游了啊！我和大家一样都想家，想得都快爆炸了，我恨不得自己变成一只海鸟，越过海峡，与亲人团聚，只要见到亲人，让我立刻死掉都行！"

老连长话音刚落，军营内传出全连战士们的哭声……

第二天清晨，太阳还没有升起，小鸟就在树上叽叽喳喳的，像是有什么事情要发生似的。彻夜未眠的梁山翻身起床，推开窗户向远方看了看，然后又揉了揉眼睛，想驱赶树上的小鸟，突然发现楼下墙角躺着一个人，头的旁边还有一摊血。这时，一群战士和老连长走了过来，连长看了看说："死了，又死一个，这样下去可不行。"

连长话音刚落，身后一声枪响，只见又一位战士自杀了……

军营里响起了集合声，战士们纷纷来到操场。老连长站在讲台上，自己点了一支香烟，似抽非抽地抽了一阵，然后将烟头丢在地上，用脚狠狠地踩了踩，说："全连的兄弟们，我们不能再这样下去了，大家的精神一定要振作起来，现在我们还在打仗，那就是自己打自己。我们不能像那两个兄弟一样，那样我们只会愧对于大陆的爹娘和日夜等候我们的妻子，让他们留下遗憾！我们要树立坚定的信心，一定要自己战胜自己！有人会问：我们应该怎么办？我认为，大家一定要耐心等待，我坚信我们会等到与家人团聚的那一天！"

全连将士听了老连长的劝说，精神都振奋起来……

祝英英继续带着大家扫盲，梁川也天天跟在嫂子的身后。祝英英见梁川聪明好学，就让他与马萍进了小学读书。

梁川与马萍因为学习来往频繁，一天，老师在黑板上出的数学题，没等梁川抄完，就被同学给擦掉了，梁川很着急。马萍知道后，来到梁川桌前说："梁川，你不用着急，我已经把它抄完整了。现在放学了，今天晚上你到我家一起做作业。"梁川听后很高兴，立即收拾书包与马萍一起回家。

到了晚上，祝英英收拾好家务，正想去扫盲班。梁川想起今天作业还没有完成，他来到祝英英面前，说："嫂子！我今天的作业还没有完成，有些题还在马萍那里，我想过去抄写一下。"

祝英英笑了笑，说："梁川，嫂子见你天天努力学习，心里很高兴，你去吧，我自己去扫盲学校。"

梁川看了看嫂子笑了笑，与娘辞别后，带着书包急忙离去。梁川来到马家，马垚一见梁川便笑了笑问："梁川你来了，你娘最近身体还好吗?"

梁川放下书包，来到马垚面前回答："马叔叔，我娘这么久了还不能站起来，我看娘的病是不能好了。"

马垚听后点了点头，说："真苦了她了，更苦了英英这丫头，这都是小日本造的孽啊!"

马垚与梁川的谈话，被房间里的马来听到，他心想：祝英英要不是为了照顾张玉，说不定已经与我成亲了。一个瘫子耽误两个人的青春，岂不是缺德？想到这，便走出门。

马垚见梁川学习很用心，问道："梁川，你学习这么努力，长大了想干什么?"

梁川笑了笑回答："我努力学习不为什么，长大后就是想当一名建筑工人。"

马垚听后说：“怎么想当一名建筑工人？说来听听。”

梁川回答：“我当建筑工人，是为了嫂子。”

马垚听后感到吃惊，急忙问：“为你嫂子要当一名建筑工人，从何说起啊？”

梁川说：“马叔叔，虽然我年纪小，但我看得出嫂子的心事，嫂子是天天期盼哥哥能回来。嫂子为了见哥哥，都想游过台湾海峡！如果我是一名建筑工人，就在台湾与大陆之间修一座桥！”

马垚听后半天没有说话，梁川感到遗憾，便低下头去。马萍来到梁川面前说：“梁川你说得对，海峡两岸是要建一座大桥！”

马垚心想：海峡两岸更重要的是建一座心灵桥梁啊……

夜晚，梁家院内静悄悄的，显得十分恐怖，灰暗的煤油灯似乎难以照亮这狭小的空间，屋内隐隐传出微弱的哭泣声。张玉躺在床上，时而想起梁垚的身影，时而想起儿子梁山，时而想起每时每刻都在期盼梁山归来的祝英英……

马来离开家，来到梁川家门口来回徘徊，他不知该与瘫在床上的张玉说些什么，但最后他还是硬着头皮推开门走了进去。

张玉听到门的响声，立即用手擦去脸上的泪水，说：“梁川，这么快你就回来了？”

马来走到近前笑了笑说：“大妈，是我马来！”

张玉听后感到奇怪，于是问：“这么晚了，你怎么来了？”

马来说：“祝英英在教大家认字，梁川在我家，我想你一个人在家很孤独，就过来陪陪你。”

张玉笑了笑说：“你是一个懂事的孩子，知道关心人。这一阵子你爹的身体怎么样？”

马来回答：“他的身体还好。不过天气不好的时候，伤处还有些疼。”

张玉叹了口气说：“梁垚死在抗日战场，梁山去了台湾，我现在是废人一个，我的心病比瘫痪还要难受啊！”

马来一听机会来了，于是说：“是啊！祝英英要不是为了照顾你，早就嫁人了，她的战友朱勇就很爱她。虽然祝英英有些委屈，但也值得，是你们家给了她第二次生命，知恩不报非君子嘛。祝英英心地善良，所做的一切旁观者都为之动容。”

张玉听后，心里咯噔一下，心想：我确实拖累了英英，如果这样下去，我真的是害了她终生。想到这，看了一眼马来问：“马来，你喜欢英英吗？如果喜欢就娶她吧！”

马来犹豫一会儿，回答：“我好喜欢她，但她不喜欢我，她喜欢的是朱勇。”

张玉听了点了点头，说：“我知道了。”

马来倒了一杯水，端到张玉的床前说：“大妈，喝水。”

张玉用手推了一下，说：“不用了，你不知道躺在床上的人水喝多了有多麻烦。我也有一段时间没看见你爹了，如果你爹有时间就叫他过来，我们好好唠唠嗑。”

马来说：“好！我爹也说过，过几天来看你。”

马来离开了梁家，独自一人走在通往村子西头的小路上。他不知是后悔还是后怕，担心自己刚刚说的那些话刺激到张玉。

祝英英从扫盲班回来，一个人慢慢地走着，弯弯的月亮勾起她对梁山的思念，泪水不知不觉模糊了她的双眼，她停止了脚步，心想：都说人间姻缘是月老牵线而成，是不是这样？要是这样今晚我也拜上一拜。想到这，她双手一合，对着月亮拜了拜。她怕这样拜不灵，于是跪在地上，又拜了拜，她担心月老认为自己不诚实，又磕了几个头。她静静地坐在那里，不停地念叨："梁山我想你，你知道吗？我想你想得都快疯了，我天天晚上都睡不着，就是睡着了怀里还抱着你的枕头，就想嗅到你身上的味道，哪只枕头很久没有洗了，我不想洗，我怕失去你。月老求求你，今天让我做个梦吧，即使在梦中见到梁山也行啊！"

就在这时，一双手从背后抱着祝英英，祝英英突然心中一震，但并不感到害怕，认为刚刚拜过月老，是月老显灵了。想到这她立即转过身子，紧紧地抱着身后人……

突然祝英英感觉不妙，怎么不是梁山身上的味道，急忙把那人推开，后悔地问道："你是谁？"

那人回答："我是马来。因为今天梁川在我家做作业，没人陪你，我怕你自己走黑路孤独，所以就在这里等你。"

祝英英听后没有说话，心想：你马来不比陆运好到哪去！想到这，立即说："谢谢你的好意，我不孤独，不用你陪。刚才你在我身后也不告诉我一声，让我错把你当成了梁山。从今天起离我远些！"

马来见祝英英在拒绝自己，笑了笑说："我知道你一直在生我的气。推选扫盲教师时我一直对你说了谎，但也是为了讨好你，想让你对我有好感。后来一直想找个机会向你赔礼，可就是没有勇气。"

祝英英瞪了马来一眼，说："现在有勇气了？白天干吗去了，为何要晚上来向我赔礼？"

马来脱下上衣披在祝英英身上，说："英英，白天还好，这到了晚上还真有些冷。"

祝英英急忙扯下马来披的衣服，说："你自己穿上吧，看样子你今天有话要说？"

马来左右看看，天够黑的，静悄悄的，胆子大了许多，上前一把拉着祝英英的手，说："英英，我跟你一样，你爱梁山，我爱你，我不想这样等下去，因为你就在我的眼前，我不能眼看着你守活寡。"说完，上前紧紧抱着祝英英，强欲亲吻她。

祝英英见势不妙，便抽出一只手，用力将马来的嘴捂住推开。马来一边挣扎一边说："你这是为什么？我暗恋你那么久，你辜负了我的一片心意，你要知道我是多么的喜欢你！"

祝英英竭尽全力将马来推倒在地，说："马来！我原以为你是个正人君子，没想到你居然是个卑鄙小人！"

马来从地上爬起来说："我不是卑鄙，而是真情实意，我为了你一直在等待、等待、再等待！我受不了啦！"

祝英英说："马来我告诉你，我爱梁山，我爱他诚实有勇气，他懂得忍让和付出。爱一个人不是靠耍嘴皮子，而是要用心。你说你受不了，那你有没有考虑过我的感受？我祝英英不会忘恩负义，即便是梁家的一根草，我对它都有深厚的感情，而我对你是没有丝毫感情的，希望你以后不要这样。"

马来说："现在没有梁山，除了我任何人都休想与你亲近。"

祝英英坚定地说："就凭你这德行，别做梦了！"

马来说："我们小时候爹娘可就给我们定了婚约，就凭这些我就能与你接近!”

祝英英严厉地说：“马来！这话你也能说出口？就是马叔叔也不敢承认这桩婚约。我告诉你，就是天下男人都死光了，我愿被狗吃了也不愿嫁给你。”

马来咬牙切齿地说：“祝英英！你不知好歹！既然话已经说到这个份上我也无话可说。”说完立即上前，将祝英英按倒在地，想撕开祝英英的衣服。祝英英见势不妙，一边挣脱一边哭喊道：“来人啊！有鬼啊……”

梁川抄完作业刚想出门，马垚说：“梁川，天太黑，你一个人走黑路我不放心。马萍你在家，我把梁川送回去。”

就在梁川回家的路上，突然听到祝英英的叫喊声，梁川立即喊道：“嫂子——我来了——”

马垚听到撕打声，也喊道：“英英！不要怕！马叔叔也来了!”

马来听到爹爹的喊声，立即落荒而逃……

梁川与马垚赶到祝英英身边，只见祝英英坐在地上狼狈不堪。马垚将就着身子，上前把祝英英扶起，说：“孩子，你受惊了！这天下真的有鬼吗?”

祝英英见站在自己身边的竟然是马垚，真的有口难言，她拍了拍身上的尘土，说：“谢谢马叔叔，现在没事了，我们回家吧。”

快到家门口时，祝英英停住了脚步，说：“马叔叔谢谢你！我们已经到家了，现在天太晚了，就不留你到家坐了，你就请回吧!”

马垚感到遗憾，心想为什么不请我进去坐坐？但还是点了点头说：“那好！明天我就去找郭书记说，叫他把扫盲班停了，你到学校教书去。”说完就离开了。

祝英英对梁川说："梁川，今天晚上的事，不能让娘知道，你想想，如果娘知道，会担心我们俩的。"梁川点了点头，两人转身进了屋。

张玉见祝英英和梁川都回来了，问："今天是不是多教了几个字，这么晚了才回来，怎么还弄了一身泥巴？"

祝英英看了一眼梁川，说："今天晚上天太黑了，我在路上摔了一跤。"说完，转身端了一盆清水，喝了一口，用力地漱着口，将嘴里的水吐在门外，然后不停地擦洗着自己的脸，她想洗去马来留下的污秽。她对着镜子，理了理头发，最后又仔细地看了看自己那张憔悴的脸，想到自己所受的耻辱，泪水又夺眶而出。

张玉见祝英英的房间还亮着灯，喊了一声："英英，天不早了，睡吧。"

祝英英回答："好！"

祝英英刚刚躺下，这时梁川偷偷地溜进嫂子的房间。

梁川来到祝英英床前。祝英英见梁川抱着床单枕头站在床前，没等她问话，梁川趴在她耳边说："嫂子，我怕鬼，我想跟你睡。"

祝英英听了起身给梁川让了让，梁川爬上床，躺在祝英英身边，祝英英说："家里没有鬼，你就放心地睡吧……"

马垚回到家坐立不安，他感觉到祝英英这丫头有苦难言，心想：天下哪有鬼呀？不过这也很难说，马来出去到现在还没有回来，万一被他碰上怎么办？想到这，起身走到门口等马来，不一会马来回来了，马垚仔细看了看儿子，见他身上有泥土的痕迹，顿时把脸沉了下来，问："你刚刚到哪里去了，怎么到现在才回来，还弄了一身泥？"

马来见爹在问自己，便溜进屋内说："出去不小心摔了一跤，我的事你不要问。”

马垚已经猜出儿子在外干的事了，他一声不吭地找到洗衣服的棒槌，又回到马来的房间，对着马来的屁股狠狠地打了几下。疼得马来嗷嗷大叫：“爹！你干什么？”

马垚叫道：“你还问我干什么，你自己干的好事你还不清楚？”

马来叫道：“谈恋爱也犯法，你这是什么规矩？”

马垚叫道：“有你这样谈恋爱的吗？你看你把英英姑娘吓成什么样了？你这样下去很危险！你爹我是党员，你又是民兵营长，我们俩在这一片都算有头有脸的人，你这样做不觉得可耻吗？如果传出去，很丢人的！”

马来说：“我们是正常谈恋爱，有什么不好。梁山杳无音信、生死未卜，祝英英这样无限期地等下去，会毁掉她的一生，我是想挽救她。”

马垚听了儿子的话，感觉也有道理，但仍然感觉他这样做有些不妥。想到这，马垚放下手中的棒槌，说：“可你把事搞砸了，今后你想把祝英英娶进门比登天还难了！”

第十三章　蝴蝶唤起相思意
纯洁忠贞动人心

第二天，马垚来到村部，将祝英英的处境与郭书记叙说了一遍，郭书记答应了马垚的请求。马垚又转身来到梁家，还没进门，就迎面遇见了祝英英，祝英英见马垚来了，心中产生了疑问，便迎上去，说："马叔叔你怎么来了?"

马垚不好意思地说："我来一是向你赔礼！二是我已经向郭书记说明你的困境，替你争取到了去学校代课的机会。"

祝英英回头看了看说："马叔叔，千万不要这样说，事情过去就算了，就当什么都没有发生过，这几天婆婆的思想情绪不好，如果这事被婆婆知道了，她怎么受得了？到学校代课就更不可能，我去村部与郭书记解释。"

马垚叹了口气点了点头，说："我知道了，你既然不让我说我就不说，我马家作孽啊，感觉太委屈你了。"说完祝英英将马垚请进屋内。

躺在床上的张玉见马垚进来，忍着痛笑嘻嘻地说："马垚你来看我了?"

马垚回答："这段时间身上不舒服，没有来看你，今天天气好些，想出来走走。”

张玉左右看了看，见祝英英不在，说：“马垚，你来得正好，我有事想与你商量。”

马垚笑了笑问：“有事与我商量你就说吧！”

张玉说：“马垚，你家马来年纪也不小了，为何不给他娶亲?”

马垚突然脑门渗出汗来，以为昨晚的事张玉已经知道，后来想到祝英英不让自己说，觉得这有可能是巧合，就叹了口气说：“不是不想，而是马来根本就不同意，有位名叫张早燕的姑娘，长得很好，说话也直爽，曾多次提出要和马来好，但马来就是不同意，我问他为什么，他说早燕没有文化，两人无法沟通。这孩子真是太挑剔了!”

张玉叹了口气说：“马垚，我快撑不下去了，我活着比死了还难受，我有个心愿想告诉你，如果我不在了，你就把英英、梁川弄你家去吧，英英与马来挺相配的。”

马垚听后心里高兴：“梁川可以包在我身上，可祝英英这丫头从小到大都很任性，说一不二，我做不了主。二十多年前，在湖边发现的奇怪的事，梁垚没告诉你?”

张玉问：“你是说梁垚与祝赑在湖边遇见蝴蝶的事？那只是凑巧。”

马垚说：“凑巧就对了，无巧不成书啊……”

祝英英来到村部，郭书记见祝英英来了，站起身来，说：“祝英英，你来得正好！扫盲班不办了，我还有公事需要你帮忙。”

祝英英说：“郭书记，恕我直言，英英恐怕帮不上你的忙。”

郭书记说：“你不要先下结论嘛，我不是想让你去教书！我想让你预算一下，我们村有多少人口、多少土地、需要交多少公粮，为了照顾你，你可以在家工作。”

祝英英一听在家工作，心想这样也好，在家可以照顾婆婆，便一口答应了郭书记。

祝英英将调查材料带回了家，张玉见了问道：“你带这些纸张干吗？”

祝英英回答：“是郭书记让我帮村里预算一下交公粮的事，可以在家工作，我想这样能更好地照顾你，便答应了。”说完走进自己的房间。

张玉躺在床上心想：原来如此，她为了照顾我，真的放弃一切。想到这她泪如泉涌，对着祝英英的房间大声说：“英英啊，不要等梁山了，不要这样浪费自己的青春，你要面对现实，说不定他在台湾已经结婚了，说不定孩子都有了。马来这孩子不错，你们配成一对正合适。”

英英立即走了出来，说：“婆婆不要提马来了，就是没有梁山我也不会嫁给马来！”

张玉又说：“既然你不喜欢马来那朱勇怎么样，朱勇这孩子富有责任心。”

祝英英说：“娘，不要说这些，根本不可能，我们这一家子不是过得好好的吗？婆婆你今后就不要再提这些了，除了梁山我谁也不嫁……”

几天过去了，村里的预算已经算清，祝英英整理了一下，来到张玉床前说：“婆婆，村里的账已经算清，我现在就给郭书记送去。”

张玉说：“好！梁川这孩子也走了吗？这孩子以后还得你管教。”

祝英英回答：“那当然，你就放心吧！”祝英英说完，拿起账本走出门去。张玉抬起头目不转睛地看着祝英英的背影，看看，再看看……

祝英英来到村部，见马来呆呆地站在门口，便停住了脚步。马来见祝英英有些犹豫，就迎面走了过去。祝英英见马来向自己走来，感到惶恐不安。马来走到祝英英面前，说："对不起！我情不自禁地伤害了你，我保证以后再也不会发生这样的事了。"

祝英英看了一眼马来，没有说话，向郭书记的办公室走去。郭书记见祝英英进来，问道："这么快就预算好了，肯定是加了夜班！"

祝英英回答："是的，我以为你急等着要，郭书记最好是再请一个人核对一下。"

郭书记说："核对不必要，你这孩子责任心很强，我相信你。你干了四天回头给你记八个工。"

祝英英推辞说："郭书记，你给多了。"

郭书记说："不多，马来很关心你呀，他说一个人至少需要半个月时间，你这么快就做完了我还觉得给少了呢。"

祝英英想笑，但嘴唇抖动了几下笑不出来。郭书记说："祝英英同志，你的情况我们都了解了，你爹娘都是抗日英雄，你也是，以后有什么困难可以提出来，我们尽力解决。"

祝英英笑了笑说："谢谢郭书记的关心。"

祝英英交清账后走出门去。她来到马来的门前想了想，最后还是敲了敲房门，开门的却是张早燕，祝英英向屋里看了看，只见马来站起身来，祝英英毫不犹豫地走了进去。马来见祝英英突然敲门进入，感到很心虚。祝英英见马来吃惊的样子，说："你怕什么？"

马来急忙说："早燕，你先出去！"

祝英英便上前阻拦说："这倒不必，好话不背人，背人没好话，有张早燕在场更好!”

张早燕笑了笑说：“就是，英英姐说得对，你想赶我出去我还不想出去呢，我就喜欢凑热闹。”

祝英英将门关上，来到马来面前坐下，说：“马来，感谢你对我的一片真情，但有一句话叫‘人贵有自知之明’，我爱梁山，任何人不能代替，我与梁山在抗日战场上许下的诺言，一直深深地埋在我心中。梁山归来即便不成现实，我也要维护自己的贞操，信守承诺，我会永远等下去！希望你一定要珍惜眼前的爱情，张早燕这个人不错，性格开朗、心灵纯洁，希望你不要错过机会!”

马来的眼角湿润了，原以为祝英英是来暴露自己的，没想到她如此善良大度。想到这，他深深地触动了，说：“祝英英请你放心，从今天起我再也不纠缠你了。”

张早燕哈哈大笑说：“你不追她，我就有机会啦，你这匹马以后就是我的啦！我要把你拴得牢牢的。”

祝英英心里很高兴，认为自己摆脱了马来。

祝英英回到家里，将门打开，突然发现婆婆把自己的裤腰带绕在脖子上，两只手紧紧地攥着腰带的两端，直挺挺地躺在床上，一动不动。祝英英立即上前解开裤腰带，救下婆婆，可惜她已经没有了呼吸！祝英英号啕大哭，哭声传遍全村……

张玉自杀的消息很快传开了，邻居们纷纷前来帮忙。陆运得知后，心想：这可是我报仇的好机会，祝英英你这个死丫头，不死也要让你下大狱！想到这，也向梁家走去。

郭书记听到这一消息，也赶了过来。陆运刚到门前，就叫喊道："各位父老乡亲，这事你们有没有感觉有些奇怪，这梁家老夫人好好的怎么就自杀了呢？我想应该报案，叫公安人员过来查一查，看看是不是有人谋杀，这样也对得起她老人家。"

大家听后，纷纷议论。郭书记思索了片刻说："陆运，你这一段时间干什么去了？怎么梁家出事了你就出现了？你提的建议很好，应该查一查，包括你陆运，你也是怀疑对象，这样才能还老夫人一个公道。"

陆运听后后退几步，就听郭书记喊道："马来！马来到哪里去了？"

马来听到叫声，身子哆嗦了一下，问道："郭书记你叫我？"

郭书记说："你去报案，让公安人员过来查一查老人家的死因。"

公安人员接到报案后，很快赶到，经过仔细勘察，确定张玉是窒息而死，但是自杀还是他杀不能确定。经过排查，公安人员认为如果是他杀，祝英英嫌疑最大，所以决定把祝英英带走问话。梁川听说要带走嫂子，立刻上前阻拦。站在一旁的陆运心想：祝英英，这一回也让你尝尝关在大牢里的滋味。

郭书记见了，上前说道："两位公安同志，我认为现在带走祝英英有些不妥，张玉已死，如果你们带走祝英英，家里只剩下十多岁的梁川，后事就无法料理。依我分析祝英英根本不像杀人犯，让她料理完丧事再带去问话也不迟啊。"

公安人员说："郭书记，嫌疑不能主观排除，我们不是不给你面子，而是我们公安办案有办案程序，可疑对象一定要带走！"

祝英英得知公安人员要带走自己，感到十分疑惑，急忙上前解释说："我没有杀人，为什么要带我走？"

公安人员说："你的婆婆是自杀还是他杀目前还不能下定论，我们公安要查个水落石出必须带你回去问话。"

梁川见公安人员决定要带走嫂嫂，不顾一切地上前抱住嫂嫂。祝英英低下头将梁川慢慢推开，说："梁川不要这样，相信嫂嫂，嫂嫂是清白的，公安局也不会冤枉好人。"

公安人员要带走祝英英，郭书记也无权干涉，马垚来到跟前，看了一眼公安人员，说："郭书记，公安同志想白忙就叫他们白忙去，张玉的丧事由我们办，梁川我带着。"

梁川来到公安人员面前，想与公安人员争吵。公安人员急忙说："小朋友不要冲动，等我们调查清楚。如果你嫂嫂是清白的，我们一定再把她送回来。"

祝英英对公安人员说："我有个小小的请求，请让我再看婆婆一眼。"

公安人员回答："可以"

祝英英来到婆婆的遗体前，泪如雨下，情不自禁地叫道："自从没有了爹娘，我认为梁山就是依靠，没有了梁山你就是天，现在天也塌了，你让我带着梁川该怎么过哇……"

那哭声让人感动、让人同情、更让人心碎，围观的人们不知不觉都低下了头。张玉躺在那里显得并不安详，本来没有闭上的眼睛似乎又睁大了许多。马垚用拐杖不停地捣着地面，郭书记也哽咽了，说不出话来……

最后祝英英被带上了吉普车，吉普车缓缓地离开了。梁川哪能容忍公安带走嫂嫂，拼命地在后面追赶。祝英英也不停地回头张望，就听祝英英大叫一声："停车！"公安人员将车停下，回头望去，只见梁川摔倒在地。

祝英英来到梁川身边，将梁川脸上的鼻血、灰尘用袖口擦去，蹲下身子说："小弟，听嫂嫂的话，嫂嫂没事的，一定要记住，嫂嫂不会害死娘的，你等着嫂子回来，咱们一同游过海峡，把你哥找回来，咱们三个也能过上好日子。"

平时开朗的张早燕上前紧紧抱住梁川，一声不吭，傻乎乎地站着。祝英英再次被公安人员带走。郭书记、马垚和父老乡亲们把张玉安葬。马垚将梁川带回了家，想让梁川上学去，但梁川就是不肯，一定要等嫂嫂回来才去上学。

祝英英趴在候审室的窗前，望着蓝蓝的天空，心想：我怎么就这样命苦，多么希望能变成一只小鸟飞翔在蓝蓝的天空上，越过海峡去见日思夜想的梁山。她陷入了沉思，就在这时，突然有一只蝴蝶在窗前飞来飞去，祝英英恍然在脑海里闪现一个念头：是不是梁山在台湾出了事？是不是梁山变成蝴蝶飞回来了？她带着疑问，将手伸出窗外，口中念道："你是梁山吗？如果是你就飞过来吧！"

那蝴蝶像是故意调皮似的，竟然向祝英英飞了过来，并在她的手边绕来绕去。祝英英突然心情激动，痛哭不止……

不知什么时候，门响了一下，公安人员叫道："祝英英，有人来看你了。"

祝英英凝视着已经飞远的蝴蝶不肯转身。只听见马垚叫道："你们怎么搞的？把一个好好的人给折腾傻了，你们领导是怎么当的？"

祝英英听到马垚的说话声，急忙擦擦脸上的泪水转过身子，来到门口，问道："马叔叔你怎么来了，婆婆安葬了吗？梁川现在怎么样，上学了没有？"

马垚说："有乡亲们帮助，你婆婆已经安葬妥当。梁川这孩子脾气有些倔，硬是要见你，开始到我家一口饭也不吃，后来多亏俺家马萍劝他。不过他现在就是不肯上学，非要见到你不可。"

祝英英听得泪汪汪的，叹了一口气，心有感触地说："马叔叔有劳您了，拜托您以后多多照顾小弟。"

马垚说："放心吧！我会把他当成自己的孩子，回去我就劝他上学去。"

祝英英擦了擦眼角的眼泪，问："安葬我婆婆肯定花了很多钱吧，家里的钱肯定不够，你回去就把我祝家的房产卖了，余下的钱就留给梁川。"

马垚听到祝英英那贴心的话语，不由得泪水浸湿了眼角，看了一眼祝英英，说："孩子，难为你了，不要担心，我想他们不久就会放你回家的。"

祝英英说："放与不放，我已经无所谓了，起码我知道自己是清白的，如果放了我更好！到时候我想到福建去，看看是否能划船过去寻找梁山。"

马垚听后颤抖了一下，感到吃惊，不由得脱口而出："我的孩嘞！你怎么这样想，那是台湾海峡，不是淮河！"

祝英英眨了眨眼睛说："马叔叔你放心，我想得很开，就是在大海里翻了船也没关系，哪怕死后变成海鸟，也要呼唤他的灵魂不要走远。"

马垚的眼角湿润了，半天也没有说出话来。这时，又有两位公安人员来到祝英英门前叫道："今天还得问讯，祝英英跟我们走吧！"

祝英英见自己又要被带走，急忙叫道："马叔叔，梁川就永远拜托给你了，谢谢你啊！"

带走了祝英英后，公安人员对马垚说："你可以回去了。"

祝英英被带到审讯室，一进门就看到陆运站在一旁，心想：他来干嘛，肯定是来加害于我！管他呢，我无所谓。想到这，就听见公安局长问道："你叫祝英英？"

祝英英回答："是。"

局长问："你今年多大了？"

祝英英回答："二十八。"

局长问："听说你结过婚，在什么时候，与谁结婚的？"

祝英英回答："在抗日战场上，与梁山结婚。"

局长问："梁山现在何处？"

祝英英回答："在台湾。"

局长问："已经这么多年了，你为什么不改嫁？"

祝英英回答："期盼祖国统一，希望梁山能回到我身边。"

局长点了点头，自言自语地说："难得你有这份情谊，我们可以理解。"说完局长用手一指陆运，说："这个人你认识吗？"

祝英英回答："认识，他叫陆运，新中国成立前是我家管家。"

局长说："认识就好，他说有可能是你杀害了张玉是不是？"

祝英英回答："不要说陆运，你们不也是这样认为吗？局长同志，你放心吧，生与死我已经无所谓了。"

局长很严肃地说："我们办案不是像你说得那样随便，我们讲的是证据！"

局长又扭过身子，问道："陆运，你说祝英英有杀害张玉的嫌疑，有何证据？"

陆运看了一眼祝英英，说："局长大人……"

话还没说完，局长立即说道："新中国已经成立多年了，不要叫大人，应该叫同志。"

陆运点头哈腰地笑了笑说："局长同志，前几天我在从这拘留所回去的路上，发现祝英英与一位陌生男子幽会，感情超出一般，分别时难舍难分，祝英英还哭了。"

局长听后点了点头说："陆运，你提供的线索很重要。"

祝英英立刻说："局长同志，他说的根本没有意义，那与婆婆的死根本牵扯不上任何关系。"

局长说："牵不上？那你为什么这样紧张？我问你，你要如实回答，这个陌生男人家住哪里？叫什么名字？"

祝英英回答："他家住在蚌埠，名叫朱勇。"

局长问："你们什么时候认识的？"

祝英英回答："在合肥读书时就认识。"

局长问："在你婆婆临死前，他来干吗？"

祝英英回答："他来看看我过得怎么样。"

局长问："他有没有向你表示爱意？"

祝英英回答："有，他说他想娶我，让我不要无限期地等下去。当时我很感动，但我还是拒绝了他，回去时我将他送到了村头。"

局长问："听陆运说，朱勇离开后你哭了，为什么哭？"

祝英英回答："因为感觉自己很委屈，自己对不起自己，既感动于朱勇说的话，又很思念梁山，所以就哭了。"

局长问到这里，抬头看了看公安局的同志们，说："同志们，刚才我问到祝英英与朱勇的关系时，对这件事还有疑惑，我认为朱勇是我们要找的证据焦点，必须要彻底查清！今天就派几个同志去把朱勇抓来。"

祝英英听说要抓朱勇，立即叫道："你们想干吗？这案子与他毫无关系!”

局长用锐利的目光看着祝英英，问道：“我们要抓朱勇来问话你紧张什么？是不是这里面还隐藏着什么?”

祝英英无奈地说：“我是清白的，已经够委屈了，为什么还要连累人家?”

局长像是眼前一亮，说：“如果朱勇与这案子没有牵连，你担心紧张什么?”

祝英英说：“我不想好人心里留下精神创伤，如果硬是要这样做，你们想问我什么我都告诉你。”

局长看了祝英英一眼，问：“你想清楚了？你想如实招供……”

第十四章　相思成病险酿祸 梦中相约赏荷花

朱勇当时离开祝英英后，回到家里，经媒婆介绍，认识了当地姑娘李颖，两人一见钟情，很快就准备结婚了。

结婚当天，亲朋好友来了很多，好不热闹。新娘子刚跨进门，一辆吉普车嘎吱一声停在了朱勇家门口，大家都很好奇，还以为有人开着吉普车前来祝贺。就在大家兴高采烈之时，只见车门打开，从里面下来两位公安人员，其中一位看了看现场，扭过身说："我们来得不是时候呀!"

另一位思索片刻，说："我们也不知他在办喜事，既然来了就公事公办。"

喝喜酒的人见从车上走下两位公安人员，都感到吃惊，顿时场面变得严肃起来！朱勇与李颖也感到奇怪，只见公安人员来到朱勇面前，问道："看你戴着红花，肯定是新郎官朱勇喽?"

朱勇笑了笑说："是啊！你们是?"

一位公安人员说："你涉嫌一个命案，请你跟我们回去协助调查!"

朱勇听后感到莫名其妙，新娘李颖听后如同晴天霹雳，当时就昏了过去！朱勇的娘听后惊恐地大哭道："我家塌天了，我儿怎么会杀人啊！"

朱勇的爹听后大叫一声："我左盼右盼终于盼到个儿媳妇，现在倒好，在众亲面前丢丑，这叫我怎么收场？"

众亲戚把新娘李颖救醒后，李颖见公公婆婆都陷在烦恼中，她擦去自己头上的汗水定了定神，来到公公婆婆身边，劝说："二老，你们不要着急，我想这一定是一场误会，我现在就跟去问个明白。"

两位公安人员将朱勇、李颖带进公安局进行问话，局长问道："朱勇，前一段时间你到过祝英英的家？"

朱勇回答："到过。"

局长问："你到祝英英家干什么？有什么目的？"

朱勇回答："我实话告诉你们，我喜欢祝英英，一半是爱情，一半是同情。"

局长问："你为什么有这样的心态？"

朱勇回答："在合肥时我们是同班同学，在战场上，我们是一个战壕里的战友。我第一眼见到她时，就对她产生了爱意，但她与梁山是青梅竹马，他们的关系像是梁山伯与祝英台，所以我只能靠边站。我知道祝英英与梁山的爱情是忠贞不渝的，她一直在等待梁山的归来，我被她的执着感动，我去见她，就是告诉她我的心里话，劝她放弃过去，面向未来，但被她一口拒绝了。之后我就回家认识了李颖，今天正在办喜事，你们就把我抓来了。"

局长听后点了点头说："朱勇你站在一边，把祝英英带上来。"

不一会儿，祝英英被带进来，突然发现朱勇站在一旁，心想：是自己拖累了他，生死对于自己已经没有意义了，这一回可不能再害了他。

祝英英被带到审讯室，李颖看见祝英英后，被她娇美的脸而吸引。就听局长说："祝英英，朱勇我们已经把他带来问过话，他已经实话实说了，现在就看你的了。"

祝英英听后感到疑惑，不知朱勇说些什么，于是说："一切都是我干的，与朱勇无关。"

局长一听心中一惊，好像案子有了眉目，很直接地说："那你就把杀人经过说一遍。"

祝英英胡说八道一番，听得局长不停地点头……

最后局长说："你想嫁人，不一定要把你婆婆杀了，现在真相大白，在你的口供上签字吧！"

祝英英毫不犹豫地签了字。局长说："祝英英，你的材料、供词，我们将上报上级核审。"

朱勇对祝英英的供词感到不解，最后朱勇被释放出来，朱勇见李颖站在门前，说："今天发生的事出乎意料，结婚前我没有告诉你，我欺骗了你，如果你认为我这个人不可靠，我们就分手吧！"

李颖听后不但不生气，反而笑了笑说："朱勇，你的一举一动让我感动，你是一个充满爱意有责任心的男人，与你结合我真是幸运……"

梁川不见嫂嫂回来，仍然不肯上学，在马垚地劝导下，勉强地走进课堂。

祝英英杀人一案，当天宣判。公安局长、法院院长都希望原被告家属到场，但唯一的家属只有梁川，只好派车去接他。吉普车开到村部，公安人员将案情向郭书记作了汇报。郭书记叹了口气，说："那好！我现在就到学校把梁川叫过来，我陪他一起去。”

郭书记来到学校，将事情与校长、老师说明，梁川得知要见嫂嫂，慌忙离开座位，作业本被碰得撒落在地上也顾不上去捡就急急忙忙跟随郭书记上了吉普车。

梁川的作业本掉在地上，老师见了上前捡起顺便翻了翻，突然发现里面有几行字：“英英，我可怜的孩子，你为我的家付出了很多！我真的不忍心，不想离开你。可是，我活着比死还要难受啊，也是你的累赘。我走了，我死后希望你找个好人带着梁川嫁了吧。如果梁山能从台湾回来，叫他到我的坟前告诉我一声，我也就放心了。这是娘最后的嘱托。”

老师看完后大吃一惊！立刻冲出门外，可已经不见了吉普车的踪影。老师急忙来到村部，将梁川的作业本拿给马来、早燕看。早燕立刻说：“马来！你快去公安局，不然祝英英被判死刑，再来个立即执行，那到时候就大错特错了!”

马来不慌不忙地说：“汽车已经开走，你以为我是飞毛腿呀。”

早燕见马来一副漫不经心的样子，立即说：“你这个人怎么这样，怎么一点同情心都没有，你的良心平衡吗?”

就在这时，来了一位骑自行车的邮递员，他知道这一消息后，立即卸下邮递包，对早燕说：“骑我的车过去，快!”

张早燕对马来喊道：“马来你小心眼，人家不嫁给你，你就不救人家，你这个无赖！说完，她骑上自行车飞奔向前。”

马来望着她的背影，自言自语地说：“你这个死丫头!”

张早燕累得筋疲力尽，终于来到公安局，她将情况向公安人员一说，公安人员也感到吃惊，并且说：“审判不在公安局而是在法院，你不要着急，我现在就给法院打个电话。”说完转身进屋，拿起电话叫道：“喂！总机，请接中院。”

总机忙了半天，回答：“对不起，线路出了问题，接不通！”

公安人员也急了，说：“这回麻烦了，电话打不通也没有车，这怎么办？”

张早燕说：“我骑车过去就是了！”

公安人员说：“太远了，你能吃得消……”

开庭审判，祝英英戴着脚镣手铐被押了上来。梁川见嫂嫂如囚犯模样，情不自禁地一头扑了过去，祝英英见梁川来到现场，忍不住放声痛哭，将自己被铐着的双手向前伸了伸，梁川一头钻进嫂嫂的怀里，像孩子闹娘一样号啕大哭。审判长见状，掏出了手绢。书记员的泪水不停地滴在桌面上，审判员也悄悄扭过头去，不停地擦着眼角，台下的人，有的瞪着双眼，有的张着嘴，郭书记身子不停地哆嗦，并发出叹息声，就连押着祝英英的两个警察也放开了手，全场只能听到祝英英、梁川的痛哭声。

不一会儿，祝英英的情绪稳定了下来，她对梁川说：“嫂嫂要走了，去台湾找你哥哥，你不要哭，应该高兴才是，以后没有嫂嫂在你身边，一定要听马叔叔的话，一定要坚强。你一定要记住，嫂嫂不是坏人。”

梁川根本不听嫂嫂在说什么，一边哭一边闹着：“嫂嫂我想你！没有了娘，你就是我的娘，咱们回家吧，回家吧！”说完就牵着嫂嫂的手向外拉。

警察们内心也十分纠结，想把梁川与祝英英分开，但梁川紧紧地又抱住嫂嫂不放。警察们也无奈，只好让他抱着。梁川抬起头，看着嫂嫂说：“嫂嫂，你去台湾我陪你去，一定把哥哥找回来，我告诉他你受的委屈。”

审判长说了一声："肃静！"随后主持会场，宣读罪状，让祝英英供认服法。但祝英英一句话也不说，只是任泪水不断地滴在梁川的头顶上。

审判员摇了摇头又回头看看审判长，说："审判长，这怎么办？"

审判长思索片刻，叹了口气说："祝英英，国有国法，家有家规，我问你，你必须回答！如果你默认就代表是。"

祝英英还是没有回答……

法院最后经过共同决定，认为祝英英杀人罪名成立，必须偿命，准备判祝英英死刑，剥夺政治权利终身。

不一会儿，工作人员再次来到会场，审判长说："请肃静，现在宣判！"

还没等审判长宣读判词，就听会场外张早燕一声呐喊："且慢！祝英英是无罪的！"

大家都向外看去，只见张早燕满头大汗地一只手推着自行车，一只手拿着梁川的作业本，进了会场。张早燕很快把梁川的作业本交给了审判长，并说明来意。

经核实祝英英无罪，当场释放！但祝英英依然还抱着梁川，也没挪开步子，不停地说："我是一只孤独的蝴蝶，我要飞往台湾，把梁山找回来。"就这样反复地说着。

郭书记越听越不对劲，立刻叫了一声："公安的同志们，给我站住！我以共产党员的身份问你们，你们怎么回事，把这孩子折腾成这个样子，你们一定要给我个说法！"

公安人员上前解释说："你是革命老前辈，我们也不会骗你，我们真的没有逼供，我们也怕办错了案子冤枉好人。至于祝英英会出现这样状况，肯定是家庭负担重和精神压力大导致的精神恍惚，回去调养调养说不定就好了。”

郭书记听后回头看了看祝英英，说：“你们没有逼供就好，祝英英这丫头够可怜的，她的爹娘都死在战场上，她也是抗战英雄，丈夫还去了台湾。如果误判我们真的对不起她，更对不起为共和国捐躯的她的亲人啊!”

同志们听后点了点头……

郭书记带着祝英英、梁川、早燕回到家里。但祝英英像痴呆似的，她四处张望，仿佛像在找什么，半天才说一句话：“婆婆！我娘到哪里去了?”

郭书记听后立即将她带到张玉的坟墓前，祝英英来到坟地，她没有哭，只是呆呆地坐着……

祝英英被无罪释放的消息很快传开，村民们纷纷前来问候。但祝英英仍然反应迟钝，精神恍惚，几天后，突然失踪。郭书记立即派人寻找，但一直没有消息……

在台湾，刘海表面上像是个很坚强的人，但是他在没有人的地方也偷偷地哭泣。

中秋佳节到了，刘海独自一人闷闷不乐地来到海边一头扎向大海，在海水里憋了很长时间才冲出水面，之后他静静地站在水里，他多么希望自己能变成一只海鸟，或者是一条鱼，最后他走上岸，来到一块礁石上坐下来，静静地待在那里。

不知过了多久，突然听到身后有老外在叫自己：“刘海！你是刘海。你让我找得好苦，今天终于找到你了。”

刘海回头一看，只见一个外国人站在身后。刘海仔细地看了看，说：“你是佳丽的父亲，你找我?”

那外国人回答："我是佳丽的父亲，我叫佳木斯，自从你救了佳丽，她回到家后，不知怎么回事就生病了，医生也没有办法。后来她母亲问她为什么得病，她说就是想见在海边救自己的人，我知道后，天天都在这海边寻你，现在好了，你终于出现了。"

刘海听后感觉有些好奇，一个美国女孩怎么对自己感兴趣？于是对佳木斯说："我不是医生，去了也没用，你回去吧！"

佳木斯见刘海不肯前往，急忙说道："我知道你们中国人是善良的，你跟我回去我的女儿就有救了，求求你，好不好？"

刘海想了想说："那好吧！我就去一趟。"

刘海跟着佳木斯来到一座学校，刘海问："怎么不到医院去，到这里干吗？"

佳木斯回答："我忘记告诉你了，我和佳丽的妈妈都是学校的老师。我女儿住了几天医院，治疗没有效果，现在已经回家里住了。"

他们穿过学校，来到后院，只见两层别致的小楼展现在眼前，佳木斯手一挥说："到了！请！"

佳丽还躺在床上，隐隐约约像是听到爸爸与刘海的谈话，她睁开眼睛，见刘海站在床前，简直不敢相信自己的眼睛！只见她从床上下来，直扑向刘海，并叫道："你终于来了，我好想你！"

刘海被佳丽这突如其来的举动搞得不知所措，他无力推开佳丽，只能顺其自然拥抱着她。佳丽的父亲母亲见女儿如此开心，眼里闪出激动的泪花……

梁山在一棵大树旁的石凳上坐着，吴丽走了过来，甜甜地问道："梁山，怎么你一个人在这里？"

梁山抬头看了看她，说："一个人在这不好吗？你要知道不是我一个人待在这里，而是我们都被关在这里，简直就是一个大囚笼。"

吴丽听后，立即上前将梁山的嘴捂上，小声说："你说话能不能小点声？别让别人听见！"

梁山说："什么是好？只要能让我回大陆与家人团聚，就是好！"

吴丽小声说："你不怕台湾搞个什么整死你？"

梁山挠了挠头说："整死了好呀！魂归故里，起码我们回家了。"

吴丽说："我们能不能不谈这些不开心的事。刘海这几天到哪去了？"

梁山回答："想找刘海难了。"

吴丽急忙问道："怎么回事？"

梁山回答："他被美国女人俘虏了……"

就在这时，后面有人叫道："你们俩说什么，谁被俘虏了？"

梁山、吴丽循声望去，只见刘海已经站在身后。吴丽笑了笑说："你与曹操拜过把子？"

刘海笑了笑回答："哪有那回事，如果有，祖国已经统一了。"

吴丽说："好啦，我们一同去海边转转。"

刘海挠了挠头又笑了笑，说："我就不去海边了，我现在很忙，我来告诉你们，我要结婚了。"

吴丽听后激动地叫道："啊！这么快？"

刘海笑了笑回答："是我俘虏了她，而不是她俘虏了我。"

吴丽惊喜地笑着说："刘海你真有福气，佳丽可是全世界最漂亮的女孩，你是美国人的女婿了。如果你们生了孩子，长得像谁好呢？"

刘海笑了笑说："当然像我！"

梁山站起身来说："那可不一定，依我看，谁心肠好就像谁。"

刘海笑了笑说："我心肠不好吗？"

梁山说："你不看看你自己，自从有了佳丽，战友、朋友都被你甩一边了！"

刘海笑了笑说："你放心吧！明天婚宴就请你们多喝几杯。"

第二天，刘海和佳丽的婚礼上，宾朋满座、喜气洋洋！刘海战友们如鱼得水、开怀畅饮，个个都喝得红光满面，新郎刘海也醉得不知自己是谁。新娘佳丽见刘海的战友们如此疯狂，真是洋鬼子看戏傻眼了……

梁山已经醉得趴在桌子上了，还拿着酒瓶往嘴里灌。吴丽见状于是来到梁山跟前劝说，但梁山依旧不听。最后吴丽将梁山手中的酒瓶拿下来，梁山慢慢悠悠地站起来，佳丽端着醒酒汤来到梁山面前说："看你醉的，快喝一碗醒酒汤吧！"

梁山前言不搭后语地说："醒酒汤……我……不喝，我要喝水，我要喝淮河水让台湾老百姓都喝上长江水、黄河水大家就幸福了！"说完用手一推，将醒酒汤从佳丽手中打落，醒酒汤溅了佳丽一身。

吴丽一边扶着梁山一边说："你醉成这样，还喝？"

梁山一边想挣脱吴丽的手，一边说："放开我，我要回家！"说完便踉踉跄跄跑出去，吴丽见梁山如此疯狂，立即追了上去。

突然一辆卡车迎面向梁山飞快驶来，吴丽瞬间扑向梁山，将梁山推开，随着急速的刹车声、撞击声，吴丽被撞出几米远，当场毙命！

刘海以及战友们急忙冲出门外，个个被吓得目瞪口呆！

刘海见此飞来横祸突然醒悟，不停地叫着："快救人！梁山被撞哪里去了？"

战友们在马路对面发现了梁山，只见他头上流着鲜血，口中还不断地叫着：“我要回家，我要回家。”

刘海见此情景，上前抓起梁山，狠狠地向梁山脸上打了几下耳光，并叫道：“梁山，你喝了三杯猫尿就装疯卖傻，你把吴丽害死了!”

梁山像没听见一样，没有反应，反而身体下坠昏死过去，佳丽的父亲也急忙来到跟前，说：“人都这样了你还打他，还不快送医院!”

战友们急忙将梁山抬进附近的医院进行抢救，但许久不见梁山醒来，刘海、佳丽等人都十分着急。这时手术室门开了，里面走出一位医生，大家都围了上去，刘海急忙问道：“醒过来没有？现在状况如何?”

医生没有回答，只是问道：“谁是祝英英?”

刘海感到奇怪，怎么要找祝英英？医生又说：“刚刚伤者突然醒来，连续叫了几声祝英英后又昏迷过去，我想祝英英肯定是他的家人。”

众人听后十分震惊。刘海挠了挠头叹了口气，说：“是有个人叫祝英英，但她不在这里。”

医生听后急忙说：“不在这里，还不快去找?”

刘海回答：“她在大陆那边我们怎么找?”

医生感到吃惊，只见他身体颤抖了几下，泪水夺眶而出。刘海问：“你怎么啦，为何激动?”

医生回答：“我也是大陆人，我也想家，我做梦都在呼唤着母亲……”

几天过去了，可是梁山一直没有醒来。刘海、佳丽等人都很着急，都不停地追问医生。医生回答：“伤者不仅仅伤了头，他还饮酒过量。如果醒来，可能会精神恍惚不正常。”

就在这时，护士来报："那个叫梁山的病号醒过来了！"

大家听后都十分惊喜，纷纷拥挤在病房门口。只见梁山从病床上爬了起来，护士见了急忙上前劝说，但梁山像没有听见一样，执意要走，嘴里还不断嚷嚷："我要回家，你们不要拦我，你们为什么要拦着我？"

护士说："你刚刚有所好转，要躺下继续治疗。"

梁山坚持说："我没有病，我已经与祝英英约好，今天到焦岗湖去看荷花。"

佳丽听后感到奇怪，转过身子问刘海："他说去焦岗湖看荷花，焦岗湖在哪？"

刘海没有回答佳丽的问话，只是说："梁山还在梦里。"

佳丽说："怎么会这样？我们应该把发生的一切事告诉他，说不定能刺激他醒来。"

刘海看了一眼佳丽，说："千万不能！如果告诉他，他一定接受不了，说不定现在就毁了他。"

梁山在医院待了不久，突然不知不觉溜走了……

第十五章　寻夫路上被拐卖 差点成为笼中鸟

祝英英不辞而别，全村人都在寻找，一直都没有音信。陆运得知祝英英失踪的消息，心想：她祝英英能到哪去，去走亲戚？她哪有亲戚。去台湾也不可能，依我看祝英英是精神有问题，要是这样，我还真要再挑起杂货担四处找找，说不定自己就有机会见到她。想到这，他将担子一挑就上了路。

一到村庄里，他不停地吆喝："换针，换线……"

祝英英像鬼迷心窍一样，迷迷糊糊地离开家向福建方向走去。她一路上言语不多，见人就问去台湾怎么走。她风餐露宿，千辛万苦，不知走了多少路程……

朱勇与李颖回到家，见本村正在开批判大会，中间站着正是自己的父亲，只见民兵营长用手指着父亲叫道："你这个朱老头！我们大家都走在集体道路上，可你还干你的木匠活，你有没有集体主义思想？你走的是个人主义道路，我们都像你这样，美好生活什么时候才能实现？"

朱老头把头一抬，骂道："你这小子，你当几天官就不认识你大叔了，我要是坏人，学校里那些课桌坏了都是我修的，我一分钱也没要，就连你娘的木水瓢烂了个口子还是我补的呢。"

营长一听，叫道："什么我娘瓢不瓢，你骂人，今天我就把你的工具砸了!"

营长的娘叫了一声："你敢！你大叔说得对！要不是你大叔一个烤山芋救了你爹，哪还有你。咱家锅盖、水桶、水瓢都是他补的。他真的为咱做了不少好事，乡邻乡亲哪个不夸他。"

营长不但不听娘的一番话，反而气急败坏地叫道："你用一个烤山芋就想骗我娘，你老不正经!"

说完手拿黑红棍，指着朱老头叫道："你明天就把干木匠活的工具送到村里去，不然我去砸你家的锅……"

朱勇按捺不住心头的怒火想上前说理，但被李颖拽住……

到了晚上，爹娘把儿子朱勇、李颖叫到身边，说："你们今天看见没有，那个小子想砸我多年吃饭的家伙，木匠活你朱勇也会干，家里待不下去了，我想你们俩今天连夜带着工具出村，走得越远越好。"

朱勇说："那怎么行，我们走了你们二老怎么办?"

朱勇爹回答："我相信，是党带着我们穷人翻身的，党还会带着我们穷人过上好日子的。你们就放心去吧！他们就是把我捆在凳子上，我也能弄口饭，我和你娘也饿不死。"

朱勇娘也劝儿媳，说："你们放心走吧，等你怀孕了再回来。"

到了晚上，朱勇推着独轮车带着李颖悄悄地离开村子。朱勇说："李颖，真对不起你！你一进我家门就跟着我流浪。"

李颖立即回答："你千万不要这样说，我们是夫妻，就是要有福同享有难同当嘛。"

陆运挑着小百货四处叫卖，一天他来到一个集镇上，突然发现祝英英在讨饭，只见她衣衫破旧，一只手挎着筐，往常眉清目秀的脸黑了许多。陆运见了心中惊喜，踏破铁鞋无觅处，得来全不费工夫，认为自己有机会了。于是买了一个烧饼走上前，就听祝英英与卖馒头的说："老板行行好吧！我已经两天没吃饭了，就给点吃的吧！"

老板看了一眼祝英英，笑了笑说："大姑娘要饭，你没病吧？找个有钱人嫁了，哪还用讨饭。"

陆运随后上前叫道："祝英英！你怎么也在这里，饿了吧？我这里有块烧饼，拿去。"

祝英英见陆运站在面前感到奇怪，转身就走。陆运立即跟随在后，死皮赖脸地说："英英姑娘，你怎么还是这样顽固不化，我们今天在这相遇也是有缘，看你饿成这样，就吃一点吧！"

陆运将一块烧饼往祝英英怀里塞，祝英英依然躲开，烧饼掉在地上她也不回头。陆运见祝英英不买账，急忙回头挑起货郎挑跟了上去。陆运说："你怕什么，我又不是大老虎，就算我是虎，也是喜欢你这只漂亮的小老虎。"

祝英英加快步子往前走，陆运仍然跟在后面，想与祝英英靠近，但都被祝英英拒绝了。他左思右想又打起了歪主意，说："祝英英对不起，我不该落井下石去害你，我错了，我刚刚照了照镜子，发现自己就是一只让人讨厌的癞蛤蟆，我确实配不上你。"

祝英英还是一声不吭，陆运又说：“祝英英我知道你的心事，不就是想到台湾吗？去台湾路途遥远，我带你去，省得你走弯路。”祝英英一听连忙点头。

陆运见祝英英上当了，笑了笑说：“你给我看着担子，我去一趟厕所一会儿就回来。”

祝英英很愉快地连连点头。

祝英英等了很久，只见一个看起来三十六七岁的男人来到祝英英面前，他看了看祝英英，满心欢喜地笑了笑，挑起担子说：“我叫耿壮，跟我走吧！”

祝英英精神已经受到过刺激，反应就略微迟钝了些，也没多加考虑，就起身跟在担子后面。不一会儿，进了一个小院内，只见耿壮叫了一声：“娘我回来了！”

随后是噼里啪啦的鞭炮声，祝英英被这突如其来的鞭炮声吓了一跳，回过头撒腿就跑，耿壮的娘见了立即把院门关上，让围观的人把祝英英推进屋里，但祝英英依然坚持要走，最后被人绑了起来……

祝英英虽然神志不清，但已经明白自己的处境，她不断地挣扎想逃出去。

夜深人静，微弱的小油灯不停地闪烁，小猫像是被浓浓的腥味逼得上了房顶，夹在墙角里的蟋蟀吱吱地叫个不停，蚊子扛着吸血的针管嗡嗡作响。被捆绑的祝英英躺在床上，时而哭啼，时而叫着梁山的名字……耿壮见她难受的样子，实在不忍心，叹了一口气将她松绑。

祝英英被松绑后，显得有些清醒，感激地说：“好心的大哥！放过我吧！我们俩根本不可能，我有男人，如果你强行占有我，我只能是死路一条!”

耿壮脑门顿时渗出汗来，他来到床前，用芭蕉扇给祝英英驱赶蚊子，说：“我不是坏人，我只是想劝你，跟着我总比跟那个老头强，那个卖货老头说你是他的人，因为他不想要你了，所以就六十元钱把你卖给我了。早知道是这样，我也不买你了。”

祝英英只是呜呜地哭泣，耿壮的娘站在门外悄悄地偷听，听见儿子说话声，在门外喊道：“儿子！不要只顾说话，不要忘记给我生孙子!”

耿壮回答：“娘，你怎么站在窗外？你回去休息吧，不要为我操心，我知道该怎么做。”

祝英英从床上站起，蹲在墙角，看着耿壮说：“我不会让你碰我的，更不会给你生孩子！我刚刚告诉你了，我有男人！至于六十元钱，我会在你家干活，什么时候挣够了我才走。”

耿壮听后不停地摇头……

天亮了，耿壮娘早早地站在门前，见儿子开门出来，立即上前问：“壮儿，昨晚这丫头听话吗？事情做了没有？”

耿壮打了一个哈欠，说：“别瞎操心，今天就放她走!”

耿壮娘一听：“啊！你说得倒轻巧，我们可是用了六十元钱买的！六十元钱可够我们累半年的，决不能让她走!”

耿壮见娘执意不让，揉了揉眼角说：“娘，为人不做亏心事，人家也是被人骗的。”

祝英英听到这些，走出了门说：“大娘！昨晚我紧张了一夜，脑子清醒了许多，我没打算走，现在就跟你们干活去。”

耿壮娘感觉奇怪，笑了笑说：“你不应该叫我大娘，应该叫我婆婆!”

祝英英没有回答，扛着锄头跟在耿壮后面，向地头走去。耿壮的娘看着他们的背影，开心地笑了笑。

到了地里，耿壮对祝英英说："现在我娘不在，你走吧！"

祝英英听后顿时流出泪来，说："我知道你是一个好心的大哥，换了别人昨晚我肯定会被欺辱的，我不能没有良心，我要为你挣回六十元钱才离开。"

耿壮不停地清除着庄稼地里的杂草，旁边地里干活的一位叫张巧珍的寡妇见了，问："耿壮，你家划上地主后，你的老婆就与你大吵大闹的，听说如今跑到村长的炕头上去了。没想到你这么快又找了一个，昨晚舒坦吗？"

祝英英听了，抬起头看了看张巧珍。耿壮停下锄头，叹了口气说："不要提那个不争气的女人，我爹都被她气死了，这是我收留的妹妹，不准你瞎说！"

祝英英看了一眼耿壮，张巧珍笑了笑说："你骗谁？……"不管张巧珍怎么说，耿壮就是一声不吭。

耿壮和祝英英除完自家地里的草后，耿壮看了一眼祝英英说："今天你的活也干了，就算债也还了，现在你想上哪就上哪，走吧！"

耿壮说完来到张巧珍家的地，继续除草，祝英英没有离开而是跟随在后，说："我不想背着债走，欠你的钱我一定还清……"

到了晚上，耿壮不肯再进屋睡觉，但被耿壮的娘发现。耿壮娘来到耿壮面前问："耿壮你怎么不进屋睡觉？"

耿壮说："娘，我想透透气。"

耿壮娘说："耿壮，白天不是好好的吗？怎么到了晚上你们话就少了？

我去问问。”

耿壮上前拦挡说：“娘！你不要管行不行？”

耿壮娘说：“我怎么能不问，我还指望她给我生孙子呢？”说完上前叫门，就听祝英英回答：“门没插上，进来吧。”

耿壮娘进去后发现祝英英在地上打了个地铺，问道：“你们俩怎么回事？为什么不上床？耿壮为什么不进屋？”

祝英英坐起身来，说：“我没叫他出去，我已经把我的情况告诉他了，我很着急，他也很着急。”

祝英英把自己的遭遇又说了一遍，耿壮的娘听后大怒，叫道：“想骗婚！不要花言巧语，今天晚上，你们俩不在一张床上睡，看我不打断你的腿！耿壮给我进来！”

耿壮说：“娘！你不能这样凶，人家都说地主婆是坏人，如果你这样下去，你就真成了坏人。”

他们的争吵被邻居张巧珍听到，张巧珍起身就想去看看，他几岁的儿子虎子叫道：“娘！这灯不亮，我看不见写字。”张巧珍迫不及待地想听他们吵架，顺手将煤油灯向儿子面前推了推，就跑出去趴在墙上……

虎子写完作业后收拾桌子，一不小心将煤油灯碰落在地，煤油洒落在地上，很快燃烧起来！虎子不知所措，拿来扫把拍打，可不但不起作用，火势反而更旺，虎子立即跑出去，一把拉住娘的手。张巧珍将虎子的手向后一甩，说：“回屋去！我在看热闹。”

这时虎子哭着叫道：“娘，着火了！”

张巧珍这才回头看了看，大吃一惊！随后扑向火海……

虎子见娘拼命地救火，也不见火势消退，就跑到耿壮家大声叫门：

“耿叔叔！我们家着火了！”

耿壮听后立即提着水桶冲了出去，祝英英听后便起身跟随。耿壮来到张巧珍院内，见火已经烧到房顶，便急忙救火，虎子一把拽住祝英英的腿说：“我娘还在里面！”

祝英英听后感到吃惊，毫不犹豫地冲进屋内，寻找张巧珍……

不一会儿，张巧珍被祝英英救出，已经是昏迷不醒……

大火惊动了村子里的人，经过大家共同努力，火终于被扑灭，张巧珍也苏醒过来，大家都纷纷要求将她送往医院，但被她拒绝……

第二天，天刚蒙蒙亮，耿壮就起来了。他径直来到张巧珍家，帮助张巧珍收拾被烧毁的残缺家具。祝英英也想跟随，但被耿壮的娘挡在房间内。

祝英英说：“大娘！你这是干什么？”

耿壮的娘咬牙切齿地说：“你问我想干什么，你心里还不清楚？你的老男人已经把你卖给我家，你就认了。你必须与我儿子圆房生孩子，从现在起，不准你离开这房间半步。想逃走？没门！要想走出这个门除非去死！”祝英英再次受到刺激，感觉头脑嗡嗡作响，汗水不断地从额头上渗出。

耿壮的娘见祝英英顿时像是变了一个人似的，感觉有些奇怪，想了想叫道：“不要装疯卖傻，这一套对我没用。”

就这样日子一天天过去，祝英英像笼中的鸟一样，插翅难飞……

第十六章　田间地头生爱情
同学掏钱赎英英

在台湾的梁山忽忽悠悠走出医院，又买了一瓶酒，咚咚地喝个不停，随后来到海边，向大海望去，仿佛大陆近在眼前。他毫不犹豫地向大海扑去，游啊！游啊！他多么期望尽快游回大陆，他多么期盼尽快与家人团聚。

梁山不知自己游了多少海里，只感觉很累，于是昂头四处张望，只见四处都是汹涌的海浪。这时梁山酒已经醒了，但早已精疲力尽，觉得身体慢慢下沉，梁山心想：我梁山见不到亲人了，今天要命葬大海……

梁山醒来，发现自己躺在一艘小船上，身边站着一位老汉和几个年轻人，年轻人见梁山醒来都笑了。一位年轻人一边笑一边说：“你这个人真奇怪，别人溺水倒出来的都是水，而你这个人倒出来的是酒，真奇怪啊!”

梁山脸色惨白，傻乎乎地坐着，太阳光像绣花针一样，刺得他不敢睁眼。他自己也感到很疑惑，不知自己是怎么到这船上的，老汉摇了摇头问：“你这孩子是当兵的吧?”

梁山回答："是啊！你怎么知道？"

老汉笑了笑说："现在不是你一个当兵的想偷渡，你已经游了几十海里了，还好你命大，没被鲨鱼吃掉！"梁山简直像做梦一样，被渔民护送上岸。

梁山谢过渔家，回到住处，见战友们都吃惊地看着自己，像是发生了什么事似的。梁山想上前咨询，就听身后刘海叫道："梁山！你醒酒了没有？"

梁山回过头来笑了笑，回答："我确实喝多了。"

梁山见刘海脸上没有一点笑色感到遗憾，说道："我喝醉后什么都不知道了。"

刘海严肃地说："吴丽为救你被车撞死了！难道你一点也不知道？"

梁山一听像晴天霹雳，感到天旋地转。刘海见梁山即将晕倒，急忙上前搀扶，并不断地呼叫梁山，但不见梁山应答……

战友们协同把梁山再次送往医院，经过医生们的全力抢救，梁山终于醒来，但精神上受到了严重伤害。他一醒来就嚷嚷要去看吴参谋，无奈，刘海和佳丽只好将他带到吴丽的墓地……

就这样，梁山天天都来到吴丽的坟地。他回想起在抗日烽火下的帐篷里，吴参谋更衣的那瞬间；回想起在侦察时怕鬼子发现，自己扑向吴参谋的那瞬间；回想起自己屁股受了伤，吴参谋用手捂住自己的伤口的瞬间；回想起吴参谋对自己爱慕的眼神……他泪流满面，为她惋惜，深深地自责自己的鲁莽行为，可是一切后悔都已经晚了！

梁山每次来到吴丽的坟前，都会说同样的话："吴丽！我知道你爱我，如果没有祝英英，我会娶你；如果祝英英在大陆已经结婚，我会娶你；如果你能活过来走出坟墓，我愿把自己的一切都给你。”

时间一天天过去，佳丽对刘海说：“我们都有自己的事，不能天天这样陪着梁山了。”

刘海说：“梁山是我的亲密战友，我不在他身边有些不放心。”

佳丽说：“有什么不放心的，我们不在他身边说不定他能恢复得更快些。”

梁山没有刘海、佳丽的陪伴，依然经常来到吴丽的坟墓前倾诉。有一次梁山拿着从未穿过的那双鞋和828团的老水壶，又来到吴丽的墓前倾诉，突然他想起了祝英英，自言自语地说：“英英你现在好吗？你等着我，我现在就回去，我还要把吴丽的灵魂带回大陆。”

梁山离开了军营，开始在台湾岛上过着漂泊流浪的生活……

耿壮的娘天天看着祝英英，寸步不离。祝英英像蹲监狱一样，神魂颠倒、无可奈何。耿壮见自己的娘如此霸道也很生气，整天在地里埋头干活，不想在家。

一天，祝英英想去厕所，但耿壮娘发现后很严厉地叫道：“你想上哪去？回去！”

祝英英身子一震，回答：“我要解手。”

没等耿壮娘说话，耿壮就说：“娘！你怎么这样？人家去厕所都不让，你太过分了！”

耿壮娘说：“你这个死孩子，我真是好心不得好报啊！还不都是为了你，我不看紧点万一跑了怎么办？”

耿壮摇了摇头说：“娘，你看着她也没用！人心都是肉长的，她说过，抵完六十元债才离开，你现在把人家看得死死的，怎么抵债?”

耿壮娘说：“只要她安分守己做我的儿媳妇，什么都好说!”

耿壮恳切地叫了一声：“娘！不要再做梦了，收她做女儿罢了，我看你是想孙子想疯了！从小您老就教我长大以后要做个好人，可现在，您怎么想不开?”

耿壮娘哼了一声说：“你小子也能教训我？做女儿谁给我生孙子？我就是霸道，不讲理。从今天起，我把我那只马桶放在你们房间里，我就不让她出门，直到孙子生下来……”

耿壮的娘拿了自己的马桶看了看，发现有块木板已经松动，心想要有人会修就好了。她见耿壮又要出门，急忙拦住说：“马桶坏了，你去把它修好。”

耿壮来到跟前看了看说：“我又不是木匠，我可不会修。”

耿壮说完，扛起锄头就去高粱地继续除草。不一会儿，张巧珍也扛着锄头跟了进来，说：“耿壮，今天你怎么来得这么早，难道昨晚与那个祝英英没有干那事?”

耿壮回答：“不要瞎想，干活吧!”

张巧珍又说：“房间有个大美女，你能睡得着？我都替你心里痒痒。”

耿壮说：“我与你说过，人家是有男人的，我可不想拆散人家。过几天，等娘放松了警惕，我会把她偷偷地放走。”

张巧珍问：“你把人家关在房屋内，她怎么帮你家挣钱还债啊！你帮我家救火，还救了我的命，我怎么还你?”

耿壮说：“都是邻居，不用还。”

张巧珍笑了笑说：“我欠你的情，我就要还!”没等耿壮回答，张巧珍向耿壮身边紧跟了几步，笑了笑说："你怎么这样傻？你把你的种子播在我的地里，我给你出棵苗，说不定你娘会乐坏的！"

说完上前紧紧拥抱着耿壮，耿壮也情不自禁地放下锄头……

朱勇带着李颖四处流浪，可喜的是木匠生意很好，每走一个村庄基本都有活干。一天朱勇在吆喝："修补木桶、木锅盖、桌椅、板凳……"

这呼喊声被耿壮的娘听见，她急忙走出门外，叫道："木匠！你过来看看，我家有一件东西你看看能不能修好？"

朱勇听后回答："好！大娘，我这就去看看。"

朱勇让李颖看着工具，独自一人跟随耿壮娘进了耿家。耿壮娘用手一指墙角那只马桶，朱勇看了看说："大娘！这马桶太旧，不好维修，不如我给你做一只新的。"

耿壮娘问："做一只需要多少钱？"

朱勇回答："不多，两块钱。"

耿壮娘摇了摇头说："要是平时两块钱算不了什么，可是现在家里确实没有钱了，买油就没有买盐的，买盐就没有买火柴的。"

朱勇听后，前后看了看耿家的院子，说："老人家，看你家也不像是没有钱的人家。"

耿壮的娘无奈地说："新中国成立前我家的日子是不错，自从家里被划成地主成分后，我儿媳就与村长勾搭上了，我儿子耿壮很生气！还好，我给耿壮买了一个女人。"

朱勇听后说："大娘！这样不好，买卖人口是要犯法的。"

耿壮娘说："管他去，他村长能搞破鞋，我就不能买个儿媳妇？要犯法也是他先犯的！”

朱勇听后笑了笑说：“这事我管不了，听你说得够委屈的，这样吧，今天我就免费给你做个马桶，给碗饭吃就行了。”

耿壮娘看了一眼朱勇，说：“看你这孩子够实在的，马桶不做了，我给你盛一碗饭吃！”

朱勇见耿壮娘不想再做马桶，便想离开。

就在这时，耿壮回来了，他看见站在院内的，朱勇问：“娘！家里来客人了？”

耿壮娘回答：“不是的，我是让他来修马桶的。”

耿壮说：“娘！马桶不要修了，就连那个精神不正常的祝英英也给放了。”

朱勇一听感到吃惊，心想怎么这里也有一个名叫祝英英的，而且精神也不正常？

就在这时房间内传出哭啼声，只听祝英英叫道：“梁山，我在等你，你回来吧！”

朱勇听到喊叫声更是惊呆了，急忙问：“你们买的这个女人我认识，她怎么来到这里？”

耿壮回答：“是一位卖货郎卖给我们的。”

朱勇急忙叫耿壮娘把门打开。

朱勇见祝英英傻乎乎地站在窗前，两眼直盯窗外，叫了一声：“祝英英你怎么在这？我是朱勇啊！”

祝英英慢慢地转过身子，问：“朱勇，你是朱勇？你回来了，梁山呢？”

朱勇见祝英英确实精神恍惚，上前问耿壮娘："你们买她花了多少钱？我还给你们。"

耿壮娘回答："六十块钱。"

朱勇说："她是我的同学，我把她赎回去，你们等着，我现在就去给你们拿钱。"

耿壮和他娘都感到奇怪，朱勇急忙来到李颖身边，将祝英英的事情告诉了李颖，李颖也感到吃惊。

朱勇挑起工具箱向耿壮家走，李颖叫道："还有一家工钱没有收呢！"

朱勇回答："工钱又跑不掉，先见祝英英再说。"

两个人急急忙忙来到耿家门前，惊奇地发现，一个女人跪在耿壮家的门前，只见她的脸上青一块紫一块的，脸上还有像是被指甲盖划伤的痕迹。那女人哀求道："耿壮，我错了，我已经悔改，我绝不会再犯，你就让我回来吧……"

寡妇张巧珍听到哀求声，立即回到临时搭建的草棚里，卷起铺盖，拉着几岁的虎子，向耿壮家走去。她来到耿壮家门口二话不说，就叫耿壮把铺盖接过去，说："家里都烧尽了，待不下去了，就搬你家住吧！"

耿壮接过铺盖，向自己房间走去。张巧珍拉着儿子来到耿壮娘面前，让儿子叫"奶奶"。

耿壮的娘见这突如其来的惊喜，连忙答应："唉！唉！"随后来到门前，对耿壮的前妻说："你的胆子太大了，村长的被窝你也敢钻进去，这下好，叫他的对象给你脸上挂了彩。我们家容不下你，你走吧。"

耿壮的前妻无奈地叹了口气，起身离去。

朱勇走进耿家院内，将自己仅有的几十元钱交给了耿壮的娘，耿壮的娘终于同意让朱勇和李颖把祝英英带走。李颖问：“朱勇，我们现在该去何方？”

朱勇回答：“我们往回赶，把祝英英送回家。”

李颖说：“往回赶？我身子太累了，能先找个地方休息一会就好了。”

朱勇说：“走吧！我想梁川也在寻找祝英英。”

刚刚离开耿家，李颖急忙说道：“前面有一家工钱没有收你忘记吗？”

朱勇一听笑了笑说：“你不说我还真的忘了，你与祝英英在这等着，我现在就去把钱收回来。”

说完，朱勇把工具担子放下，让祝英英、李颖坐在一旁，自己急匆匆地离开了。祝英英坐在一旁，李颖靠在一旁，不一会儿李颖就睡着了。

朱勇拿到工钱，急匆匆地回来，发现祝英英不见了，只剩李颖还在呼呼大睡。朱勇急忙叫醒李颖，问：“你怎么在睡觉，祝英英到哪里去了？”

李颖揉揉眼，惊慌失措地叫道：“哎呀！我睡着了！我真的不知她到哪里去了！她会不会又回到耿家？”

朱勇一听火了，叫道：“你看看你，只顾着自己睡觉，连一个人也看不住！”

李颖也叫道：“我哪知道她会跑！要怪只能怪我这几天身子不舒服！”说完慌里慌张地向耿家跑去。她刚跑几步，突然感到头晕眼花、天旋地转眼看着就要跌倒了，朱勇见状急忙跑过去，但李颖已经摔倒。朱勇心疼地说：“都怪我，不该对你发脾气。”

李颖躺在地上擦了擦脸上的汗水，说：“我没怪你，我怪自己没用，连一个人都看不住。你不要管我，快去找祝英英，她精神不正常，千万不能再受骗了。”

朱勇放下李颖，急忙来到耿家，把事情经过诉说了一遍，他们都感到吃惊。张巧珍说：“耿壮你们快去找祝英英，我去照看朱勇的老婆。”说完大家分头行动。

张巧珍来到李颖身边，只见李颖躺在墙角，脸色苍白，裤子上还不断有血渗出，急忙上前问道：“你这是怎么回事哇?”

李颖有气无力地说：“我很难受，肯定是小产了!”

张巧珍听后急忙地往回跑，叫来耿壮娘，并拉来一辆板车。耿壮娘见了吃惊地说：“这还了得，赶紧送医院!”

张巧珍转身对身后的虎子叫了一声：“等你耿爸爸回来，你告诉他，我们都到医院去了。”

虎子听后点了点头，说：“孩儿知道啦!”

朱勇、耿壮到处寻找祝英英，但不见她的踪影。耿壮回到家后，虎子把娘交代的事一说，耿壮更是吃惊，急忙转身去找朱勇。

耿壮找到朱勇立即叫道：“朱勇兄弟，别找了，你老婆的病情严重，我们快去医院看看!”

朱勇一听十分震惊，但还想把祝英英找回。耿壮见朱勇还在犹豫，立即叫道：“你老婆是大出血，现在是火烧眉毛，还不快走!”

朱勇进退两难，急得直搓手。耿壮叫道：“兄弟快走，救命要紧，我去找祝英英。”

朱勇这才急急忙忙地来到医院手术室门口，只见耿壮娘和张巧珍站在门口焦急地等待，朱勇上前感激地说：“感谢你们把我妻子送到医院!”

就在这时，一位医生从手术室走出，说：“这个病人很严重，是宫外孕，情况不妙，正在抢救，请你们尽快交一百元押金!”

朱勇一听顿时脑袋嗡嗡作响，挠着头带着哭腔说道：“我哪有一百元，口袋里只剩几块钱。这可叫我怎么办啊?”

医生思索了片刻，说：“这样吧，我们医生的职责就是救死扶伤，没有钱我们也要抢救。我现在就请示院长，看能不能先救人后收钱，只能这样了!”

张巧珍见朱勇很为难的样子，说：“朱勇兄弟，你怕什么?”

就在这时，耿壮娘说：“你不是给我们家六十元钱吗？我马上回家拿!”

朱勇说：“那怎么好意思?”

张巧珍说：“只要能治好你老婆的病，有什么不好意思的，我不也是硬着头皮往耿家门里钻吗？现在好得很！我口袋里也有几十块钱，凑凑应该差不多!”

几个小时过去，李颖被推出手术室，随后被推进病房。耿壮满头大汗地来到医院。朱勇问耿壮：“祝英英找到没有?”

耿壮回答：“很抱歉，没有找到!”

时间一天天过去，李颖渐渐地恢复了健康，朱勇心中也安稳了许多。朱勇说：“我们回家吧?”

李颖摇了摇头说：“不！回去万万不行，祝英英还没找到，我们怎么能安心？我们俩一边干木匠活，一边寻找……”

第十七章　白浪滔天真情泪
悉心呼唤盼回归

祝英英离开李颖后，不停地向福建一带走去，终于来到大海边。只见她头戴方巾，一只手挎着一个小竹篮，那张憔悴的脸显得消瘦了许多，干裂的嘴唇早已没有了血色，脚上那双鞋早已没有了鞋底，沙滩上只留下一串血迹斑斑的脚印。那弱不禁风的身体就要倒在沙滩上，那双充满希望的眼睛，目不转睛地望着茫茫大海，泪水不断地落下，重重地砸在沙滩上。一阵海风吹过，她的喉咙内挤出微微哭啼声："梁山你回来吧，你可知道我在等你？没有你的日子我真的支撑不下去！你快回来吧，我受不了啦！"

她的声音已经嘶哑，但她还强撑着继续呼喊，直到张口无声，最后向大海走去……

一支海防人民解放军正在巡逻，发现祝英英正走向深海，立即把她捞起押到军营。可不管解放军同志怎样问话，祝英英一句话也说不出来。

一位解放军同志说："她不说，肯定是很顽固的特务，我们一定要认真审查这个间谍！"

祝英英听后忽高忽低地说："我不是间谍，我是一只蝴蝶，我想飞过海峡到台湾去。"

解放军同志听后都感到吃惊，纷纷商讨："'蝴蝶'肯定是特务的代号，我们一定要认真审查！"

解放军同志再问："你叫什么名字，你说自己是一只蝴蝶，想到台湾去，那么你去干什么？与谁联系？"

祝英英回答："我叫祝英英，去台湾寻找梁山，想让他回家。"

就在这时，从门外走进来一人，解放军同志纷纷起身叫道："李政委，你来得正好，我们抓到一个女特务。"

李政委说："那好！一定要严加审问。"随后他来到祝英英面前看了看，问道："你到底是干什么的，是哪里人？"

祝英英见有人站在面前问话，便后退几步低头叫道："我饿！我渴！"

李政委心想：这个人说话口音与我家乡口音差不多，可能是皖北人。想到这，说道："想吃想喝没问题，不过你必须回答我的问题。你以前是干什么的？"

祝英英回答："上学读书，参军打鬼子。"

李政委一听更是惊讶，立即问道："你打过鬼子？在什么地方？"

祝英英没有回答。李政委心想：念你打过鬼子，管你是汉奸还是特务，先吃过饭再说。想到这，转身叫来妻子，说："王情，你看她身上糟蹋成这个样子，你先把她带下去洗一洗，再给她弄口饭吃。"

王情回答："好嘞！"

一番梳洗后，王情惊奇地发现，竟然是祝英英！她立刻拿来自己的衣服给祝英英换上，并叫道："老李！李天良！你快过来看啊！"

李天良急忙走过来，问道：“怎么回事？”

王情叫道：“你看这是谁？”

李天良仔细一看，顿时大叫一声：“啊！我的孩嘞！怎么是英英啊！”

英英像是没有听见一样，还静静地待在那里……

王情仔细观察了一番，说：“老李，我看祝英英是大脑受到刺激了，现在看起来很不正常啊。”

李天良说：“真让人不敢相信，这丫头从小就活泼可爱，当年在战场也是机智勇敢、英勇善战，怎么现在变成这样了？”

王情问道：“你们在审问时她有没有说什么？”

李天良回答：“我没有审她，我去问审她的几位同志。”

不一会儿，李天良找到几位同志，问：“你们几个是怎么发现祝英英的？”

一位解放军同志说：“我们在海边巡逻时，见她与其他人不一样，她自己站在海边面对大海，随后又走向大海，好像是绝望自杀。我们几个一致认为她是特务，像是与敌人失去联系后的绝望自杀。后来我们几个审问时，她说要去台湾找人，要让一个叫梁山的回家，后来你就进来了。”

李天良听后点了点头，说：“幸亏你们救了她，我替英英谢谢同志们，同志们辛苦了。这几天风浪比较大，不要让渔民出海，以免遇到危险。”

说完李天良又回到后院，只见王情端来饭菜放在桌子上，叫道：“祝英英快过来吃饭！”

祝英英像是没有看见一样，依然站在窗前望着海面。王情见祝英英没有反应，便上前将她拉到桌前，祝英英见是饭菜，立即狼吞虎咽地吃起来。李天良见此情景，有些心疼地上前劝说：“英英不要慌，慢点吃。”

王情叹了口气说：“这孩子像是多日没有吃饭了，不然不会饿成这样!”

祝英英抬起头看了看李天良，李天良问：“英英你怎么到这里来的，梁山呢?”

祝英英一听“梁山”两个字，顿时停止了吃饭，并且立即将口中的饭吐了出来，兴奋地上前拉着李天良的手叫道：“啊！你知道梁山，他在哪?你带我去找他!”

李天良见祝英英是这个状况，感到吃惊。只见祝英英顾不上吃饭，那哀求的眼神让人难以形容。

祝英英两手紧紧握着李天良的手不放，说：“求求你帮帮忙，让梁山回家吧……”说完将李天良向门外拉。李天良顿时热泪盈眶，无奈地看着妻子王情，只见王情的眼眶也已经湿润。

祝英英见李天良不肯出门，当即跪下，一边拽着李天良，一边苦苦哀求：“求求你！求求你！只要你带我见到梁山，我就为你做牛做马终生无悔!”

李天良擦了擦眼睛，看着王情难过地说：“王情，看样子英英这丫头受了不少委屈。”

王情拧了一下鼻涕，蹲下身来说：“妹子，你还认识我吗?”

祝英英摇了摇头，李天良问：“英英你还认识我吗？我是天良啊!”

祝英英摇了摇头，说：“不认识。”

李天良又问：“英英你记得日军轰炸了你们的学校吗？你记得江北抗日战场上那些惊心动魄的场面吗？你记得你用那一颗颗善良的子弹，迫使日本鬼子丢下枪吗？你还记得江南游击队有一个李政委吗?”

祝英英听后抬起头眨了眨眼睛，看了看李天良，回答：“你是李政委，还有大队长殷光勋、赵团长、吴参谋，还有梁山，听朱勇说，梁山在台湾，我现在就想去找他。”说完立即起身又想走。

李天良、王情急忙跟随出去。王情拦住英英不让她前行。李天良说：“英英啊！你放心，台湾一定会回归的。你不是想找梁山吗？我带你去！”

祝英英听后立即说道：“好！谢谢你！谢谢你！”

李天良说：“英英，你想见梁山，就跟我回去，明天我们就去找梁山。”

梁川见嫂嫂离家出走不知下落，自己也六神无主。虽然生活上有马垚叔叔照顾，但内心不免失落，身体也一天天消瘦。就是在校读书也是心不在焉的，放学后，没有马萍跟着也不知道回家。

那天是星期天，梁川静悄悄地坐在马家院内，马萍急急忙忙地跑到家里，叫道：“梁川！你家门前停了一辆吉普车，还有解放军呢。”

梁川感觉很纳闷，思索了片刻说：“现在我家没有当兵的，怎么有解放军的车停在我家门口？走！我们过去看看。”

梁川与马萍来到家门口，只见郭书记也赶到，说：“欢迎李天良同志回来，这次祝英英不幸走失多亏你们帮助，不然她命葬大海我们也不知道。”

梁川一听欣喜若狂，快步跑进屋，一头扑向嫂子，紧紧地抱着嫂子放声痛哭：“我已经失去了娘，再也不能失去你了……”

郭书记说：“他们俩确实可怜，英英的爹娘都牺牲在抗日战场上，梁川的爹也在皖北壮烈牺牲，梁川的娘在寿州城协同国军打击日本鬼子时，下肢瘫痪了，她不想连累英英，最后自尽了。”

李天良听后深有感触地说：“郭书记，像祝英英这样的抗日英雄，又是为国捐躯的烈士后代，我们一定要多加照顾！”

郭书记点了点头说：“以前我们就把她放在心上，以后我还会继续努力帮扶，我们希望中国能早日统一，失散多年的亲人能早日团聚。”

王情说：“郭书记，祝英英现在交给你们，像祝英英这样的情况，最好不要让她待在家里，如果长时间待在家里，她会胡思乱想，可能会加重病情，最好让她参加劳动或做一些有意义事情。”

郭书记听后回答：“这是个好主意，我一定照办。”

第二天，李天良、王情返回部队……

梁川见嫂子回来也精神了许多，天天都高高兴兴地上学去。祝英英也参加了生产队的劳动，但精神一直没有恢复正常，郭书记也十分着急，他在村领导班子会议上提出这个问题，大家一致同意让祝英英就医，都想让她尽快好起来。

几个月过去了，不见祝英英好转，郭书记来到马来的办公室，与马来商量：“马营长，我与你商量一件事，我们一直在努力让祝英英同志恢复正常，但到现在也不见起色。李天良、王情回去前交代过，祝英英的病还需要精神上安抚，你天天带着民兵训练，我想让你带着她，看看她能不能慢慢恢复健康。”

马来听后半天也没有说话，心想：祝英英你要是依了我，哪来的这场病？现在弄得半死不活的，我可不带你！

郭书记见马来半天不语，于是问道：“马来，你怎么不回答我，多年来，你接受党的培养教育，怎么到今天还是小肚鸡肠的，真让人失望！”

马来说：“郭书记，我也为祝英英的病情担忧，你刚刚提的建议很好，不过现在我们民兵训练都是实弹演习，如果在训练场上出了问题，事就大了!”

郭书记听后叹了口气，说：“你说得有道理。”

这时张早燕进来，笑了笑说：“郭书记也在，有什么指示?”

郭书记笑了笑说：“谈不上指示，我刚刚与马营长商量，想给祝英英找个适合她的地方让她恢复正常。”

张早燕眨了眨眼说：“郭书记你找我就对了，我来帮助她，让她进入我们铁姑娘队吧，明天去修淮河，放心吧，不会让她干重活，我们队可热闹啦！说不定她去那里会很开心的。”

郭书记欣慰地叫好：“好啊，我怎么没想到，祝英英就交给你了。”

陆运得知祝英英已经回来，缺德的他心中有鬼，不敢见祝英英。一天陆运路过祝英英家门口，见祝英英独自一人待在院内。陆运四处看了看，走上前叫了一声：“英英你回来了？你可把我急坏了。”

祝英英抬头看了看陆运，陆运看她若无其事的样子，心里安稳了许多。他还想靠近祝英英，就在这时，他听到孩子们的嘈杂声，心想学校已经放学了，便急忙离开。

梁川放学回来，见嫂子坐在院内，上前问道：“嫂子你饿了吧？我去做饭。”

梁川放下书包走进厨房，忙了很久，把饭菜端上桌后，又端来一盆清水放在嫂子面前，然后轻轻地给嫂子擦洗脸和手。这时一阵笑声，打断了梁川的忙活。梁川循声看去，只见郭书记提着一袋面粉站在门前，满意地点头，说：“你们叔嫂相依为命、相处融洽我很开心，以后你们缺什么尽管说。”

梁川说：“谢谢郭书记的关心，我们现在不需要。如果需要我与你说。”

郭书记将面粉放下，说：“梁川，如果你一边上学，一边照顾你嫂嫂忙不过来，你们就到我家吃饭去。”

梁川笑了笑回答：“我能照顾嫂嫂，我已经长大了。之前马萍也想来帮忙，但被我拒绝了。”

郭书记听后满意地点了点头，说：“明天张早燕同志要来，想让你嫂嫂参加铁姑娘队，希望这能让你嫂嫂的病恢复得快一点。”

梁山听后说：“好！”

第二天，张早燕把祝英英带到工地，工地上有男有女，人山人海，彩旗飘飘，大家都在响应毛主席“一定要把淮河修好”的号召，都忙得热火朝天，就连马来的民兵队也在积极干活。祝英英虽然神志不清，但也能与大家一样不停地劳作，陆运也混在其中。

到了中午，随着一声高叫：“开饭了！”大家便纷纷拿着碗筷，在大灶旁排起了长龙。张早燕端了一碗饭菜坐在一旁刚想吃，突然发现祝英英还在一旁站着，于是急忙放下碗筷，拿起祝英英的碗继续排队。

陆运见张早燕，心想：这个女人可能是个水性杨花的女人，说不定我能将她搞到手，我这样大年纪能娶到她做老婆那才幸福呢！

到了晚上，陆运守在女生帐篷旁，等待张早燕出门。可也真巧，张早燕走出帐篷，向临时厕所走去。陆运见了心情激动，立即跟了上去，小声说：“早燕姑娘，你想上厕所，我为你备好了纸，给！”

张早燕一听感到大惊，回头看了看陆运。陆运又说：“你千万要讲卫生。”

张早燕听后心想：这人怎么这样讨厌。

陆运又笑了笑说："人家是关心你嘛，这叫卫生纸，城市人基本都用这种纸，很贵的！我自己都舍不得用，专门留给你的。"

张早燕立即骂道："你怎么这样不要脸？滚开！"

张早燕骂完想返回。陆运立即上去拉着张早燕的手说："我真的很喜欢你，你要是依了我，我挣的工钱都给你。"

张早燕见陆运如此好色，立马挣脱他的手，向他脸上吐了口唾沫。陆运依然嬉皮笑脸地凑上前，但被张早燕一脚踢开……

第二天，张早燕把马来叫到一旁，说道："马来，我想与你说件事，希望你帮我保密。"

马来说："我们俩快要结婚了，有啥秘密说吧！"

张早燕将昨天晚上的事说了一遍，马来听后，气得咬牙切齿，硬要去揍陆运一顿。张早燕立即说道："我又没吃亏，你这样一嚷嚷，我张早燕比陆运那个死老头子更丢丑！"

马来想了想愤恨地说："那好！我去叫他滚蛋！"

张早燕急忙说："马来，工地上姐妹很多，千万不要闹得沸沸扬扬，找个理由让他回家就是了。"

马来来到陆运面前，说："陆运，工地上人太多，今天你就回去吧！"

陆运立即叫道："一个破营长就有这么大的权？有本事把张早燕赶回去！想赶我回去？没门！"

马来说："不要与我要嘴皮子，你不回去不行，这是组织安排！"

陆运哼了一声，说："哎呀！我就不回去你有什么招？"

马来见陆运是这个德行，气得不知如何是好，走上前推了陆运一把，没想到陆运招架不住后退几步，最后竟倒在身后的深水塘里。张早燕见了急忙呼叫："救命啊！有人掉进深水塘里啦！"

祝英英听到叫声，一头跳进深水塘，当祝英英进入水底时，突然如梦初醒，她发现有人在水底挣扎急忙将其救出。陆运被救上岸后，呆呆地坐在水边，心想：没想到是你祝英英救了我，要知道我对你没少做亏心事啊。

祝英英待在水里，只露个头，向岸上看去，心想：我怎么会在这？还下水救人，救的竟然是我讨厌的陆运！

这时岸边已经站满了人，张早燕对祝英英喊道："祝英英！还不快点上来！"

张早燕喊了半天，见祝英英没有反应，立即把马来推下水，叫道："你快去救她！"

祝英英见马来向自己游来，便把头缩进水中，避开马来上了岸。就在这时，工地派出所派来了公安，公安人员的身后站着一个人，他用手指着陆运说道："就是这个叫陆运的把祝英英给卖了！"

陆运听后，后退几步，公安上前问道："你叫陆运吗？这位是蚌埠人，名叫朱勇，他告你拐卖人口！"

陆运听后，吓得连连后退几步，否认道："我怎么会拐卖人口？"

就在这时，祝英英走过来叫道："朱勇！你怎么来啦？"

朱勇见祝英英精神恢复正常感到很欣喜，于是问道："祝英英，你的病是不是好了？"

张早燕挤上前说："她没有好，我见她一直待在水里，还担心她会出事。"

祝英英听后笑了笑，说："我确实有病，不过刚刚已经好了。我自己也感到奇怪！"

朱勇说："我这次来告诉公安，就是想把陆运抓起来，原因是他拐骗了你！"

祝英英沉思着，半天也没有说话，心想：这个陆运确实该死！是他把我卖了。可是，今天要不是他落水，我去救他时被水底的冷水激了一下，也许我的病也不会好。嗨！就这样一笔勾销吧！想到这，祝英英对公安说："没有啊！"

朱勇听后吃惊着急。祝英英来到朱勇面前，小声说："我记得你到过耿家庄！"朱勇像是明白了许多，心想：祝英英被卖一事如果被传出去，确实对她名声不好，唉，算了！

陆运站在一旁，心想：完了，我这一回真的要被判刑了！

这时，就听祝英英说："谢谢老同学的关心，那不是拐卖，而是陆运欠了人家的钱，是我自己愿意帮人家干活，帮陆运抵债的。"

陆运见祝英英如此为自己开脱罪责，内心既愧疚又感动，顿时激动得泪水难以控制。公安人员问："陆运，这是真的吗？"

陆运来到祝英英面前，说："对不起！是我为难了你。"

祝英英看了一眼陆运没有说话，张早燕感到不可理解，说："祝英英！你是不是真的清醒了？这简直让人不敢相信！"

祝英英只是笑了笑说："我也想把过去忘掉，可总是印在脑海里。"

公安人员问马来："马营长，你今天与陆运是怎么回事？"

马来回答："昨天晚上，陆运要流氓！"

陆运一听急忙说道："昨晚我是好意！说我是耍流氓，这不公平！你这个大营长想害死我？要不是祝英英救了我，我这一回就死定了！”

公安人员吃惊地说：“啊！怎么还要害人？马营长！这可不是你的所为！今天你们都到派出所，把事情讲清楚！”陆运、马来被带走。祝英英心想：这两个不老实的东西，早该好好教训他们了！

郭书记得知马来和陆运被带走的消息后，急忙来到工地。张早燕见郭书记来了，急忙来到跟前叫道：“郭书记你可来了，这下麻烦了！马来也被带走了，如果马来被判个一年半载的那该怎么办啊？”

郭书记回答：“马来要是真正的触犯了法律，谁也救不了他！”

张早燕叹了一声：“嗨！我的天哪！我与马来已经准备好了，打算过几天就结婚的，这怎么办呀？”

祝英英听后沉思了一会儿，突然向工地派出所走去。她来到派出所门前，见马来、陆运都在，急忙叫道：“陆运！你要是胡说八道，我不会轻饶你！”

陆运听后回头看了看祝英英，心里打个冷战。

公安人员见祝英英趴在门外，问道：“你是祝英英，为何不进来说话？”

祝英英转身走进派出所，两位公安人员站起身来，说：“差一点我们公安酿成大错！”

祝英英笑了笑说：“我这次前来就是想协助你们的工作。”

公安人员倒了一杯水递给祝英英，说：“祝英英同志，我们知道你心地善良。可是在法律面前人人平等，不管是谁，只要触犯了法律，都要受到法律的制裁！”

祝英英问：“他们犯的都是小错误，你们怎么处罚他们？”

公安人员说："我们已经掌握了大量证据，可以证明陆运不仅仅犯了拐卖妇女罪，还犯了性骚扰罪，可不是小错误。"陆运听后回头看了看祝英英，不由得低下头。

祝英英沉思了片刻说："公安同志，陆运没有拐卖我，也没有侮辱我，性骚扰的事也只是一小点摩擦。"

陆运听后内心感到愧疚不已，便向祝英英投去感激的目光。公安人员用遗憾的眼神看着祝英英，说："没想到，我们去耿庄调查了一个月，回来被你一口否决，我们尊重你的选择。"

第十八章　日久生情须明理
长嫂如母劝梁川

这时朱勇也来到门外，祝英英见了，急忙上前一把拽着朱勇，说："朱勇，我们回去，这里不关我们的事。"

朱勇感到莫名其妙，跟随祝英英离开了。祝英英带着朱勇一边说一边往前走，发现马垚向工地派出所走来。祝英英、朱勇便迎了上去，劝他回家。马垚回答："你们不要劝我，我对自己的儿子是一本清账，公安要了他的脑袋才好呢。"

马垚不听劝告，来到派出所，祝英英和朱勇又跟在马垚后面回到了派出所。马垚一进门就骂道："马来，你这个不争气的东西，判你死罪也不足为过!"

公安人员见马垚来了，急忙起身让座，并说："老人家不要生气，国有国法家有家规，我们会秉公执法，你就放心吧!"

马垚说："我是一个老党员，现在自己的儿子犯了罪，我很惭愧啊，请公安同志一视同仁、依法惩处!"

马来扭过头叫道：“爹！他陆运骚扰张早燕，我才想修理他的。”

马垚骂道：“闭上你的臭嘴！作为一个民兵营长不遵纪守法成何体统？”

公安人员说：“老人家，消消气，像马来这样的情况，我们准备让他回去接受学习，像陆运这样的惯犯我们准备拘留他十五天。”

马垚听后立即说道：“不行！这小子犯了法，就应该蹲监狱。”

就在这时，张早燕赶到派出所，一进门就嚷嚷：“求求公安同志，求你们不要判他们俩重罪，事情已经过去，就放了他们吧。再说，我与马来下个月就要结婚，我可不想抱着公鸡拜堂。”

陆运回头看了看张早燕，说：“公安同志，你们把马来放了吧，不能耽误他们的婚姻大事，事情都是我引起的，一切罪过由我承担！”

公安人员听后笑了笑，说：“陆运，你能这样想我们很高兴，知错就改就是好同志，我们准备拘留你俩每人三天。”

马垚叫道：“马来是村民兵营长却知法犯法，判他三天太便宜他了。”

张早燕说：“马叔叔！你真想让我抱着公鸡拜堂……”

梁山在台湾成了流浪汉，刮风下雨也不知躲藏，还不停地在大雨中大喊大叫：“荷花开吧，乌云散吧，我想娘啦，我要回家！”

过路人见了纷纷说：“又是一个想娘想得都疯了的，嗨！”

一位老太太见了，拿了一把雨伞走上前，将他拉到了屋檐下，梁山用感激的眼光看着老太太，叫道：“你是我娘？你肯定是我娘！”

老太太回答：“你认错了，我哪是你娘！”

梁山又仔细地看了看，说：“你就是我娘，不然你不会这样关心我！”

老太太十分同情地说："我不是你娘，想娘的不是你一个。"

梁山用疑惑的眼光看着老太太，说道："娘！怎么就你一人，祝英英到哪去了?"

老太太被梁山问得有些糊涂，说："你这孩子，说的话我也听不懂，祝英英是谁?"

梁山回答："小时候你告诉我，她是蝴蝶我也是蝴蝶，我们是天生的一对。"

老太太听后说道："这个傻孩子，说得真可笑，难道你们是梁山伯与祝英台？看你身上这样脏，走！到我家去，让我家老头子给你洗洗。"

梁山被老太太带回家，让老头子给他清洗一番，换好衣服。老头子叹息说："唉！这两岸关系何时才能好转？都是一家人，有什么谈不好的?都想干什么啊!"

老太太笑了笑说："你说得好听，你不也是被你的兄弟赶出了家门，我们只能住在庙旁。"

老头子笑了笑说："我的兄弟富有远见，他是让我们腾出地方办厂，你还别说，他已经干出名堂来，挣了大钱，前几天告诉我说，给我们盖了一套大的别墅，让我们回去呢!"

老太太笑了笑说："那你有何打算?"

老头子回答："那还用说，肯定回去!"

老太太指了一下梁山，问："这个傻孩子怎么办?"

老头回答："这孩子还好，带着他吧，以后也能帮着干干杂活，给他一口饭吃，说不定他以后会好的……"

喜鹊在树梢上喳喳地叫着，马垚家院内热闹非凡，一阵鞭炮声后，马来拉着张早燕进入家门。祝英英见了骤然停住了脚步，远远地看着。这时陆运来到祝英英身边，说："英英，对不起！想想以前的我简直就是一个畜生！不，我不如畜生！在工地派出所，我就暗自发誓，从此以后我再也不做不道德的事了。"

祝英英看了陆运一眼，说："好自为之吧！"说完转身就走。

祝英英回到家里，将手中的菜篮子向地上一扔，泪水瞬间涌出，自言自语说道："梁山你什么时候才能回来，人家马来都结婚了。"

这时，一双手从背后紧紧地抱住祝英英，祝英英吃惊地回头一看，说："梁川，你回来了？"

梁川抬头看了看嫂嫂，说："嫂嫂，你看见马来结婚，又想哥哥了？"

祝英英说："放开我！"

梁川回答："不放！抱着嫂子的感觉很好！"

祝英英说："你瞧瞧自己，都有嫂子高了，让别人看见不好。"

梁川回答："有什么不好？嫂嫂你已经苍老了许多，我快高中毕业了，等我毕业就娶你！"

祝英英听后大吃一惊，立即说："胡说！我是你嫂子，你怎么能娶嫂子呢？"

梁川放开嫂子，回答："嫂嫂！我知道你一直为哥哥坚守贞洁，可是等他回来已经不可能了，你应该解放自己，不要再无休止地等待。"

祝英英瞪了一眼梁川，说："喝了几年的墨水，连忠诚都不知道了，这书等于白念！等你毕业，嫂子就做主把你和马萍的婚事给办了。"

一个月后，梁川兴高采烈地回到家里。嫂子见了问道："怎么今天这样高兴?”

梁川笑嘻嘻地说:“嫂嫂!我告诉你一个好消息!”

祝英英问:“你哥是不是回来了?”

梁川立刻把脸沉了下来,说:“嫂嫂你怎么又想起哥哥,过去就让他过去吧,我们要面对现实、走出困境、追求未来。”

祝英英笑了一下,问:“你刚才说有好消息,什么好消息?”

梁川回答:“嫂嫂,我已经毕业了,并且我们公社聘请我当会计,明天我就到公社报到。”

祝英英立即说:“梁川,你真有本事!明天嫂嫂陪你一起去报到……”

第二天,祝英英陪着梁川来到公社,见办公室里坐着两个人,一位是公社书记,另一位穿着军装。两人见祝英英和梁川进来,很客气地让座。公社书记问道:“你们来有事?”

梁川说:“我是刚刚毕业的学生,人民公社照顾我,给了我一份会计工作,我今天来报到。”

公社书记听后笑了笑说:“你叫梁川,我们就缺你这样的人才,人民公社欢迎你!”说完指了一下旁边穿军装的同志说:“这位是刚刚转业的海军同志,我们公社准备让他在人武部工作。”

祝英英一听,立即问道:“你是海军?你到过台湾海峡吗?”

穿军装的同志回答:“到过,经常在那巡航。”

祝英英又问:“你见过台湾人吗?那些当兵的想回来吗?”

穿军装的同志回答:“他们当然想回来!前几天,我们还打捞几具尸体,经验证,可能是台湾的军人!”

祝英英听后立刻打了个冷战,半天没有说话,只是发呆。就在这时郭书记走了进来，郭书记笑了笑说："祝英英、梁川，你们也在啊。"

祝英英听后立即回答："是的，郭书记你好！"

公社书记站起身来，说："郭书记，你来得正好！你们村自从张早燕接任民兵营长以来，民兵工作抓得很到位啊，被评为先进了！"

郭书记开心地笑着说："好啊！这丫头虽然识字不多，但对工作很认真，这不，干出成绩来了！"

公社书记说："郭书记，我们公社明天要在你们村召开基干民兵先进集体大会，希望你回去准备一下。"

郭书记听后很高兴地说："好！我现在就回去做好准备工作。"

祝英英立马叫道："郭书记你等等，我和你一块回去。"说完转过身对公社书记说："梁川我给你送来了，他年纪轻，没有工作经验，希望你们以后还要对他加强教育。"

公社书记笑了笑说："可怜天下父母心啊！能把梁川培养成这样，你是一个合格的母亲！"

郭书记听后哈哈大笑，梁川叫道："她是我嫂嫂，不是我娘，我娘早就过世了！"

公社书记一听，脸红了，半天才说出："嫂嫂好啊！我们安徽就出嫂娘，包公的嫂嫂就是范例。"

祝英英感觉有些头晕，勉强地笑了笑说："多谢书记的夸奖，我和郭书记回去了。"

祝英英回到家里，那位穿军装的同志的话语一直在她脑海里闪现。祝英英时而心情烦躁，时而心情激动，时而满头大汗不知所措，不一会儿晕倒在床上……

天快要黑了，梁川从公社回来，路过村头时，只见陆运迎面走来，叫道："梁川！你回来了。"

梁川吃惊地问："你想干什么？是不是还想干坏事？"

陆运笑了笑回答："梁川，你不要把我想得太坏，我已经改造好了。我今天在这等你，就是想让你帮助你嫂嫂，挽救你嫂嫂！你看不见吗？你嫂嫂这几天有些不正常！是因为她看见马来已经结婚，所以更加想念你哥哥，如果这样继续下去，你嫂嫂的一辈子就完了。"

梁川听后，感觉陆运说得很有道理，于是问道："你让我怎样挽救她？"

陆运笑了笑说："我不是使坏，我说老实话，你娶了你嫂子吧，这事只有你能办到。"

梁川听后瞪了陆运一眼，骂道："还是没安好心，滚开！"

梁川回到家门口，停止了脚步，想了想，感觉陆运说得很对，如果让嫂嫂这样下去，真的是毁了嫂嫂一生。想到这，他推开门，见屋里静悄悄的，他又来到嫂子的房间，见嫂子躺在床上，他想起陆运说的话，情不自禁地趴在嫂子身上亲吻着嫂子，只听嫂子像在做梦似的叫道："梁山！你没有掉进海里，你终于回来了，我祝英英真没有白等！"

祝英英紧紧地搂住梁川的背。梁川感到吃惊，用手摸了摸嫂子的头，才知道嫂子在发高烧。梁川立刻挣脱嫂子的怀抱，狠狠地打了自己几个耳光，随后把嫂子背起去看医生……

祝英英在医疗室打了针，高烧慢慢退了，祝英英奇怪地看着梁川问道："是你把我弄到医疗室的？"

梁川没有回答，只是点了点头。祝英英又说："梁川，我做梦了，见你哥哥没有掉进海里，他回来了，我感觉好幸福！”

梁川听后，感觉自己的脸热乎乎的，说：“嫂子，做梦都是假的，你烧已经退了，我们回家吧！”

梁川陪着嫂子回到家里，梁川说：“嫂子，你身体不好，就躺在床上休息，你想吃什么我给你做。”

祝英英笑了笑说：“好啊，今天我就尝尝你的厨艺。”

梁川一阵忙活，烧了两碗汤，端在桌子上。祝英英喝了一口，说：“不错，很好！你能做饭我很高兴，以后嫂子不在你身边，一定要学会自己照顾自己，马萍这丫头长得漂亮又贤惠，以后就娶了她！”

梁川一听，感觉嫂子与平时说话不一样，心想：嫂嫂是不是知道我昨天的不良行为？想到这，梁川立即跪在嫂子面前，说：“嫂子对不起啊！昨天我听信了陆运的话，才对你无礼的。”

祝英英感觉梁川说得莫名其妙，急忙问道：“什么陆运的话？什么无礼？还不快起来说？”

梁川将昨晚的事叙说一遍，祝英英说：“梁川，你知道我与你哥已许下山盟海誓，我一定会为他坚守贞操的。”

梁川叹了一口气说：“嫂子！我不能眼睁睁地看着你孤苦伶仃。我不打算娶马萍，一定娶你！”

祝英英听后立即叫道：“不行！你与马萍是天生的一对，绝不能更改！即便是你哥命葬大海，我也一定去陪他！”

梁川叹了一口气，说：“嫂子你怎么就执迷不悟呢？如果哥在台湾结婚了，还有一群孩子，你怎么办？”

嫂子回答：“凭我对你哥的了解，他不会的，就是他结婚了，还有一群孩子，起码我不后悔。梁川，明天我们村开民兵会议，我想那个穿军装的同志也会来，我想问问他在海边打捞的两个台湾人长什么样，是不是像你哥？”

梁川叹了口气，说：“那好吧！”

第二天，祝英英与梁川来到会场，马垚手持拐杖见到祝英英，叫道：“英英你也来了，我有事找你。”

祝英英说：“马叔叔，你说吧！”

马垚笑了笑说：“马来与早燕已经结婚，他们的婚事确实办得太晚了。你看我也老了许多，说不定哪天就没啦！我想趁着有生之年，把梁川和马萍的婚事也给办了。”

梁川听后偷偷地离开，祝英英笑了笑说：“好啊！我也在琢磨这事，婚期就由您老人家做主。”

就在这时，梁川把穿军装的同志带到祝英英身边。祝英英很客气地说：“对不起！打扰了。我请问一下，你们在海里打捞的两位台湾人长什么样？”

穿军装的同志回答：“我们打捞上来时，尸体已经腐烂，无法辨认，只是在他们身上发现了台币。”

祝英英听后突然心情变得沉重起来，就不敢再问了……

开完会，祝英英与梁川回到家里，对梁川说：“梁川，今天马叔叔说的话你肯定听见了……”

梁川还没等嫂子把话说完，立即叫道：“不要说了，我绝不娶马萍！非你不娶！”

祝英英见梁川依然不听，于是严肃地说：“嫂子知道你是同情我，可你的好意会把嫂子逼上绝路啊！我们在一块生活这么长时间，你还不了解嫂子吗？”

梁川也很严肃地说：“嫂子！我读过书，我知道什么是真爱，你就把我当成接力棒吧！”

祝英英摇了摇头说：“梁川你怎么就不听嫂子的劝呢？嫂子不好，嫂子老了，孩子也不一定能生了，你娶我太荒唐了。”

梁川很不耐烦地说：“好啦！好啦！不要再说了！我们家就我们俩，我是男人，我说了算，今天晚上我就与你睡一张床上！”

祝英英着急地说：“梁川！你读书人明事理，我是你嫂子，嫂子如母，一定要听我的！”

梁川说道：“好啦！我要去上班去了！”

梁川说完就走……

祝英英独自一人闷闷不乐，心想：真像梁川说的那样做，咱们村里人会怎么想？我做梦梁山回来了，有人说梦是相反的；梁山肯定死了，我要去找他，与他一起葬入大海……

第十九章　舍己救人扑向前
天下无巧不成书

祝英英顺着淮河大堤赶到朱勇家，想让他前去劝劝梁川，但不见朱勇，只有朱勇的妻子李颖在家，祝英英便把事情的经过和自己的想法与李颖叙说了一遍。

李颖说："朱勇这几天可能回不来，他出门给人家做家具去了，我这刚生了孩子还没有满月。你在这住几天，等朱勇回来再让他去劝劝梁川。"

祝英英说："谢谢你，这事等朱勇回来你告诉他，我还有事不能待在这里，我要走了……"祝英英告别李颖，匆匆离去。

第二天朱勇回来了，李颖将祝英英相托之事与朱勇叙说后，朱勇不停地点头。对梁川的决定感到敬佩，于是准备到祝英英家看看。

朱勇急急忙忙地来到祝英英家，只见梁川急得像热锅上的蚂蚁。梁川发现朱勇到来，立即起身迎接，叫道："朱哥，你来了，嫂子在你那吗？"

朱勇说："昨天你嫂子到过我家，让我来劝劝你，你们俩是不可能的。

随后她说她还有事，等我回来时她已经离开了。”

梁川说：“这都怪我，是我把嫂子逼走的。”

朱勇说：“梁川你不是不知道，你嫂子对你哥的感情是任何人不可能代替的！以前我也有过想法，结果你也知道啊！”

梁川说：“朱勇哥，我想娶嫂子，不仅仅是同情她，也是发自内心想给她幸福！”

朱勇叹了一口气，说：“现在麻烦了，你不但没有给她幸福，说不定还会害了她！”

朱勇话音刚落，梁川叫道：“坏了！嫂子也没有亲戚，她肯定去找我哥去了！”

朱勇说：“怎么会，她前几年已经去过，结果不是白去？”

梁川说：“嫂子这次离家，恐怕难以再回来。”

朱勇问：“为什么？”

梁川回答：“前几天我们公社来了一位穿军装的同志，原来是海军，他说他在转业的前几天在台湾海峡打捞出两具尸体，而且经验证可能是来自台湾的军人。我嫂子问他长什么样子，解放军同志回答说尸体已经腐烂，无法辨认，我想嫂子肯定又去那了。”

就在这时，马萍走了过来，说：“我爹让你不要着急，我们大家都在找。我已经把饭烧好了，我爹让你们过去吃饭。”

梁川偷看马萍一眼，没有回答，朱勇起身说：“走吧！”

梁川发愣，马萍上前拉了梁川一把，说：“梁川，我什么都知道了，咱们都是读过书的人，我理解你，你是一个有责任心的男人。如果你娶了你嫂子，我会恭喜你；如果娶不成，你还是我的。”

朱勇看了看马萍，对梁川说："梁川，你看看人家马萍多么善解人意。走吧，你不饿我还饿呢！"

吃完饭，马垚说道："不管怎样，一定要把英英姑娘找回来。梁川你打算怎么找？"

梁川回答："今天下午我就到公社请个假，准备到东海海边去找。"

马萍看了一眼梁川，说："我陪你一起去！"

梁川回答："不用了。"

马萍说："我了解你，如果你找不到嫂子，说不定会投海自尽，那我怎么办啊？"

梁川站起身来说："放心吧！相信我，我一定会把嫂子找回来的。"

梁川送走了朱勇，到公社请了假，开始寻找嫂子……

祝英英恨不得一下子赶到台湾海峡。她一路询问路人，到台湾海峡怎么走最近。

经过路人的不断指点，她顺着火车道不停地向前走。

一天，一列火车快速驶来，就要撞向祝英英，在这危急时刻，一个人扑向祝英英，将祝英英按倒在自己的身下。

祝英英被突如其来的一个人按倒感到吃惊，随后听到火车像是从自己身上通过似的。祝英英想挪动自己的身体，就听那人叫道："别动！"

火车通过，那人才起身。祝英英叫道："你是谁？"

那人看着远去的火车，自言自语地说："乖乖！差一点就没命了！"

那人并没有看祝英英，只是看了看自己为救祝英英而被石子磕破的胳膊。祝英英一边看着远去的火车一边说："谢谢你的救命之恩！"

那人立刻叫道："祝英英！怎么是你？"

祝英英奇怪地说："你好面熟，可我想不起来了。"

那人笑了笑说："你不认识我了？我是耿壮啊！"

祝英英想了半天，回答："好像有点印象。"

耿壮又笑了笑说："你记不清我告诉你，前几年有一个叫陆运的把你卖给了我，最后是一个干木匠活的把你带走了。"

祝英英笑了笑说："好像有这么回事，就像做梦一样。"

耿壮起身说："前面就是我家，跟我回家去？"

祝英英感觉有些饿，说："那怎么好意思？"

耿壮说："怎么不好意思，要不是你，我还不会与张巧珍结婚呢，现在张巧珍给我生了一个孩子，我可幸福啦！"

祝英英跟着耿壮来到了耿家，受到了耿壮一家人的热情招待。祝英英吃过饭，在耿壮家的小院内四处转了转，回头看了看耿壮笑了笑说："如果我没记错，我是被关在这间屋子里？"

耿壮脸红了，不由得低下头。张巧珍笑了笑说："祝英英，你要知道你被关在这里我好心急！我天天趴在自家的墙头上向这看，恨不得翻过墙头，把门撬开让你逃走！你不离开，我和耿壮就不能成。"

耿壮娘笑了笑说："对不起英英姑娘，我糊涂，请你原谅！"

祝英英笑了笑说："大娘，可怜天下父母心，我理解您……"

祝英英离开耿家继续上路。好不容易来到海边，她四处看了看，想询问这一带有没有驻军，于是她向南赶。就在这时，她发现海边站了几个人，其中一个女人站在前面，一边哭啼，一边叫道："天良！我看你来了，你为保护人民生命财产而牺牲，我和孩子们为你感到光荣……”

祝英英一听，立即走到女人身边大声叫道：“王情大姐！李政委怎么啦?”

王情听到突如其来的叫喊，便擦去脸上的泪水，回头望去，只见祝英英站在身后。

祝英英问道：“王姐，李政委是怎么牺牲的?”

王情叹了口气说：“前几天，海上刮起了超强台风，李天良为救渔民，被海水卷走了。”

祝英英听后感到震惊，便蹲下身子，帮助王情为李天良烧纸钱……

王情将祝英英带到家里，问：“英英你怎么又来到这里？看起来你的身体已经恢复了。”

祝英英回答：“天下无巧不成书，上次多亏你和李政委，要不是遇见你们，我也不知我现在流落在何处。我这次前来还是为了寻找梁山，我们公社有位转业军人，他说在转业之前在台湾海峡打捞了两具像是台湾人的尸体，我想有可能其中一位是梁山。”

王情听后思索了片刻，说：“确实有这事，我来问问儿子。”说完，王情将儿子叫到身边。

儿子回答：“你们讲得没错，就是我们舰队打捞的，他们身上有台币，但不能证明就是台湾人，目前这两个人的身份我们还没有搞清。”

祝英英急忙问道：“你们可知道他们有多大年纪和什么长相?”

王情的儿子回答：“一个大约四十多岁，是个大胡子，另一个二十岁左右，可能是父子俩。”

祝英英听后长舒了一口气，情绪放松了许多，坚定地说：“梁山肯定还活着。”

吃过饭，王情说：“英英，你是怎么来的?”

祝英英回答：“受人指点，我是顺着火车道赶过来的，钻山洞过桥真让人胆战心惊。”

王情笑了笑说：“哎哟！那很危险！你怎么不坐火车?”

祝英英回答：“为了省点钱给弟弟办婚事。”

王情笑了笑说：“想必你太累了，你就休息吧!”

祝英英回答：“我坚信梁山还没有死，我想去看海。”

王情说：“那好吧！我就陪你到海边去。”于是两人来到海边。

祝英英面对大海满怀豪情，心情舒畅，感觉海水更蓝了，天空更晴朗了。

王情看着祝英英，叹了口气说：“祝英英，没想到爱情这个阵地你还在坚守，真让人感动。但是这样下去会毁了你自己的，我比你大不了多少，我的儿子都已经入伍参军了，你还真的要为自己考虑考虑!”

祝英英说：“姐！我早就考虑好了，关于梁山，我是活要见人，死要见尸。如果我结婚了，梁山还在等着我怎么办？所以我要等!”

王情说：“英英妹妹，说得轻巧，人生路漫长，时间不等人！你有没有照照镜子，你已经快成老太婆了，你死心塌地等他，他能等你吗？如果他从台湾带着一家人回来，你怎么面对?”

祝英英回答：“不是你一人这样说，要是真有那一天，我也不后悔，起码我信守了诺言!”

王情和祝英英顺着海边一边聊着，一边向前走着，发现前面围了一群人，俩人也好奇地来到跟前。只见梁川躺在地上，面黄肌瘦，嘴唇干燥，嘴角还流着血。祝英英见了十分震惊，立即扑向梁川，将梁川抱起，叫道："弟弟！弟弟！你怎么来了？"

梁川睁开眼，看了一眼祝英英，说："嫂子我们回家吧！我不逼你，我听你的，回去我就娶马萍。"说完又闭上眼睛。

祝英英急忙叫道："梁川！我的好弟弟！你不能死啊！你死了嫂子活着更没意义了！"

王情立刻向围观群众发出请求："请大家帮帮忙，把他抬到医院去。"

经过医生的一番抢救，医生说："这个叫梁川的，还没脱离危险，生死各占一半，我们已经尽力了，你们要有心理准备！"

祝英英听后不由得打个冷战，泪水像断了线的珍珠。王情迫不及待地说："医生同志，这个孩子是抗日英雄的后代，希望你们竭尽全力救活他！"

医生说："治病救人是我们的职责，作为医生都想把病人治好，不过这个叫梁川的，他不仅仅严重脱水，还高烧不退。放心吧，我们会尽力的。"

祝英英立马从口袋里掏出几块钱看了看，王情将祝英英的手压了回去，从自己的口袋里掏出钱帮梁川交了钱。王情说："你连火车都不坐，日子肯定艰苦，不管花多少钱，都由我付……"

时间一天天过去，祝英英日夜守在梁川身边。

突然有一天，梁川叫道："哥哥你回来吧，嫂子等你等得好苦啊！"

祝英英听到梁川在说话，心里不由得激动，立刻向医生报告。医生回答："还好！如果梁川身上的热退了，他很快就会好的！"

又是两天过去了，祝英英由于太过疲惫，靠在梁川身旁睡着了。梁川醒来后，见嫂子躺在自己的身旁，不由得触摸着嫂子的手。祝英英见梁川醒来，心情万分激动，紧紧地拥抱着梁川……

几天后，梁川恢复了健康。他们来到王情的住处，王情见梁川身体恢复了，很高兴。祝英英说："多亏王姐帮助，不然小弟的命就不保了。"

王情笑了笑说："这都是你们姐弟俩修来的福分，如果你们愿意在这生活，我会帮助你们。"

祝英英笑了笑说："不行啊！我们来就是与你告别的，我们不能在这生活，我的青春已经耽误了，我不能再让梁川误了青春。这次回去，我想把梁川与马萍的婚事给办了。"

王情听说祝英英要给梁川办婚事，很高兴地说："这是好事！既然你们想回去我也不留你们，那就坐火车回去，明天我们就去买火车票。"

祝英英与梁川上了火车，挥舞着手臂向王情告别，他们俩眼里都闪烁着激动的泪花。王情也挥动着手臂，叫："希望你们再来啊！"

回到家不久，梁川与马萍喜结良缘……

第二十章 飞越海峡人惊喜
爱情永葆创奇迹

在台湾，刘海与佳丽没有放弃寻找梁山。一天，他们带着鲜花来到吴丽的坟前，惊奇地发现有人来过，不但烧了纸钱，还摆放了鲜花。刘海自言自语地说："这会是谁来祭奠她？"

佳丽说："那还用问，肯定是她的战友！"

祭奠过吴丽后，刘海对妻子说："今天我们还要去观音庙上炷香。"

佳丽问道："干什么烧香？我不懂！"

刘海回答："求菩萨保佑梁山，让我们能找到梁山，也求菩萨保佑我们全家平平安安。"

刘海与佳丽徒步到庙前，请了几炷香，烧完香后，佳丽说："不可思议，拜菩萨也能如愿？我太累了，我去外面休息一会。"

刘海用手一指，说："那有一个亭子，我们就到那坐一会。"说完两人来到亭下休息。

佳丽笑了笑说："我感觉很疑惑，烧香就能找到人吗？如果烧香能随人心愿，以后我也来烧香。”

就在这时，刘海发现不远处有个人在扫地，刘海用手一指，叫道：“佳丽！你看！”

佳丽叫道：“梁山！一定是他！”

两人立刻来到梁山身边，刘海叫道：“梁山！你让我们找得好苦啊！”

梁山抬头看了看刘海，泪水夺眶而出。

佳丽说：“梁山，我与刘海都认为你精神不正常，说不定已经死掉了，但是我们一直没有放弃寻找你。”

梁山拍拍身上的尘土，说：“我现在一切都恢复了，只是无脸面对你们。我愧对吴参谋，是我害死了她！我想陪她死，但是我很想见到我的家人。”

刘海说：“你在庙里不是个办法，应该回部队，让部队给你找个合适的工作。”

梁山回答：“不用了，工作对我来说已经没有意义。我一直徘徊在生死之间。现在，支撑我活下去的只有祝英英，她一定还活着，一旦祖国统一，我就要回去找她。

刘海叹了一口气，说：“这让我们怎么忍心，既然你已经决定，我和佳丽一有时间就来看你。”

梁山说：“谢谢你们！希望你们能给我带来好消息……”

转眼几十年过去，祝英英已经是两鬓苍苍，就连梁川和马萍的孩子也已经大学毕业，他们对祝英英都十分尊敬……

远在台湾的梁山每年春节都拿着祝英英给他做的鞋，来到海边，面对大海高喊："英英啊！你过得好吗？你可知道我在想你！荷花开吧，乌云散吧，我想娘啦，我真的很想很想回家！"

花开花又落，冬去春又回，年年岁岁，岁岁年年。等啊！盼啊！装在心里的就是无休止的等待……

突然有一天，梁川兴高采烈地拿着报纸回到家，叫道："嫂子！嫂子！好事来啦！大陆与台湾两岸三通啦！我们可以到台湾去寻找哥哥啦！"

祝英英听后激动地从椅子上站了起来，突然感到胸口一阵剧痛，但她强忍着剧痛叫道："梁山！我要去台湾找你！"说完，只见祝英英脸色苍白地倒在椅子上，不动了。

梁川被这突如其来的状况惊傻了，报纸瞬间从手中飘落，他立即上前紧紧抱住嫂子，一边哭泣一边喊叫："嫂子啊！你怎么啦？你千万不要激动啊！咱们期盼的这一天来啦！你快快醒来吧！"

马萍下班回来，听到梁川的哭叫声，立即闯进屋内，叫道："嫂子！嫂子怎么啦！赶紧送医院！"

经过医生的及时抢救，祝英英醒来。马萍、梁川见嫂子醒来心里很高兴。梁川说："嫂子，都怪我，我应该把这个好消息慢慢地告诉你。"

嫂子说："这不怪你们，我的病不是一两天了，我一直都在忍着，没有告诉你们。"

梁川埋怨说："嫂子，我们又不是付不起医药费，你怎么这样啊？"

经过医生的仔细检查，祝英英患的是胆结石，必须手术。祝英英心想：现在不能手术，万一死在手术台上，我还怎么能见到梁山？想到这，问道："医生同志，能不能保守治疗？"

医生回答："不行啊！你的胆内的结石太大，必须立即手术！"

祝英英笑了笑说："医生同志，我感觉没有这么严重，我吃了你们的药后好多啦！我想现在就出院。"

医生听后感到吃惊，说道："我们给你吃的药只能缓解疼痛，不能根除病患。"

祝英英说："能缓解就好，一个月后，我再来手术。"

医生听后摇了摇头，梁川上前劝说："嫂子，咱们听医生的话吧！今天就做手术。"

祝英英听后，泪水不断地流淌，说道："梁川，好心的弟弟呀！我现在不能马上做手术，医生不知情，难道你梁川也不知道吗？我等这一天已经等得太久了！不管是什么样的结果，我必须要知道梁山的近况！"

医生听过祝英英的解释后，说："原来是这样，你的事让人感动，也让人敬佩，我看都能写一个传奇故事了。这样吧，我给你开一些药，你吃吃看。"

祝英英与梁川回到家，祝英英问："梁川，家里还有多少钱？"

梁川回答："嫂子放心吧！去台湾的路费没问题，我陪你一起去。马萍就不必去了，她的父亲身体不好，再说家里还需要照顾。"

祝英英说："那好，今天我们就去淮南火车站，要早班的。"

祝英英与梁川一起上了火车，前往福建省。他们辛辛苦苦来到海边，见到王情。王情吃惊地说道："哎呀！你们怎么来到这里，虽然两岸局势得到缓解，但还没有直航，首先要办出入境证，然后从香港转机才能到台湾。"

祝英英听后很着急，又呕吐起来。王情见了急忙说道："英英不要着急，一切我会给你想办法的，不过你们要在我这多住几天。”

祝英英说：“这样我们又麻烦你了。”

王情笑了笑说：“我们之间，说这些干吗，能为你服务我感到荣幸。你和梁山的爱情故事比董永与七仙女、梁山伯与祝英台、罗密欧与朱丽叶还要动人，为你办事我感到骄傲，希望你这只蝴蝶能尽快飞越海峡！”说完，她叫来儿子，让儿子立即给祝英英家乡发去电报，让他们把祝英英的一切手续办好，然后寄过来……

梁山在台湾已经变成一个白发苍苍的老头，依然还在庙里做义工。一天刘海来到梁山面前叫道：“梁山！你看这是什么？”

梁山一看，说：“这是去香港的飞机票，你去香港干吗？”

刘海叫道：“回家啊！我给你也买了一张！我们要回家了！”

梁山听后，扔掉手中的扫把，大声叫道：“荷花终于开了！乌云终于散了！我梁山终于要回家啦！我要回家啦……”

两人紧紧地抱在一起……

佳丽站在一旁说：“梁山，你这只蝴蝶真的要飞越台湾海峡了！”

几经周折祝英英终于办好了去台湾的手续，登上去香港的飞机，就在飞机降落时，她感到胸口阵阵剧痛。梁川见嫂子满头大汗十分难受，急忙问道：“嫂子你怎么啦？能撑得住吗？”

祝英英一边走下飞机，一边强忍着笑了笑说：“飞机降落，我的耳朵有些闭音，胸口也觉得闷，到候机厅吃点药就好了。”

祝英英被梁川搀扶着走下飞机，来到大厅坐下，她掏出药片在手里捧着，东张西望。

梁川见了说：“嫂子你等着，我去服务员那倒点水。”

就在这时，刘海、梁山走了过来。梁山见一位老太太手里捧着药，便将手中的水壶向祝英英手中一交，说：“你需要水，我这有，给你！”

就在这时大厅广播里传出：“前往厦门 A56 次班机马上就要起飞了，请没有换取登机牌的旅客，马上到窗口换取登机牌，准备登机。”

刘海急忙上前拉起梁山，叫道：“快！飞机要起飞了，我们快点！”

梁山转身说：“我的包，这包可不能忘！”说完挎起自己的包。

刘海说：“一只破包，你也当成宝贝！”

梁山笑了笑说：“不要小看这只破包，它比宝贝还要重要！”

梁山和刘海换取登机牌后，等候登机。

祝英英叫道：“同志，你的水壶！”

梁山听到叫声，回头看了看，感觉再取水壶比较麻烦，叫道：“我要回家啦！你拿着吧！”

梁川端了一杯水走过来，叫道：“嫂子，水来了！”

祝英英将手中的水壶一晃说：“天下还是好人多！”

梁川搀扶着嫂子向前走，梁川说：“嫂子，我们去办转机手续。”

刘海与梁山上了飞机，飞机飞到祖国的上空，他们俩心潮澎湃，不停地隔着机窗瞭望祖国的山水。乘务员来到梁山面前说：“老人家，把你的包袱放好！”

梁山急忙说：“好！好！好！”

刘海问：“梁山，你这里面到底放的是什么宝贝？”

梁山笑了笑回答：“就一双鞋，50 年前的一双鞋，是英英做的，我一次都没舍得穿过。”

刘海听后叫道：“我的天哪！你真了不起，太让我感动了，我们回到家乡，如果见到祝英英改嫁了，我第一个冲上去砸了她的锅！”

梁山听后摇了摇头，又笑了笑说：“你不会砸了她的锅，她也不是那样的人。小时候听娘说，我与英英是一对蝴蝶，现在我终于回到故乡了！”

祝英英坐在飞向台湾的飞机上，透窗看到茫茫大海，也是心潮澎湃，深深地叹了口气。梁川问道：“嫂子，应该高兴才是，为什么叹气？”

祝英英的泪水从眼眶里掉了下来，痛哭了几声，乘客们都投去惊讶的目光。祝英英擦去脸上的泪水，说道：“梁川，我这只苍老的蝴蝶，终于要飞越台湾海峡了，我等得好苦啊！梁川，我感觉这次我到了台湾很难回去，如果回不去，你就把我与梁山葬在一起！”

梁川见嫂子如此伤情，劝说道：“嫂子不要这样说，也不必这样难过，我哥哥肯定在，我们快要与哥哥见面了，你应该高兴才是。”

飞机开始缓缓降落，当飞机降落在桃园机场时，祝英英脸色苍白，心里特别难受。她强忍着走下飞机，刚出大门，祝英英实在忍不住了，瘫倒在地上，梁川见了急得束手无策。就在这时走过来一个人，问道：“怎么回事？病人病成这样，怎么还不送医院？”

梁川回答：“我们俩来自大陆，来寻找哥哥的，也没带多少钱，再说我们还没找到哥哥。”

那人听后说：“原来你们是来寻找亲人的，那好吧！就用我的车把你们送到医院。”

就这样二话不说，那人叫他的司机过来协同把祝英英架上车，那人坐在副驾驶，回过头来说："你们俩放心吧！我们会帮助你们的！我们都是一家人！"

梁川笑着说："没想到我们到了台湾就遇见了好人，先生！你叫什么名字？"

那人又回过头笑了笑，说："台湾好人多的是，我姓宋，名字就不告诉你了，我们都是中国人。"

到了医院后，经医生检查，认为必须立即手术。梁川很着急，宋先生说："不要怕，我刚刚说过，一切我都会帮助你的。"说完从口袋里掏出钱向梁川手里塞，梁川在无奈的情况下，接受了钱。

宋先生见梁川手里拿着一个水壶，问："你的水壶是从哪里来的？"

梁川回答："这是嫂子在香港机场时，一个人给的。"

宋先生接过来看了看，说："水壶上写着828团，你们要找的人叫什么名字？"

梁川回答："我们要找的人是我哥，他叫梁山。抗日战争时期，他所在部队是九团，后来九团伤亡惨重，也就不知道他投奔哪个部队了。"

宋先生听后点了点头，说："知道名字，也知道以前所在的部队，说不定要好找得多。让你嫂子安心治疗，我帮助你们寻找，一有消息，我会派人来通知你们，我还有事，先告辞了。"说完离开……

医生从祝英英的胆囊内取出几块比较大的结石，他拿给梁川看，并说："这样大的石头在肚子里肯定不好受，你的嫂子太坚强了！"

梁川说："是啊！这次要不是遇见你们我嫂子就没命了。多谢你们！但不知何时能出院？"

医生回答："年轻人尚且需要十天半个月，像你嫂子这样大年纪可能要二十多天。”

就这样，祝英英躺在病床上，梁川一直守在她身边……

少小离家老大回，乡音无改鬓毛衰。梁山和刘海回到家乡，仿佛年轻了许多。梁山来到村头，只见家乡巨变，村子里的人见了他也感到陌生。这时陆运手持拐杖来到梁山面前，问：“你从哪里来，你在找什么呀？”

梁山回答：“我回家了，找不到家门。如果没记错，这个地方可能就是我的家，怎么都盖上新房了？”

陆运笑了笑说：“你这老头，像是失忆老人，走丢了吧？”

梁山回答：“我没走丢，这是我的家！”

就在这时，马萍走了过来，问：“怎么回事？”

陆运说：“这老头硬说这是他的家。”

马萍笑了笑说：“这是我马萍的家也是梁川的家！”

梁山听后立即兴奋起来，趴在窗前叫道：“娘！英英！我梁山回来了！”

马萍听后又惊又喜，叫道：“哥哥！嫂子与梁川已经去台湾找你去了！”

梁山立即问道：“啊！那娘呢？”

马萍回答：“婆婆已经……”

梁山来到祝英英的房间，一眼就看见床上摆放着多年前的那只枕头，梁山没有落泪，只是不停地颤抖。

梁山来到张玉的坟前……

梁山的眼睛红肿了，嗓子嘶哑了。

梁山来到马萍家看望马叔叔，马来和张早燕热情地招待梁山。马垚躺在床上听说梁山回来了，也欠起身子叫道："梁山！你失踪了几十年，终于回来了！你在台湾想家吗？"

梁山回答："想！想得都疯了！那种度日如年的日子，真的很难过！"

马垚叹了口气说："梁山你受苦啦，祝英英那丫头为了你也是几经生死啊！一个女人家，能支撑起这个家太不容易啊！她为了你，是忍着病痛前往台湾的。"

马萍说："要不是我爸身体不好，我也陪嫂子一起去台湾找你了。"

马来说："几十年啦，就是你们相见也不一定认识。"

梁山想了想说："明天我就回台湾。"

马来说："你就不要回去了，就在家住下来，等着他们回来。如果你回去了，他们又回来了，不还是见不着吗？"

马萍说："哥哥说得有道理，你就住下来。这么多年了你回去即使是面对面，也不一定能认识他们，还是在家等他们回来吧。"

梁山慎重地想了想，说："好！我就在家等着！"

几天后，刘海来到梁山家，说："我要回台湾了，我来大陆时我那洋婆子嘱咐我早来早回，说她爸有病需要照顾。"

梁山说："刘海，你能回去我是求之不得，如果你到了台湾，见到祝英英和梁川，就告诉他，我在家等他们。"

刘海很爽快地回答："那当然！"

时间一天天过去，祝英英依然躺在病床上。一天医生走了过来，祝英英说："这么多天，你们为了我挺辛苦的！"

医生笑了笑回答："治病救人是我们应该做的，我来看看现在恢复得怎么样。"

医生仔细看后，说："你们放心吧！伤口恢复得很好！"

祝英英急忙问："我什么时候才能出院？"

医生说："现在还不行，还要观察几天，毕竟你不是年轻人了。"

就在这时，门被敲了几下，从门外面走进一个洋婆子和一个精精神神的一个小老头，一进门就问道："这是祝英英的房间吗？你是不是梁川？"

祝英英感到吃惊，梁川也惊奇地问道："你是哥！你还娶了洋婆子！你怎么对得起嫂子？"

祝英英躺在病床上，突然紧张起来。刘海立即说道："我不是梁山，祝英英你再好好看看我。"

祝英英仔细看了看，回答："我确实认不出来你是谁！"

刘海回答："我是刘海！我们曾经在一个学校读书还在一个战场上杀过日本鬼子呢。"

祝英英激动地说："是啊！有我，有你，有梁山，还有朱勇。"

刘海又笑了笑说："还记得你和梁山入洞房的那一天晚上，是日本鬼子的炮弹炸毁了你们的帐篷，掀翻了你们的床……"

就在这时，医生用敬佩的目光看着祝英英。佳丽上前问医生："医生，祝英英能不能出院？我想把她接回家！"

医生回答："那好！我们现在就与主治医生商量一下。"说完就出了门。

刘海见医生出了门，急忙对祝英英梁川说："你们在这，我过去听听是什么情况。"佳丽也跟随而去。

主治医生见刘海和佳丽进来，便起身说道："你们是祝英英的朋友，我告诉你们，她了不起！她不仅人很坚强，在她身上还有一个最大的秘密！凭我多年的经验和人格担保，她至今还是个处女！”

刘海和佳丽听后都感到吃惊，刘海说：“她坚贞的节操让人感动！她的丈夫梁山是与我同生死共患难的战友，我也敢担保，他肯定也是个处男！《梁祝》真的又在他们身上又重演了一遍。”

主治医生说：“祝英英可以出院，但是不能受剧烈运动，多休息有利于伤口痊愈。”

佳丽问道：“那坐飞机行吗？”

医生回答：“恐怕还要等一段时间。”

佳丽和刘海听后都点了点头，刘海顺手掏出钱来，说：“这是祝英英的住院费。”

医生说：“她的医药费宋先生已经付过了。如果祝英英想返回大陆，还需要多休息几天。”

刘海和佳丽走出医生办公室，梁川迎面过来，说：“我嫂子很着急，她很想知道我哥的下落。”

刘海回答：“你哥已经飞回大陆，现在在你家啦！”

梁川听后，高兴地跳了起来，叫道：“太好了！我哥还活着！”

刘海又笑了笑说：“你嫂子真了不起，至今还是个处女，是不是你天天为你嫂子站岗啊？”

梁川得意扬扬地叫道：“那当然！”

祝英英得知梁山已经回大陆，心中十分高兴，便从病床上爬起来，叫道：“梁川我们赶紧回家，去见你哥！”

刘海见祝英英如此高兴，急忙说：“刚才医生说过，你可以出院，但是不能做剧烈运动，一定要多休息几天，等身体恢复得差不多才能回去。”

梁川也上前劝说：“嫂子！刘大哥说得对，我想还是多休息几天再回去吧。”

几天过去了，祝英英再也不能等了，决定起程，她来到刘海和佳丽面前说：“我要走了，我的年纪已经很大，不可能再来台湾了，代我向台湾那些好心人问个好吧，希望同胞们都能回家看看。”

刘海说：“现在佳丽的父亲病情很严重，我不能陪你们一起回去啦。”

祝英英笑了笑说：“放心吧！不需要你陪伴，什么都可以忘，但是回家的路不能忘！”

梁山等啊！等啊！实在等不下去了，决定起程返回台湾……就这样，他们又失去了一次相逢的机会。

祝英英回到家里，得知梁山已回台湾，闷闷不乐，心想：我们相见怎么就这样难？她每天都搬一把椅子，坐在村头眺望，希望梁山能尽快归来。半年过去了，也没有梁山的消息。

一天她坐在椅子上，手里捧着那只水壶不知不觉睡着了，眼角还渗出了泪水。

远方有一个七十岁左右的老头急匆匆地向村里走来，他的步子已经迈得够大的了，但还是觉得自己走得很慢。他就是梁山，他来到祝英英面前，一眼就看见那只水壶，随后立即把目光盯在祝英英的脸上。梁山的眼眶再也含不住泪花，他小心翼翼地拿掉祝英英手中的水壶，随后从自己口袋里掏出一枚戒指，单膝着地，默默地给祝英英带上。

祝英英被微微的哭泣声吵醒，只见一位老人跪在面前，不时地抚摸着自己的手。祝英英心中一惊，不停地打量着眼前的老人，脑海中闪现出五十年前的情景，不敢相信地揉了揉自己的眼睛，大声叫道："梁山！你终于回来了！"顿时，两人抱头痛哭。这时，他们身边已经站满了人，他们一边擦去脸上的泪水，一边响起热烈的掌声……

在本村热心人的帮助下，梁川和马萍为哥哥嫂嫂举办了隆重的婚礼。婚礼由郭书记主持，马来和张早燕也赶来帮忙，朱勇与李颖也风尘仆仆地赶来，就连刘海与佳丽也从台湾赶来。

就在婚礼即将开始时，陆运搀扶着马垚走了过来。陆运说："马大哥！我们老了，我一辈子暗恋过好多女人，但一个也没成，我看到梁山与祝英英这样大的年纪都能走到一块，真是羡慕啊！"

马垚听后笑了笑，叫道："这才是百年修得同船渡，千年修得共枕眠呐。这样好的日子，不能少了我！"

荷花开了，荷叶在微风的吹动下，跳着欢快的扇子舞，湖水闪烁着银光，鸟儿在树梢不停地欢唱，像是在为他们祝福。梁山脚穿那双收藏了很久的布鞋，一只手挎着祝英英，步入花丛中。祝英英问："梁山，你可记得我们在战地上举行婚礼的那天晚上，你紧紧拥抱着我的时候，我心想要给你生一群孩子，可是现在老了！"

梁山笑了笑回答："我们不老，我们永远年轻，我们有很多孩子！"

只见花丛中有无数只蝴蝶聚集在一块，当他们走近时，蝴蝶纷纷让道，像是为他们打开了一扇五彩的门……

跋

寒窗冷坐终不悔 咬定写作不放松

梁金才

有人对我说：要论勤奋，你应当打108分。对此我表示不敢当，但是回望自己艰辛的写作历程，我也时常唏嘘不已。

2003年，我开始提笔创作《力挽风暴》，身为一个农民，却对小说创作投入了无比的热情，难免会遭到一些冷嘲热讽。什么“村头厕所没有纸了，快点写吧”，想当年这个小品十分精彩，给千家万户带去了笑声。面对各方面的压力，我抬不起头。但我的妻子对我说：“你不抽烟，不喝酒，也不打牌，想写一点故事你就写，别人爱说什么你别管，最重要的是，你要坚持自己的信念。他们瞧不起你，我还瞧不起他们呢。”小儿子梁中民也说：“阿爸是一个有理想、有情怀的人，作为他最亲的人，我们没有理由不支持他，而且要全力支持。”没想到在创作的困惑中，时常是家人点亮了我的希望。夜深人静，妻子的一杯白开水就时常温暖着我的心，甚至她的一巴掌拍在我背上留下的蚊子血迹都让我充满斗志。我有什么理由不去拼搏？

直到2010年，我终于完成了42万字首部抗洪题材的长篇历史小说《力挽风暴》。2016年7月由合肥工业大学出版社出版发行，受到广大读者的好评。真的，作为一个农民，我真心的为自己喝彩，相信我能行！

早在2015年初，为纪念中国人民抗日战争暨世界反法西斯战争胜利70周年，我仅用了78天时间完成了28万字的长篇小说《淮上游击队》的创作。文章千古事，得失寸心知。累，真的有点累了！可是，新书的出版，也是我生命的新生，不由得喜上眉梢。俗话说得好：人逢喜事精神爽，我吃什么都香，干活别提多有劲了。

2016年我继续努力创作，完成了近20万字期盼祖国统一的长篇小说《飞越海峡的蝴蝶》，并一鼓作气将其改编成46集电视连续剧剧本。

《飞越海峡的蝴蝶》是我用真实的背景，采用艺术的创作方法，构成了一部以期盼台湾回归为主题的爱情故事。女主人公与丈夫刚结过婚不久，丈夫就奔赴抗日战场，女主人公为了等待丈夫回家，终生未改嫁。女主人公为与丈夫团聚望穿秋水，日夜苦等，一直等到1987年，男主人公从台湾回乡。那一刻，他们紧紧地拥抱在一起，两颗心紧紧地贴在一起。那场景让人心酸，那泪水让人心碎，同时也让我们不禁回想起那段激情燃烧的岁月。

冬去春回，我们不难看到，百花齐放，争奇斗艳，同时也能嗅到那些不起眼的小花小草散发的芬芳。这是为什么？这是万物对大地的眷恋，尤其是那些叫不出名的小花小草，他们并不在乎所谓的名利，但他们会死心塌地、坚守忠贞。漫漫长夜和风雨飘摇过后，我们可以看出他们那深情的眼角，含着难以割舍的泪花。

众所周知，“仁孝百事成，家和万事兴”是中华民族的优秀传统，更是亘古不变的真理，大陆与台湾是相亲相爱的一家人，作为真正的中国人谁都想看到和平统一的中国、繁荣昌盛的中国。

《飞越海峡的蝴蝶》这部作品是我用泪水和汗水凝聚而成，得到了淮南市委宣传部、毛集实验区工委宣传部、文广新体局的高度重视，并且给予大力支持。在此，向各位领导、各位父老乡亲表示衷心的感谢。

2017 年，我又奋不顾身创作了电影剧本《那桩婚事》《惊天动地阿哑妹》以及《老赖的梦》。有位电影制片人对我跷起大拇指，说我是一个了不起的人。我笑了笑，无言以对，心想：我和大家一样，不，我还不如大家，在村子里，我是个穷光蛋。就连出门办件事，身上穿的衣服都是姐姐妹妹帮我买的。《力挽风暴》《淮上游击队》这两本书上也有我的照片，身上穿的衣服就是我的两个妹妹梁金来、梁新来买的，虽然穿在身上有些紧巴巴的，但是我笑得很开心。回想起老父亲，我真的抑制不住眼泪，他在临终前，硬是把一套装老衣服和一双皮鞋留给我穿。他说：“在家我们可以随便点，出门我们要穿戴齐整尊重别人。”装老衣服听起来很恐怖，那可是一套崭新漂亮的休闲装，一双咖啡色皮鞋也很亮。父亲的心意我领了。父亲见我犹豫笑了笑说：“收下吧，这是我的心意也是对你的补偿，你姊妹们多，小时候对你的照顾确实太少。”父亲接着说：“听说你第三部书是写期盼台湾回归的，一定要把它写好，我相信你！”我含着泪水坚定地回答：“请你放心，我一定做到！”老父亲走了，我的书也写好了，谈不上精彩，但我努力了。

电影制片人握着我的手深情爽朗地对我说："你的背后有许多靠山，有那么多人支持你，你不穷，你一点都不穷；你是一个精神富翁，还是一个创造性的大富翁。"我摇了摇头："嗨，不说了。"

寒窗冷坐终不悔，咬定写作不放松。

2017年10月8日